蘇州文藝評論

夏湖

二〇二二

苏州市文学艺术界联合会
苏州市文艺评论家协会　编

文匯出版社

图书在版编目（CIP）数据

苏州文艺评论．2022/ 苏州市文学艺术界联合会，苏州市文艺评论家协会编．—上海：文汇出版社，2022.8

ISBN 978-7-5496-3840-6

Ⅰ．①苏… Ⅱ．①苏… ②苏… Ⅲ．①文艺评论－中国－文集 Ⅳ．①I206-53

中国版本图书馆 CIP 数据核字（2022）第 128437 号

苏州文艺评论2022

编　　者 / 苏州市文学艺术界联合会　苏州市文艺评论家协会
责任编辑 / 许　峰
特约编辑 / 鞠　俊
装帧设计 / 周　丹

出版发行 / 文汇出版社
上海市威海路755号
（邮政编码200041）
印刷装订 / 苏州华美教育印刷有限公司
版　　次 / 2022年8月第1版
印　　次 / 2022年8月第1次印刷
开　　本 / 787×1092　1/16
字　　数 / 157千
印　　张 / 15.5

ISBN 978-7-5496-3840-6
定　　价 / 39.00元

目 录

文学视野

薛亦然《满城活水》专辑

房伟《血色莫扎特》评论小辑

红氍毹上

水墨吴门

周晨设计评论小辑

江南游走

文学视野

薛亦然《满城活水》专辑

来自水天堂的报告

——长篇报告文学《满城活水》首发式暨座谈会发言摘录

一禾　整理

一、首发式

主持人王尧（江苏省作协副主席、苏州市文联主席）：大家上午好，今天我们在这里召开薛亦然先生《满城活水》的首发式暨座谈会。这次活动是好事多磨，已经是第三次的邀请，终于可以成行。前两次因为疫情原因取消活动，一些朋友是在与会途中返回了，我们也特别地感谢和抱歉。这是一个跨年度的活动。薛亦然是我们苏州市非常著名的诗人和散文家，尽管和我一样是从外乡过来的，但是扎根苏州许多年，自己也融入了苏州的历史、山水之间。在市委宣传部和市文联的支持下，他花了多年工夫，真的是深入生活，扎根人民，采访一百多位同志，完成了作品的采写。后又在省作协和江苏文艺出版社的扶持下，出版了《满城活水》。我个人认为，这是我们苏州文学，也是我们江苏文学近几年来非常重要的一个收获。这个会也是我们党的十九届六中全会、第十一次文代会和第十次作代会以后，苏州文艺界比较重要的一次会议。

季珉（苏州市文联党组书记、副主席）：首先，我代表市文联党组，对于今天出席活动的领导和嘉宾表示热烈的欢迎，向所有为《满城活水》的采写和出版助力的单位和个人表示诚挚的感谢。第二，重点介绍一下这本书。《满城活水》体现了我们苏州人民改革开放 40 多年以来，为保护、改善、提升古城水环境付出的艰辛和努力。这部作品既入选了省作协重大题材文学作品扶持项目，也入选了我们市文联重点作家作品扶持项目。历经数年，终于成功出版。今天举办这样一个首发式和座谈会，也是希望更好地推广苏州的报告文学作品，希望苏州文学能够得到更多的支持，获得更高的平台。第三，也是一个美好的祝愿和期待：希望我们的作家树立大历史观、大时代观，坚守人民立场，并期待作家们紧紧围绕苏州市委市政府中心工作，守正创新，潜心创作，精心打磨更多精品力作，讲好苏州故事，为建设“强富美高”新苏州贡献文学力量。

贾梦玮（江苏省作协党组成员、副主席）：首先我代表本次活动的主办方之一，江苏省作家协会，也代表我们汪（兴国）书记，祝贺本次活动的举办，同时也要感谢苏州市文联、江苏凤凰文艺出版社为这本书的付出，以及对本次活动的精心安排。祝贺《满城活水》的出版发行。

水在中国人这里不仅是一种物质，也是一种精神，是我们中国人某种程度上的哲学概念和心灵形式；水也是我们中华文化和科技史的开端。苏州作为水城，以水为切口才能更好地解读这座城市，《满城活水》可以说是这方面非常有代表性的作品。王尧主席刚才说了，这本书是我们江苏文坛主题创作和非虚构写作的重要收获，我觉得，应该是“非常重要”的收获。确实，这本书的质量是非常上乘的，这是非常可喜可贺的事情。

关于非虚构写作，我本人和《钟山》一直是致力于推动的。昨天我们还谈到非虚构是否需要想象和虚构的问题，这变成了一个学术的争论，丁晓原教授更有发言权。我也在思考这个问题，非虚构写作需要不需要虚构？这肯定是一个否定的概念，既然是非虚构写作怎么能虚构？争论这个问题主要是混淆了想象和虚构的关系。其实我们所有的文学作品都是需要想象的，没有想象就没有虚构，没有想象也没有非虚构写作。没有想象能力，材料找不到，材料的关系也找不到。所以，非虚构写作的难点往往某种程度上，首先是要解决事实意义上的真实。我们的艺术是要追求真实的，最终的目的是追求艺术的真实，无论是小说还是非虚构写作。我们的纪实文学和非虚构写作的前提，是要追求事实意义上的真实，所以要调查采访，看历史资料，这是花了大量的功夫，这本书在这个层次上，是做得非常好的。有时候一些非虚构写作的作品看起来像小说了，是不可信的。但是单纯事实意义上的真实，对一个文学作品来说也是不行的，因为我们看到大量的所谓的非虚构写作，没有文学性，更主要是没有作家的个性色彩，没有经过作家的艺术加工，也是缺乏想象力的。非虚构写作要以想象弥补眼睛和耳朵的不足，来打开天眼和心眼，这样才能让作品丰满起来。以上两点，《满城活水》都做出了非常重要的努力。有了这两点，它才能被称为非虚构写作，我们才能说它是近年来非虚构写作的“非常重要”的收获。而且有了《满城活水》以后，苏州就不是“东方威尼斯”，也不是“上海的后花园”，永远是“上有天堂、下有苏杭”的苏州。

主持人王尧：谢谢贾主席的重要讲话，讲得特别好。关于虚构和想象的关系，这是非常重要的观点，等会儿大家可以讨论。我特别认同他给我的评价加了两个字，我本来说是“重要”收获，他说是“非常重要”的收获。讲得非常好，非常感谢。

张在健（江苏凤凰文艺出版社社长）：非常荣幸，可以在水城苏州参加这样的会议。刚才王尧主席说了，今天的会议已经是第三次组织了。每次我都说一定会来，因为苏州这个地方是我的福地，认识了很多作家、文化名人，出版了很多关于苏州的重要作品。在座很多领导和专家，都是我们的老朋友了，多年来给予我们文艺社很多帮助支持。今天在这里相聚，我代表江苏凤凰文艺出版社，对大家的到来表示由衷的感谢。

作为出版方的代表，我从几个方面向大家报告一下对《满城活水》

这部作品的理解和出版这部作品的初衷。

第一，《满城活水》是一部反映时代精神、紧扣时代主题的重大现实题材好作品。作品围绕水城苏州的水做文章，在充分调查、研究的基础上，生动详实地记录了苏州供水口的变迁、取水的发展、城市格局的形成等历史源流。我们读了这本书以后，对苏州有了更好的理解，这个要感谢薛老师。书中同时客观地描述了水环境的危机，水污染和水患对一座现代化城市发展形成的制约和威胁，更重要的是，作品表现出苏州人不惜代价进行水生态治理过程中，表现出来的深谋远虑、坚定的决心和顽强的毅力，通过治水展现了一座城市的精神，这种精神既体现在治水决策者的气魄、实践和历史担当，也体现在具体的执行者，从水务局的领导、工程技术人员和普通市民的精神风貌和优良素质，向世界展现了苏州人的整体形象。苏州治水的成功实践是生态文明建设的鲜活标本，从独特的视角诠释了既要金山银山也要绿水青山的精神。苏州人基于国情、市情所摸索出来的“节水优先，空间均衡，系统治理，两手发力”的治本之策，在环保和水资源治理方面提供了宝贵的苏州智慧和经验。在生态文明建设的时代背景下，我非常高兴也非常愿意向读者推送这样一本内容丰富、时代特色鲜明，兼具现实感和历史感的好书。

第二，《满城活水》是我社大运河文化图书出版架构中的亮眼之作，书中描写的苏州水文化和大运河文化相互关联，也是大运河文化的重要构成，大运河文化是中华传统文化的重要组成部分。近年来，我社响应中宣部的倡导，倾力做好传承运河文化、讲好大运河沿线城市故事的出版工程，充分发掘大运河承载的文化意义和价值，出版了一批标志性的作品。《满城活水》以时间为经，以事件人物为纬，通过姑苏水城勾连大运河文化的历史与现实面貌，呈现出大运河沿线城市文化发展的历史性、当代性和鲜活性。以一地牵全局，窥一斑见全貌，《满城活水》成为我社十四五重点出版项目“大运河文化主题出版”板块中重要的产品。

第三，《满城活水》是一部真正质地精良的报告文学作品。文学作品应该以艺术的力量打动人，引领读者进入作家营造的艺术天地，感人心者莫先会情。可以说，《满城活水》就是一部以情动人的作品。作品灌注的情，首先来自作者对苏州这座城市的历史文化以及生活在这里的人的深情与热爱。因为热爱，作者才能敞开自己的心，以无比的真诚探究历史，拥抱现实，才会心里燃着一团火，仔细辨析这个城市感人的细节，细心体悟城市的心跳。作者首先会感动，才能形成感动人的文字。这部作品的艺术力量还在于，作者围绕苏州治水，通过一个个鲜活的事例，成功刻画了一群治水者的人物形象，通过对他们忘我付出点点滴滴的描写，展示出一种精神，一种自强不息、为创造美好生活前赴后继的民族精神，一种真善美的精神。书中有太多感人肺腑的人物与故事，比如两个新苏州人，管网疏通工人和排水公司机修工，有一个是来自河南的外来工，在苏州这片热土上，凭借自己的诚实劳动和付出，从一名普通的打工者，成长为十佳新苏州人、全国五一劳动奖章获得者和全国劳动模范，令人感动，令人振奋，这凸显了一座城市的发展，以及和人的发展相同步的新时代气象。

这部作品的精美还体现在语言的韵味上。薛老师是知名的散文家，以语言的精致细腻为人称道。在这部作品中，他充分发挥了散文家的语言优势，笔端含情，文字优雅，从容而有热度。可以说，这部《满城活水》是薛老师艺术创作能力的爆发之作，以其思想性、艺术性的有机统一，彰显了报告文学的尊严。在一定程度上，也扭转了时下经常存在的报告文学“有报告无文学”的尴尬局面。

以上三点使得《满城活水》具备了坚实的出版基础和未来的传播意义。薛老师和凤凰文艺有着多年的交情，和几代文艺人有非常深的情缘，非常感谢薛老师把这本心血之作交给我们出版，为我们的友情续写了新的篇章。祝薛老师乘势而上，创作出更多为时代画像、为时代立传、为时代明德的精品力作。最后，我也预祝这次首发式和座谈会圆满成功，谢谢大家。

主持人王尧：谢谢在健先生，从出版的角度对《满城活水》的价值做了非常独到的分析。出版之前我在南京遇到在健先生，他跟我说一定会把《满城活水》作为一个重要的出版物来重点打造，特别感谢。我们今天在座的很多苏州作家是凤凰文艺社的作者，凤凰文艺社是我们中国文艺出版的重镇，期待我们有更多的合作。

二、座谈会

主持人小海（苏州市文联党组成员、副主席，市作协副主席）：首先请对这本书寄予了很多关注的范小青老师发言。

范小青（江苏省作协名誉主席、苏州市文联名誉主席）：不好意思，我不是专家，我属于“亲友团”，现在的网络用语叫作“气氛组”。不是专家，也不能冒充专家来谈非常有理论的评价，我就简单地谈一点书外的话题。

我最早看到的是一份打印稿，当时前言后语都没有，就看了书稿。这本书拿到以后，我当时正在做一个古城方面的非虚构作品，没有来得及仔细看书。所以有一次和薛亦然聊天的时候还诉苦，还有一点委屈，说这个非虚构真难弄，采访了很多人，真的很辛苦；他也非常同情，说你这个是很累的，很辛苦的。这两天，我要开会了，我认真一看书，往后面一翻，吓我一大跳，他采访了一百多人。我真的蛮震撼的。我做非虚构也采访了一些人，但是跟他这个比起来，我都很难为情，当时还跟他讲我的辛苦，他当时肯定想：我比你辛苦多了。但是薛亦然人特别好，还是鼓励我的。

我一直是做虚构的小说，自己有了这样一个写作经历以后，就更可以体会非虚构和报告文学的难度。因为我们对非虚构、报告文学的要求越来越高，原来就是一个报告，然后慢慢地要求有文学性，这个里面两者怎么结合，怎么弄，我自己有了切身的感受，才能体会到《满城活水》写作的难度。我想，这个过程是很艰辛的，确实很艰辛。因为水的话题特别大，内容特别多，苏州就是水，你写水就是写到苏州方方面面，都和水分不开。这本书后面列了一百多人的采访名单，我觉得从中可以看出，写作要求我们有“四力”，脚力、眼力、脑力、笔力，这个脚力真的了不起。《满城活水》的采访工作量，首先是体现了“四力”当中的脚力功夫；第二个是作者的初心、责任心，对于写作，对苏州这座城市和苏州水的了解与热爱。虽然薛亦然不是苏州人，但在苏州待了几十年了，我觉得他已经是一个不是苏州人的“老苏州”。《满城活水》的写作难度是非常高的，他完成了这么一个重要的作品和任务，从我个人，作为一个同行来说，我要向你致敬。

第二，我谈谈江苏凤凰文艺社和苏州作家的关系。2020 年江苏书展，张社长刚到文艺社，就和我们苏州作家搞了一个座谈，第一次近距离地和苏州作家接触。两三年下来，文艺社对于作家的真诚，发自内心的关心帮助，一直在持续。这本书的出版过程也是如此，从装帧到印刷，为我们呈现了一个精品。江苏文艺社跟我们苏州作家的良好关系，我相信会继续保持下去。

还有我简单地说说对于这本书的大致想法。看到这本书的题材，会有点无从下手的感觉，从哪里写，怎么构思这样一个厚重的全面反映苏州水的题材？这个方面薛亦然是用了心，花了很大的力气。这个结构现在看来非常好，大致是三个。水和城的关系，苏州是水城，“水”当其冲，要写水就是写苏州，写苏州必然写水，但是苏州和水的概念非常大，作者对于苏州非常了解，结构思路非常清晰。前面两个部分是从自然的环境、地理的环境入手，谈苏州的水，比如运河、太湖、江南水城小桥流水，这样一个自然的环境。第二个部分，就是写水的过往、水的今天、水的治理，从自然水写到水与人的关系，这种关系是几起几伏，反反复复。第三个是“我的天堂我的水”，这是写苏州的水和人民群众的关系。整个结构是非常完整的、清晰的，把苏州水和城、水和人、历史和现状都梳理出来了。从大量的内容当中梳理出这么一条清晰的线索，非常不容易。还有非常好的一点，就是写水也好，写城也好，总是离不开人的，但是有时候写水的时候，人是写不进去的，确实很难弄。他在几个章节后面都列了“人物志”，人物志一、人物志二、人物志三，分别写了与水有关系的人。这样一来，更加完善了人与水的关系，结构上是比较创新的处理方法。尤其是最后一个章节的人物，晚上九点多采访这个听漏师傅，一直到晚上十一点半结束。这样一个结尾既落到了实处，落到了个体的与水有关的人身上，同时又提升了整个作品的文学性。我们一直强调报告文学的文学性。三个人物志，从结构来看似乎是有一点另类，但是将整本书融为一体来读，这部分对这本书的作用力是非常大的。

主持人小海：谢谢范老师对这本书的高度评价，讲到这本书成熟背后的艰辛，包括对人物、结构写法的创新。下面有请丁晓原老师。

丁晓原（常熟理工学院教授、博导，中国报告文学学会副会长）：我总的一个判断，《满城活水》是一个好的题材遇到了一个好的作家，最后达成了一部好的作品。从两个方面谈一下我的阅读感受。

第一，我觉得《满城活水》这是一部选题有特色、有创意，主题有时代价值的好作品。大家知道，报告文学的非虚构性，部分决定了作品的题材选择所具有的某种前置性的意义。如果这个题材没有什么价值含量，作家再有本事也不一定写得好。目前在非虚构写作和报告文学写作方面，我个人的感觉有几个问题。一个是同质化，主题创作带来的负面效应就是同质化。第二个是过分偏于时代的宏大叙事，缺少具体的细部的深度的叙事。薛老师的《满城活水》，写的是“我的天堂我的水”，题材独特，叙事深入，有着充分的苏州特色。水之于苏州是建构命脉，是形象代言，是历史，也是现实和未来；是它的地理也是它的文化，是它的经济也是它的政治，是非常丰富的，这是一个非常好的题材。我说这个作品主题有时代价值，因为它起码关联两个东西，一个是关联了新时代生态文明建设，水是生态系统里面一个核心部分；第二也关联到大运河的文化带建设，这都是非常重要的命题。

第二,《满城活水》是一部有着很大写作难度的作品，同时也是一部作者知难而为、为而有成的作品。首先说到难度，水题材是非常大、非常复杂的题材，包含要素多，把握难度大。这块作者动了脑筋，处理是到位的，是有序的。第二个难度体现在，这是一个高度专门化、专业化的材料，如何进行有效的文学化的表达，前面的发言已经涉及，具体不展开。作品的成功体现在什么方面？第一是写作态度，现在报告文学很多粗制滥造，这也不能怪作家，上面主题下来了，都有限时，匆匆忙忙就写了。《满城活水》的作者是用心用情用力地写作。苏州市作协之前出过一部报告文学集《循古向新》，是一个写古城保护的作品，里面关于水治理的部分就是薛老师写的。那是好几年前的事情了。由此发端，起码这个作品相关积累有五六年时间。当初的作品我看的也是打印稿，经过了修改。修改过程中再采访，采访了一百多人，没有耐心，不用心用情，不可能写出这样的作品来，有了这样的投入，保证了这个作品的坚实基础。第二，有良好的写作能力。写作态度好，还要比较高的写作能力。他是写散文的，以这样一个笔调和能力来进行这本书的写作，写得是比较丰富饱满的。现实和历史的融合，写水写事写人，有几个人物很清楚，他很注意这方面文学要素的写作，既写成就也写问题，既有报告也有文学。尤其是上半部分，更好一些。

总之，我认为《满城活水》是近几年来江苏报告文学创作最重要的收获之一。

王晖（南京师范大学教授、博导，南师大中国非虚构研究院执行院

长）：我昨天晚上来得很晚，一般我会接自来水烧水喝，昨天我就接了自来水喝，很放心。我二十年前在苏州大学学习过三年，读博士，我对苏州的水特别有感慨。昨天来得晚，没看到水，但是因为看了这本书，就非常放心，很欣慰。

《满城活水》不完全是讲水，我的理解，苏州在我们中国的现代化发展进程当中是具有象征性的城市，是中国特色社会主义现代化文明转型的样本。那么水这个东西，特别能代表现代化、工业化和人的生存、人的发展的关系，是这样一个特别的纽带。

这个报告文学很像20世纪80年代末期的一种报告文学形式，就是问题报告文学，那时候讲得很多。其实也是中国发展到一定阶段，出现了一些问题，其中就有这个环境的问题，包括水的问题，都有。我觉得《满城活水》既有问题报告文学的特质，讲了苏州曾经的水污染问题，同时也非常切合今天生态文学或者生态报告文学的主题。所以我想，这是一个问题报告文学加生态报告文学的题材。

另外，我拿到这本书以后，看了就放不下了，因为我特别关心这个题材，为什么特别关心？因为这是一个和我们每个人、每个家庭、每个生命，我们的生活，密切相关的问题。比如说我现在在南京，我也非常关心苏州是怎么做的。题材是非常抓人的。这个作品，一个是问题报告文学，一个是生态报告文学，而且又切合了一个大运河的题材。大运河在这个作品当中，不是最重要的内容。他写苏州的水，一个侧重点是苏州的供水，苏州对于水治理的角度，其实是一个带有很强问题意识的角度。比如他会讲到排污的问题、蓝藻的问题，还有船务的问题，还有清淤、缺水的问题等，都非常重要。

一方面是对苏州治水历史非常清晰的梳理，有一章专门谈到历史上这些名人，包括范仲淹等人，他们治水的经历。另一方面更重要，就是对苏州城市水问题以及对于水治理的观察和调查。书后面列了一个清单，有一百多个人，这是我们报告文学作为一种行走文学的非常重要的因素，报告文学、非虚构作品和小说是不一样的，一定要有行走，我理解的行走是什么？田野调查，一定要有采访，而且这个采访是非常的广泛，后面列的人包括了写进去的人物。不过这些人物是精选的，不是采访多少人就都把材料堆进去。书里还有很多知识性的东西，涉及水的管理和治理问题，有很多专业的名词，截污、清淤、沉淀等，我第一次听到。如果没有作家大量的沉下心的田野调查，这是不可能做到的。有了这种知识性以后，就带有很强的文献学的特点。我们今后要了解改革开放这么多年来苏州的水治理以及取得的成效，就绕不开薛老师的这本书。尽管是一个文学性的表达。

那么这种文学性的表达还体现在哪里呢？刚才丁老师讲是江苏报告文学的收获，我觉得是中国报告文学非常重要的收获。这本书放在当下中国报告文学作品的阵列里面都是非常出色的。薛老师具有苏州作家的鲜明特点，很内敛。不是非常直白的新闻化的语言，尽管后面也有一些数据，但是第一部分“运河之城”，叙述表达都是很内敛的，带有一种很明确的艺术描绘的节奏感，但同时又不是那种很虚妄的话语形式。有些报告文学其实是两极，一种情况是有报告无文学，材料堆积，好的题材遇到了不好的作家；还有一种情况是有文学无报告，这个我看得太多了，就是号称报告文学，其实里面有大量虚构的东西，历史人物有那么多的心理描写吗？而且你没有历史事实的支撑，又标明报告文学、纪实文学，这个文体的合法性就取消了，我可以把你这个当成小说来看。从这个角度来讲，薛老师这本书是我们今天报告文学话语范式一个很好的文本，他把握得很好。虽然薛老师也写诗和散文，但是对报告文学的文体艺术把握很到位。我非常欣赏这一点。

另外，这部作品有诗意渗透其中。作者的文字是趣味盎然的，不是味同嚼蜡的表达。而且这个作品当中有比较多的议论、评论，我叫作非叙述性的话语，都带有很强的哲理意味。这样的反思和思考是立足于或者说来源于作者对于苏州水治理非常深入的调查。如果他没有这样一个深入的田野调查和采访，是不可能有这样很深刻的反思。还有他讲到城市的船坞，整治杂船本质是解决现代化进程当中的历史遗留问题，这个看起来是河道上的几条船坞，其实和中国的水运市场变迁，与中国的航道管理升级和中国城市化进程的不断提升是密切相关的。看起来是非常表面化的问题，但是他会深入地挖掘，这是作为一个报告文学作家非常重要的武器，或者说是一种才华。我们经常讲，报告文学作家首先要是一个思想者，不是说思想家，而是一个思想者，因为现在报告文学的时效性已经不那么“时效”了。报告文学在融媒体时代，是没有办法跟网络比快的。所以我觉得，它更多的是你对这个世界、对这个对象的深入思考，就是你的厚度、深度，我们不比速度，比深度。在这个意义上，薛老师这本书的完成度是非常高的。

主持人小海：谢谢王老师对这本书的高度评价，我听出了重点，《满城活水》不仅是苏州报告文学、江苏报告文学，还是中国报告文学的重要收获，谢谢。下面有请陈霖教授。

陈霖（苏州大学传媒学院教授、博导）：薛亦然这本书，我也是比较早就接触的。有一阵子到他办公室玩，发现他的办公室墙面都是地图，都是水的地图，他像作战指挥一样。那时候是2016、2017年，就已经开始了。不说十年磨一剑，那也是非常长时间的一个打磨。这个过程中，每次我到他办公室都会谈到水的事，看到那些地图都会问他的进程。终于有一天收到他的电子稿，看了以后非常兴奋和振奋。我觉得这本书意义是多方面的，可以说是为我们城市发展、社会善治和现代化进程提供了一个非常独特的苏州文学样本。

这本书出来不久以后，我就在《文学报》上发表了评论，题目是“水城苏州的别样叙事”。作者很用心地进行结构上的尝试，不是追求线性的结构，全书的开篇就是“看不见的城市”，他是从卡尔维诺那里得到的灵感，写苏州的水就是一个“看不见”的城市的切入点。

我觉得《满城活水》为我们的报告文学也好，非虚构写作也好，提供了以下几方面的写作经验。这是一个危机压力下的写作，整本书充满危机感。虽然我们苏州天堂般的美好，但是在感受美好的背后，也看到不被人关注的危机。水的危机是一个突出的表征，这是我阅读这本书的感受。这个危机感和自豪感——有压力，顶住这个压力，解决这个问题，取得了成就——两者构成了非常好的张力。昨天我从家门口走到一个泵站，和泵站里面的老头聊天，他不知道《满城活水》这本书，但是他知道苏州在水上面花了功夫。说最近又投了很多钱，要改造泵站，因为那个泵很扰民。技术上的事情我不太懂，但是扰民这个问题是非常具体的现象，现在正在整改解决。他也是老苏州人，谈到这些时充满自豪感。这样的感受让我想到另外一个问题，就是这本书“地方感”的形成。我们对一个地方的感知、感情、感觉，实际上是形成地方文化认同、政治认同、社会认同的非常重要的方面。这本书在促成现代苏州的“地方感”上有特别重要的意义。我们读了以后，觉得下一代更多人也应该获取这本书里的相关知识，将形成地方历史、现代传承，以及走向未来的厚重的资源积累，都聚焦到“水”上面来。这是将来可以做的一个推广工作，让它进入我们本土的文化地理教材当中。

还有一点，作品叙事处理上的难度非常大，能够让人明显感受到。作者处理起来非常有弹性，以人物为中心，以事理为动力，不断地在踩跷跷板。我第一遍看的时候，觉得人物方面好像故事非常多，但是难以获得非常深刻的印象。后来看到修改版本以后，我发现他通过这样一个调整、穿插的结构方式，更新了文本的节奏，让人看到一段事以后触及一个人物，所以“人物志”是打散在各个部分的。除了“人物志”标出来的人物，还有历史上的人物，还有事件进程中的人物，人的鲜活始终贯穿当中。从这个意义上来讲，本书的以人物为中心，不是文本里的人物塑造，而是人的活动行为，人在生活流当中的具体状态，从水的角度切入来展开。总的来讲，这样一种方式会让人们既对他所讲述的事件产生浓厚兴趣，持续追读下去，又被贯穿其中的人物行为、经历所感动。今天来的戴局长也是其中一个重要的人物，我今天看到他的样子，就觉得薛亦然描述的真就是这样。

我们的城市治理会涉及方方面面，但是水的治理是尤为关键的。我们往往把水的治理理解为技术问题，当然确实是一个技术问题，但这个技术问题所撬动、所关联、所连接的却是很多社会问题，比如移民、船舶。一项工程中，政府、老百姓、具体的技术人员，相关部门之间的联动，这些构成了一个很全面很系统的社会治理的图景。上次我参加复旦城市传播研究的活动，接受采访时特别提到薛亦然的《满城活水》。我觉得这是我们城市传播、城市交往、城市沟通、社会善治的非常有代表性的，可以体现我们当下强烈危机感和现代意识的作品。同时这里面留下的可供续写和深挖的节点也很多。可能薛老师也会继续在这方面做出更多的努力，另外他也会启发更多的写作者，甚至是不同专业的学者、研究者，从这里开辟出更多的写作空间。

郭根林（苏州市水务局三级调研员）：《满城活水》我认真地学习了，总的一个印象：专业性和文学性结合得很好的一个报告文学。水利或者水务的专业内容，通过文学性的手法来表达，两者结合得非常好。由古及今，由大到小，从古代的伍子胥，生死存亡的国家大事，写到一个城市的日常小事。历史文化的挖掘和当代的治水，很好地结合起来。"人物志"里面，特别感人的是"听漏"。这样一种专业的技术，以文学的方式表达出来，非常细腻感人。

主持人小海：谢谢专业人士的肯定。下面我们请本书主人公之一的戴局长发言，他是水务局的老领导，既是决策者又是具体的实施者，付出了大量的心血，他的现身说法更有启示意义。

戴锦明（苏州市水务局原局长）：我是 2007 年 11 月到 2015 年 3 月任苏州水务局局长，近八年当中，我们做了三件大事：一是东太湖 180 平方公里的综合整治，二是搞了一个主城范围的 111 条河道清淤工程，三是把长江水引到苏州来。这三件大事做了以后，对苏州整个外部水、内部水、太湖水、阳澄湖水有了比较好的整治。

我当水务局局长以后，有几件事对我影响比较大。2008 年的时候，国家住建部城建司司长到苏州来，说要看苏州最脏的水，我们当时看了花鸟市场那边的水，确实是非常脏，当时印象很深。第二个事情，有一次到阊门去，有一个游客说到苏州来看到了这么臭的水。第三个是游客给我写的信，说苏州的园林不错，但是水特别差。还有一次市领导接待中央的老领导，听完评弹出来，说起苏州的小桥流水，老领导说这个水的味道这么臭，还有什么好说的。这几件事情给我印象特别深。领导的重视，方方面面的反映，还有我们城区老百姓的声音，这个水不行，我水务局局长的脸不好看。在市委市政府的领导下，我们下定决心，搞了四件大事：第一，城区 100 平方公里的环形道，把城区包围起来。第二，包围以后，集中整治城区 655 条杂船。当时有住家船等各种各样的船，吃喝拉撒都在河道里面，我们用三个月时间把这些船都回购清除。第三件事情，古城的 111 条河道，全部清淤。历史上苏州城区清淤就在清朝搞过，后来都没干过。因为苏州的城区小河道很多，做起来很难。我们用半年时间进行了清淤。做了这三件事以后，最后我们提出，要满城活水。我们请了专家，对苏州怎么搞活水做了方案，我们建了两个活动泵，把北边的水抬高，往南边流。做了这几件事以后，苏州城区的河道有了比较好的改观，河道水活了。当时《姑苏晚报》向市民公示，一个礼拜对苏州城区 28 个监测点进行监测，把指标公示出来，接受群众的监督。

非常感谢薛老师，把我们做的很多工作、把老百姓的认可都写出来了，作品有着很强的可读性和教育意义，非常好。

华建良（苏州市水务局原水务处长）：首先要感谢薛老师为苏州水所付出的辛勤劳动，主要体现在两个方面。

第一，对各方的访谈。一百多个人，有的还是多次的采访，真的不容易，很多同事因为工作关系，采访不一定在白天，有的是在休息天，有的是在晚上。

第二，对苏州水文化历史的深层次追问，对苏州水文化现状一丝不苟的调研，以及对苏州水文化和未来治水的谋划，这些都体现在辛勤劳动获得的成果——《满城活水》这本著作之中。

苏州水和苏州园林是苏州这座有着2500多年悠久历史文化的城市最著名的名片，这是享誉世界的。《满城活水》的出版发行为苏州水的名片起到了宣传推广的重要作用，同时为苏州水注入了新的文化元素，注入了奔腾不尽的动力资源，丰富了苏州水文化的精神内涵，全景立体地谱写了当代苏州治水人不畏艰难、勇于担当的精神。最为难得的是，这不是命题作文，是薛老师自己关注、自己选择的题材。此书的出版发行必将激励一代又一代生活和工作在这座充满生机的城市的苏州人，为继续谱写好《满城活水》的光辉篇章不断努力。

于奎潮（凤凰传媒编委会质量组成员、凤凰诗歌出版中心主任）：非常感谢各位老师、各位专家对这本书的分析和评价，很多观点对我们出版工作有指导意义，给我们很多启发和收获。

借这个机会，我要感谢薛老师，把他的这部心血之作交给凤凰文艺出版。我最早知道这个选题是在2018年的江苏书展上，薛老师谈到了他正在筹备的这个选题。当时我从一个编辑的角度来看，觉得是非常好的创意。从水的角度，来切入苏州的文化、苏州的文明、苏州的人物，我觉得这个角度非常的新颖，题材非常好，当时也做了一些简单的交流。后来一段时间，薛老师就开始采访和撰写。在2021年1月，就是去年这个时候，薛老师把完稿发到我们这儿，浏览以后，我的印象是比所期待和想象的还要好，还要有力量，还要感人。所以我的同事跟出版社做了汇报以后，在社长和社委会的鼓励下，我们就迅速地开始推进这本书的出版流程。我有一个观点，一个编辑看一部稿子，和一个评论家、一个读者看的角度是不一样的。在编辑过程中，还是带有工作的态度。但是在这本书出来以后，我又回头翻了这本书，我觉得比编辑的时候感觉更好。我没有做特别系统的思考，讲的是观感，就是这本书切入的角度好，选择了苏州、苏州的水作为切入点，其实反映的是生态文明建设的背景。既是一个时代的主题，同时又是一个和民生息息相关的主题，刚刚局长讲到了苏州水曾经出现的一些问题，包括还有书中写到的水患的问题、水污染的问题，都和苏州的老百姓生活密切相关。所以这个主题就是关注苏州民生的话题，这个角度选得特别好。

薛老师写这本书真的非常合适，因为他是一位诗人、散文家，这个作品把报告和文学做了一个非常有机的统一。报告文学这几年有很多问题，很重要的一点就是报告有了，但是欠缺文学。另外还有一个现象也存在，我印象特别深刻的，就是粗制滥造之作、应景之作，完成任务的作品，太多了。薛老师是以他三四十年的文学写作功底来完成这个“工程”，而且倾注全力，倾注感情，倾注爱。作品要感动人，首先自己要感动，这个热爱的感情是贯穿在字里行间的，这是这本书具有感人魅力的非常重要的根源。

写一个地方的治理，写一个地方的水，写一个城市的文化，归根到底离不开这个城市的人。所以就像专家们说的，薛老师的书中写了很多的苏州人，包括戴局长，包括全国劳动模范，一个新苏州人，一个外来工，还有包括水务热线的普通女工，包括听管道的师傅，还有苏州水务的活地图钱师傅等。这些人物，从决策者到一线的工人，包括地面上的工作人员，还有水管里面的工作人员，这些人就是生活在最基层的苏州人，这本书为他们留下了浓墨重彩的文字，非常生动，非常接地气。这本书是为苏州立传，为苏州人立传，读这本书不仅增加了对苏州的了解，也增加了对苏州的热爱。同时我还说一点，通过这本书，可以看出苏州为什么这么强。什么都强，首先是因为苏州人强，苏州人从决策者、官员，到普通人，哪怕是一个外来工，一个整天在地下管道里面钻来钻去浑身污臭的外来工，都有一种精气神。我们就能理解当代苏州之所以雄视同人，都是基于苏州人的了不起和伟大，有了伟大的苏州人才有伟大的苏州，才有强盛的遥遥领先的苏州。这本书写得非常扎实，用了很多的精力，采访了一百多人，后面还有附录，阅读了这么多的典籍，可以说这是一个“工程”，以一人之力完成这样一个“工程”，可以想象薛老师投入的心血。

确确实实这本书可以作为苏州人、苏州青少年乡土教育的重要参考文本，因为这和一般的知识性的读本不一样，它有情，有故事，有人物，也有历史的脉络，是一个集大成的文本。

韩松刚（江苏省作协创研室副主任）：我拿到《满城活水》这本书以后，还是做了一些功课的。大家对这部作品已经有了非常清晰和饱满的文学认识，我就从我自己的阅读谈几点看法。

就像刚才老师们说的，《满城活水》可以看作是一部简明的苏州城市的编年史，是用一种文学想象和历史纪实的方式，为我们描绘了一个看得见又看不见的、复杂而有活力的苏州。而且《满城活水》这样一种书写方式，可能跟我们传统意义上的传记写作和小说写作，以及对城市的塑造书写完全不一样，尤其是薛老师动用了一些西方的卡尔唯诺、罗素等文学和学术上的资源，来进行一个复合的书写，体现了薛老师非常有文学眼界的叙述方式，这个是非常重要的。具体来谈三点。

第一，《满城活水》为我们提供了一个物理性的苏州。大家应该知道，我们很多人对于苏州的理解，尤其是从我个人来说，对苏州的想象和理解，往往是从文学作品当中阅读来的。人们从文化和文学上的想象中，对于苏州充满了期待。但是我觉得《满城活水》为我们提供了另外一个意义上的，更加物质、更加科学的，甚至有一种物理性的城市形象，这是非常重要的，这是在以前的城市书写和城市塑造中没有的。这一点是非常具有开放意义的，这个体现在我们作为一个人，一个个体，在这个城市有序的正常生活的合法性的建构。我一直在想，我们在城市里面生活，但似乎从来没有考虑过，可以在城市生活的合理性的建构是从哪里来的？我从薛老师的书中得到了一个启发，就是这样一种城市的科学的合理性的建构，是为我们人在这个城市的幸福生活或者一种存在，提供了一个基础，这是非常重要的。

第二，《满城活水》跟其他的报告文学非常不一样的地方，前面老师也提到过，它通过水环境的治理，有一种更深入的，对人的，包括人性的思考。这样的例子有很多，我举一两个，比如薛老师书中写到人与城市相互塑造，互为结果，丑陋的人不可能拥有美丽的城市，比如保洁工作是与人斗，这样的思考。报告文学的一个重要特征，不仅仅是面对问题，尽管问题意识很重要，但是问题意识背后对人的思考才是文学意义上更重要的强调。除了这样对人的、人性的思考，还有一个特别重要的，是我在以前的报告文学作品中没有看到的，即对私人生活和公共生活、公民的权利和义务的反思。这个里面写到，一个城市成功的水环境治理过程应该是政府主导、市场运作和公民参与，是三方面共同努力的结果。类似这样的思考有很多。我觉得，通过活水的治理，涉及公民或者公共生活的深入思考，这体现了一个作家对于文学的深层次的探索。

第三，比较重要的一个阅读感受是，每个城市都创造一个心理状态，《满城活水》写出了苏州的心理状态。这样的状态下，我们可以感受到古老的力量、传统的精神在里面，同时也有一种新兴的活力。就像一个城市自身建构一样，既有江南的韵味，也有精密精致的技术，文化的滋润和科学的涵养共时并存，只有这样，才是苏州作为一个独特城市的状态。

水环境的治理，更多是一种行政主导的政府行为，但是《满城活水》这样一个文本的出现，还有一个非常重要的地方是没有忘却日常生活在历史进程中的存在。对一些小人物和具体参与城市水治理的人物的塑造，从这个意义来说，这部作品还是处于在陆文夫、范小青和苏童等人的写作中延续的苏州文学传统中。我认为，《满城活水》虽然是报告文学，是一个非虚构作品，但仍然可以在苏州虚构文学或者苏州文学的传统当中来看待，这是一个非常独特的价值。

张颖（苏州市职业大学副教授）：这本书的打印稿，我印象中是在去年的 4 月份读到的，写评论的时候，我心里是有一点忐忑的，因为报告文学是一种让我敬畏的文体。一方面是尊敬，因为这种文体比较特别，和时代、现实的关系比较密切，因此特别有使命感和现实关怀。另一方面是畏惧，作品的写作难度是很高的，从评论的角度，尺度也是很难把握，因为相当于是两把尺子，一把是纪实性，一把是审美性，评价起来也是不太好把握。《满城活水》给我的印象是游刃有余，薛老师以水为主线，水是一个大的题目，在这样大的题目下有一些子课题，有一些是属于城市史，有一些是属于城市水利史，还有是属于人和城市的关系，还有是塑造出了一个个形象丰满的个体。既有共时性的部分，也有历时性的部分。这里面给我印象比较深的，就是前面已经有老师提到的城市书写的问题。城市题材的书写现在有很多作品，但是在报告文学里面做这样一个描写，是很少看到的。大概是在这本书的 230 多页，写到了苏州人吃井水，这一段给我印象特别深，我觉得它有一种生活化的效果，提供了城市书写的另一种可能性。

另外一点，就是和大运河文化的关联。现在大运河文化建设是全国性的热点。一般人提及大运河文化表现的都是人文历史、风景名胜，都是比较光鲜的一面，薛老师的这本书开头和结尾都提到了大运河。我评论里面有这样一段：运河是这本书的楔子也是指挥，串联起了当下和未来，绵延着苏州 2500 年来的城市精神，通过运河，通过苏州水定义苏州城市精神，是这部作品重要的写作意图。当然就像我刚才讲的，这有美好的一面，这是 A 面。这本书里面还写了很多和水利、治水、治污有关的，有很多技术性的成分，这个不仅仅是苏州城市文化的 B 面，也可以看成是大运河文化的 B 面。

还有一个，就是这个报告文学的尺度拿捏。我认为这部作品有很高的审美性，但是没有超出它应当有的尺度。具有充分的想象能力、文学描写能力，但不是虚构的，这一点给我印象比较深。

刘浏（《东吴学术》编辑部主任）：今天非常高兴可以参加这个会议，之前各位老师已经跟大家分享了很多非常好的观点，我代表年轻的阅读者，跟老师们汇报一下自己的阅读感受。

首先，我认为这部作品在历史与现实之间做了切换，在问题与主义之间有了斡旋，在自然和社会中展开讨论。与其说这部作品是写苏州城市和水的故事，不如说它是在书写人与水、水与城、城市与人相互依存，彼此成就，形成命运共同体的关系。基于此，我觉得这本书的写作是很有难度的写作，我们读过很多写苏州水，写苏州城市之美的作品，但是《满城活水》这部作品在此之外还凸显了问题意识，具有思辨性，有刚柔并济的感觉。

另外，阅读这部作品带给我个人很大收获。读完它以后，我在生活中会自觉地节约用水，也想把这些告诉我的孩子。作品中提及的场景：水务工作者在处理生活污水，保洁员在小河上清理垃圾，政府在投入巨大人力物力……我会经常联想到这些。走在城市的小巷街道的时候，会想到听漏的师傅有没有在执行他的任务……有外地的朋友来到苏州，我也会给他介绍，我读过一本书，这里面讲到了苏州水的前世今生，向他卖弄一些自己掌握的小知识。甚至如果有年轻的朋友临近毕业想找工作，我会自己买一本书给他们，我说你看看我们苏州的城市，了解一下苏州的文化，如果你可以接受苏州房价的话，欢迎你来。因为这本书里面，你可以看到我们苏州人是什么样的品格，江苏的品格是什么，如果你喜欢的话，可以来这里工作。阅读这本书除了给我思想上的陶冶，还具有非常大的实践作用。

孙楚楚（江苏凤凰文艺出版社编辑）：刚刚聆听了各位老师精彩发言，我觉得这让我在《满城活水》出版后一段时间再回看这本书，有了一些新的发现和体会，同时也对我们出版行业从业人员在今后如何做好现实题材的选题，带来很大启发。下面我谈一下自己的简单看法。

首先，《满城活水》的题材和切入点。这个在之前各位老师已经反复说过了，《满城活水》主要写的是苏州水和苏州城以及苏州人，是从水和城、城与人的关系，在历史的变动中来呈现一座现代城市的诞生和发展。同时，它的内容和当下富有时代气息的诸多重要命题，像水韵江苏、大运河文化遗产、生态文明建设等，其实都是息息相关的，是薛老师在这些命题下做出的理解运河文化、理解水乡文化、理解江南文化的一个苏州式的表达，也可以看作讲好中国故事、传播中国文化的一个鲜活的地方文学范本，这就使得《满城活水》首先具备了非常丰富的现实意义、文化意义和社会意义。

第二，薛老师是在现实意义、文化意义和社会意义的基础上，赋予了《满城活水》一个非常特殊的文学意义。虽然薛老师不是苏州土著，但是我觉得薛老师写作的气质和苏州城市具有高度的契合。读薛老师的文字，有一个很大的感触，他笔下的文字和句子就像一个个非常微小的触角，或者是毛孔，这些东西在它们收缩的过程中，不断地喷吐出，浸润了江南水乡的细腻、精致的气息。比如有一些段落我到现在记忆犹新，可以举几个例子，比如这一句“一条横跨大运河的桥，好像一条精致的琵琶扣，印在江南飘飞的对襟长衫上”，还有“大运河在苏州城的西北角和东南角各打了一个结，两边一扯，苏州城就成了一张在大运河上悠悠晃荡的吊床”，这些是薛老师非常打动我的文字表达。除此以外，书中还引经据典、旁征博引了大量的历史典故。我觉得《满城活水》展现出来的水文化的底蕴，不仅体现在写作对象上，也是隐藏在他个人的遐思和文笔之中。

第三，薛老师通过他的文字向我们披露了另一副不太为人所知的“苏州面孔”。它有别于我们看到的或是听说的城市风景。比如他会写苏州三横一直的双棋盘格局，讲到运河改道的手段，也写到苏州自来水取水口面临水污染压力之下做的转移，苏州防洪抗涝和面对蓝藻暴发时的危机化解，还写清水行动和活水计划，包括地下供水管网的排列等。在大家印象中，水城苏州是粉墙黛瓦、小桥流水的，谁能想到苏州也曾经面临过水资源的短缺呢？我觉得这些其实是大家所不了解的苏州。

薛老师面对和讲述的是一个非常庞大和非常复杂的对象，即使如此，他还是在摸索探究中为我们复盘了苏州水城诞生的起点，以及推演出水和城、城和人，在历史的长河中这种关系不断演变的前因后果和前世今生。这些呈现背后是薛老师花费的大量功夫，资料查阅、实地考察还有人物采访等。我印象非常深刻的是，文中写到邗沟，为确认邗沟到底是不是中国历史上第一条人工运河，他查阅了很多的历史资料，做了很多的辨伪、取舍工作。当然，在采访和资料搜集过程中也会遇到无法逾越的困难。比如一些资料是涉密的，无法接触；有些采访对象因为身体原因或是时空隔阂，不可能再接受采访……薛老师说，是他笔下那些治水理水的人物扛起了苏州这座城市之重；而我觉得，薛老师通过《满城活水》完成对这座城市的梳理和表达，其实也是和他笔下的人物一样，扛起了苏州这座城市之重。

薛亦然（苏州市文联原秘书长，创研部主任）：今天非常荣幸，可以当面听到这么多的领导、老师给我非常热情的鼓励，让我出了好几身汗，有很多的不敢当。这本书在写到一半的时候，我明白了一点，其实我不是最适合写这个题材的人，而只是最想看到这本书的人。现在回想起来，自己对这本书真是没有做到想深想透，没“想到”就很难“写到”。今天各位老师在指点如何“想到”和“写到”方面对我有了很多的启发和教育。此刻我最想说的是感谢，这本书的写作得到了省作协、市文联、市作协的关注和支持，小青主席、王尧主席给我鼓励，水务局的专家给我指导，各位老师都提了非常宝贵的指导意见。特别是为了这个座谈会，汪政老师出了两次门，几位老师进了两次城，小海主席和两位秘书长，把这个会议筹备的全套工作做了三遍，我是深感惶恐。请各位领导和老师接受我最诚挚的谢意，谢谢大家。

汪政（江苏省作协副主席、江苏省评协主席）：现在各级文联和出版部门对于主题创作抓得非常紧，抓项目，有些文联把题材库都列出来了，就像超市一样的，让作家选。作家对所选题材的认识、思考是不是到位，有时候就很难说，往往就变成了就事论事，写急就章。

关于主题性的报告文学，或者非虚构纪实等，这一类的创作成果大概可以区分为三类：一类是好人好事，第二类是见事见人比较丰富的，第三类是有文化含量的。而考量一个作品是不是有文化含量，就是有没有情感，是不是有认知，有没有知识库存，有没有独到的见解。这个东西恰恰不是苏州，不是水，而是由这个苏州和水引发的属于薛老师个体的见识、情感、认知、知识储备，决定了这本书的文学价值和成色，这部作品的成色不是它的干货说了算，而是要看“软实力”。就像现在这个房子，房子好不好，人们的居住理想能不能实现，一般看什么？分土建、硬装、软装，一个房子给我们直接的观感就是软装。土建的东西，比如说毛坯的时候，大家都差不多，一装修以后，可以是天差地别。现在说要看“软实力”，就是这个道理。

为什么丁晓原老师说的话，大家都非常认同，《满城活水》这部作品，是一个好的作家，遇到了好的题材，最终成就了一部好的作品——“三好生”。这个就是个人的素养，你说这本《满城活水》，我估计能完成这种题材写作的很多，人人都能写。我吹一下牛，我也能写，但是我写下来肯定不如薛老师好，为什么？因为我没有这样的体验，没有这样的认识，更没有这样的知识储备，这样“软”的东西没有，写出来的就是干巴巴的。这部作品最大的成功在于此。

今天座谈会，要我“发言”加“总结”，刚才是发言，现在就是总结。总结就是一个字：好。会议准备了三次，等于让我把这个书看了三遍。因为这个时间拉得比较长，要开会了，拿起来看一下；说不开了，就不看了，说要再开了又看了一遍。所以这个会议非常成功，不像一个急就章。还有是请了一线的水务专家过来现身说法，这个非常好。这样的会议就是要把我们书中的人物，从纸上请到现场，让他们现身说法。苏州是什么样的，苏州城是什么样的，苏州水是什么样的，你写的是你写的，他们说的是他们说的。薛老师，我们虽然非常敬佩你，但是在水务方面，他们更权威，他们一说以后，反过来就觉得，薛老师是有道理的，我信了，他们说的跟你写的是一样的，你没有说谎，没有说假话，这个非常好。

《满城活水》的面世，从采访、撰写、出版到宣传，基本形成了一个可以推广的主题写作的成功经验。感谢张社长，他是我们作家的好朋友，不仅仅是苏州作家。碰到好书是可遇不可求的，主题出版应该得到全体作家们的响应，不要硬写，而是像薛老师这样，自己主动地、自觉地动用自己认知积累地写，这样写出来的东西必然是好东西。

多维视角下的B面“水城故事”

——评薛亦然《满城活水》

张颖

苏州是一座有2500年历史的古城，因独特的水文、丰饶的物产、璀璨的人文，自古是人们向往的人间“天堂”，仅一句“君到姑苏见，人家尽枕河”就留给后人无限旖旎的想象，“东方威尼斯”的美誉更让她在世界范围内为人们所了解、熟知。水之于苏州，是城市风情的核心，这种风情定义了一座城市的形象，人们乐于接受它，却极少会去思考、探究她背后的故事。如果说一座现代城市的A面是文明与繁华，B面则有一个庞大精微的系统在起作用，苏州城亦然。作为苏州文化重要象征的水文化也包含了这样的A、B面。薛亦然的《满城活水》就是这样一部讲述苏州城旖旎水文化之B面的长篇报告文学。

一

这B面所涉及的即是《满城活水》的五大部分：“向吴而生”“水城安好”“风雨河道”“活水行动”“我的天堂我的水”，依次展开的是苏州的建城史与运河开凿史、洪水的疏浚与治理、水环境治理、活水行动、城市供水这五大主题。通过这五大主题，向读者展示出苏州水务人经历了怎样漫长的努力，才打造出了如今堪称模范的“活水之城”。而各大主题内部，又被条分缕析地细化为若干方面。以“风雨河道”这个部分为例，其中五章，讲的都是水污染治理、水环境治理，但各章侧重点又有所不同，有的侧重于展现如何妥善安置“住家船”问题，有的侧重写如何处理在城市发展过程中填河筑路遗留的问题，多视点转换，笔调灵活，这样的结构方式形成了全景化的叙事效果，又兼顾了具体的人、事与细节，是对苏州水的360度写照。

如有研究者言：“‘报告文学’的品格有些怪癖，它是一个多重矛盾的混合物。有人称它是‘两栖动物’，有人说它是‘边缘文体’，还有人讲它是‘杂交混血儿’，反正它有些特别。它的品格充满了矛盾。”[1]的确，“报告”是纪实，“文学”则需要审美表现，要兼顾到这两点并不容易。因无论是客观纪实还是审美表现，都需把握一个尺度——将一些看起来乏味的数据、事实、过程，以生动的方式讲述出来，但这种“生动”不是向壁虚构，而是为了寻真实、写真实、求真实。如作品中写到的“污水管网”“雨水管网”“绞吸船清淤”“12项污染指标”“污水液位”“氯化处理”等术语，无疑会给普通读者造成一些阅读障碍。不过，作者常调动适当的修辞手法，化繁为简，化抽象为生动，使说明对象一下子清晰、可感起来。如以长剑比喻大运河：“手抚大运河，就意味着持有一柄斩钉截铁无往弗界的长剑，其紫电青霜也似的锋刃可以直指中原，威逼诸霸，逐鹿问鼎。”写出了大运河在历史上的军事价值。写苏州的地理构造是：“大运河在苏州城的西北角与东南角各打了个结，两边一扯，苏州城就成了一张在大运河上悠悠晃荡的吊床。”以及写河道管理处工作人员俞峰的履历：“那些井盖就是俞峰的听诊器。”都非常形象。而拿旧日苏州水上的船与威尼斯的船做比较：“阿姆斯特丹的船屋与苏州的死船不可同日而语，就观感而言，前者是城市的花朵，后者是城市疮疤。”道出了苏州水环境治理之急迫与艰难。作者还这样形容城市污水管里的水

1　范培松．报告文学的艺术构思［M］// 范培松．范培松文集：第5卷．江苏：江苏教育出版社，2012：129.

流声：“那潺潺水声绝似一管银色长笛悠然吹出的安静、平和，现在想想，那就是这座城市吹出的一曲轻松而悠闲的市井民谣。”以“潺潺”“安静”“平和”形容污水的流动，颠覆了人们对污水的印象，这是以城市水治理“病理学”的眼光在写污水的流动，而能让读者即刻领会其意义。《满城活水》随处可见这样的妙喻，比喻在这部作品中是文学手法，同时也是说明方法，而擅长以形象化的语言去表现真实，可以说是这部作品的一大特色。

报告文学的报告对象是事也是人，相对来说，事是骨骼，人是灵魂。《满城活水》写了形形色色与苏州水有关的人，有官员，有专家、技术人员，也有普普通通的工人。作者写这些人物的方式各各不同。有的人物是作者着力塑造的人物形象，有的人物既是亲历者、讲述者，同时也是报告的对象，还有些人物则仅仅承担讲述者的功能……如何将众多人物穿插进报告，也体现了作者谋思结构的匠心。作品的五大部分都有其内在的骨骼、血肉与灵魂，各自可单独成篇，合起来又是一部关于苏州水的大文章。而作者将众多人物依照他们与苏州水某一方面的具体关联分散到不同章节中去，形成了三篇独特的人物志。三篇人物志中，每篇又包含几个人物，有所侧重地写他们的某些经历、某些特征，最大程度地展现了苏州水务人的整体风貌。塑造群像，点面结合，是这部作品在写人方面的主要方法。

另外值得一提的是，《满城活水》说到底是围绕“苏州水”而展开报告的，主体是当代苏州的水务工作，但也涉及不少地方文化元素，可视为对地方文化的一种别致抒写。作者行文上或也有意突出这一点。除了钩沉与苏州水有关的历史人文，还不时揉入一些苏州方言加以点缀，如“辰光在捣糨糊啊……”“真格啊？”“老百晓”“填脱哉”等，增强了部分叙述的现场感与生动性。某些部分又恰到好处地引用了叶圣陶、陆文夫、车前子等苏州作家的诗文，使得这部作品在“地方性”这一点上也颇为可观。

二

《满城活水》亦将苏城“活水”置于历史、文明、文化、人性交织而成的多维视角去表现，使得叙述大开大阖，仿佛多声部的交响乐，有种恢弘变化之美。

一个角度是苏州的建城史与运河的关系。《满城活水》有一个特点，是以运河开篇，又以运河收尾，因为运河与苏州城的关系实在太大，没有运河，就没有苏州城如今的基本形态与格局。作者依史实说话，以顾颉刚的《苏州史志笔记》说明苏州的建城史、城市发展史与河道形态之间的关系：“苏州之古为全国第一，尚是春秋旧物……其所以历久而不变者，即为河道所环故也。”又以《越绝书》《吴越春秋》《吴郡志》《姑苏志》等古代典籍说明，“大运河由苏而起，向吴而生”。历史上吴地的繁华也离不开运河的滋养，纺织、家具、棉布、金银、书画等各行各业的发展、兴盛都与运河、水系的发达有极大关联，自然引出了水城故事的两面：一方面，苏城“亲水”，苏城的繁华因水而造就；另一方面，苏城又高度“防水”，当然，这背后离不开几千年来苏州水利人不懈的探索和付出。对于《满城活水》这部作品，运河是楔子也是旨归，是实有也是象征，串联起了苏州水城故事的过去、当下与未来，其中绵延着苏州2500年来的城市精神，通过运河，通过苏州水去定义苏州城市精神，是这部作品的重要写作意图。

另一个角度是水与城市文明、人类文明发展的关系。每一座城市的发展都离不开水利建设，苏州也不例外。进入现代社会，城市化进程的加速使得城市规模越来越大，人口越来越密集，给城市生态治理、居民供水等提出了更高要求。《满城活水》涉及了现代城市发展过程中存在的一些问题，这些问题往大里说也是人类文明发展过程中普遍需要面对的。《还魂断头浜》是全书非常精彩的一章，作者从1927年两辆汽车开进城说起：“这是苏州城建舞台上的一次灯光暗转，聚光灯打在闯入古城的汽车上……骤然闯入古城的汽车在怡园门前按了两声喇叭，附近的河水应该打了个寒颤吧？”河水为何要打寒战呢？汽车进城意味着现代文明的登场，接下来就是拆城门、修马路、拆小桥，最终发展到填河筑路。书中以统计数据说明，民国期间共填塞废弃河道8条，长6670米。而自50年代起到20世纪末，“共填没河道25条，约长19442米，成为苏州城建城2500年以来最集中、最严重的填河毁河时期”。这章主旨是写河流的疏浚与治理，但通过这些触目惊心的数据也反思了过往“人定胜天”思维的短视与盲目，认为：“说到底根子在于人性的贪婪……贪到极致难免蠢，一蠢，就快到头了。”其中包含的警醒意味、批判精神，何止是适用于苏州这一城！

还有人的角度。如前述，《满城活水》写了不少人物，其中有历史人物，也有当下现实中的。从夫差开凿邗沟而奠定苏州城的格局与地理骨架，到传闻是伍子胥设计苏城水陆“双棋盘格局”，再到于頔、王仲舒、白居易、钱元璙、范仲淹、夏原吉等人在苏城治水史留下的一页页珍贵记忆，在这些名字上面，我们很难辨别出苏州水的A面与B面，这两面毋宁是交织在一起、不可分割的。从作品开头提到的山塘街的徐文高、汪志祥、张建珍等人的故事里也能看到这个特点，即从古至今，苏州水与苏州人往往是互相成就、互相彰显的。

具体到当代水利人，作品中的一类人物承担着叙事功能，他们讲述水城故事，而自己也是故事中人。如黄铭杰讲述了面对巨大的城市给水压力和水环境恶化所采取的“逃跑”政策，作为雨水井管理者代表的俞峰告诉读者雨水管网畅通排水对于一个城市的重要性，“清水工程”施工方讲述清淤的彻底和市民的满意度……在采访中让人物自己讲述故事的方式无疑最大程度凸显了这部报告文学的纪实性特征，带给读者最为真实的、有时是惊心动魄的感受。此外，也有一些人物属于决策者，他们往往在苏州建造“活水”之城的过程中起到了至关重要的作用，有些笔触不乏戏剧性，像《故事的拐点和讲述的起点》《与决策者复盘》《草帽局长水姻缘》等部分，生动讲述了苏州水环境治理的“幕后故事”，使我们看到苏州地方政府在水污染治理方面所下的决心与所做的努力，也给我们展现出这座省内 GDP 排名第一的城市是如何处理城市发展与生态环境治理的关系的，而这无疑也给现代城市管理提供了宝贵经验。作品还写到一些专家、技术人员，像《一生赶考》里退休了还在为社会发挥余热的水利工作者赵瑞龙，“旋舞在水务潮头”里一辈子奉献给苏州水务工作、对弱势群体将心比心的华建良，都体现了苏州水务人专业、务实、高度文明的工作风貌。

最朴素动人的是那些普通水务工作者们的故事，如常常需要深入到地下数米、在恶劣环境中工作的工人罗师傅，日复一日走家串户的“老百晓”抄表工师傅们，充满耐心和爱心的话务员姑娘们。以“全国劳动模范”罗延银的经历为例，他的日常工作是跟肮脏的下水管道、恶臭的污水、蚊蝇等打交道，这仿佛与我们所理解的“东方威尼斯”的风情相去甚远，然而，所有光鲜的 A 面故事背后都可能有这样充满忍耐与艰辛的 B 面故事。薛亦然以充满敬意的笔调抒写了这些普通工作者的非凡价值。

值得一提的是，在人与城的维度上，作者亦不乏对人性的深度解读。比如，往河里乱扔垃圾是人性的懒惰导致的，偷排污水是商家的逐利本能决定的，这似乎难以改变，但薛亦然指出：“人与城是相互塑造的、互为因果的，丑陋的人群不可能真正拥有美丽的城市。”“清淤、截污、活水是与物奋斗，保洁工作本质上是与人奋斗，对抗的是人性的弱点。”而“一个城市成功的水环境治理过程，应该是政府主导、市场运作与公民参与三者共同努力的过程”。作者呼吁：“在完美我们的环境的同时，完美我们自身。”叙述终归落脚于人作为人的主体性，生活于苏州城中的每一位居民都是水城文化的缔造者与参与者。作者在《我的天堂我的水》中的《水城节水大小事》中明确提出了“公民意识”这一概念，这彰显出了这部作品鲜明的现代品格。

三

审美性向来是衡量一部报告文学能否被称为“文学”的重要标准，前文已述及《满城活水》擅以形象去说明真实，除此之外，作者也擅长展开文化想象，以此延展、丰富真实的情境；还擅长以充满诗意的生活细节勾勒变迁，为文明的过去做有温度的注脚。

作品中有不少地方引用了戏曲诗文。在硬性的数据、术语、事实罗列当中，这些诗文有时如柔软的丝线缠绕、贯穿其间，形成了别一种软性情调。如书中引用弹词《白蛇传》里许仙与白娘子的经典对唱：“七里山塘景物新，秋高气爽尽无尘……”使得山塘的文化意味、文化想象都由此生发出来，使读者自然感受到苏州水与苏州文化之水乳交融的关系；以清代诗人汪琬的《过鸭脚浜》和闻一多的《死水》一古一今两首诗做对比，就是在用鸭脚浜过去的清澈美好与当下的黑臭腐浊进行对比，凸显了河流治理的紧迫性；而“活水行动”那一部分，所引用的王小妮的诗歌《沿着河岸飞》也十分形象、应景，将逡巡在河岸的人们比作侦查水情的鸟儿，很好地将读者带入水务工作者具体的工作情境。

《满城活水》也试图以温情、诗意的笔触建构苏城的市井生活史与风俗史。据 1994 年出版的《苏州全国之最》一书统计，苏州有井 2 万余口，其中 60% 以上是古井。作者这样写与井有关的“苏州记忆”：“上了年纪的苏州人，都是喝井水长大的。用井水的最大优点，是冬暖夏凉。盛夏，吃过午饭，小巷里的人便把西瓜放入一只小网袋，再在袋子里放一块砖头，用绳子系下井壁，让西瓜沉到井水里……隆冬，西北风呼呼地刮，大雪绵绵地下，井台上积满了白雪，井口上却飘散出腾腾热气。”以及写到苏州人为了保持井水水质清洁，往往会在水井里养几尾金鱼：“吊水之前，先欣赏一下金鱼的美妙姿态，心情便会一下子舒畅起来，家务活也充满了浪漫情调，成了一种享受。”又且说起《吴门表隐》里的民谚：“娄门外，九槐村，井挑桥，桥挑井。”这些段落都可以说是美文，以抒情笔调描述了苏州城过去的风景、风俗与风情，使人想起顾禄的《清嘉录》、袁景澜的《吴郡岁华纪丽》一类笔记，为读者了解苏州过去的市井生活提供了生动、翔实的记录。

作者也擅长在B面故事中提炼出一种“诗味”（这或许跟薛亦然曾经的诗人身份有关，他著有诗集《空匙圈》）。像《听漏》那个部分，写付师傅仅仅通过耳朵听，就能够听出污水管道、消防栓、自来水管道等上面的“漏点”。凭着积累数年的经验，付师傅往往能够非常准确地找到漏点，解除水管输水的隐患。薛亦然从中发现了一种职业诗意：“我觉得这是一种浸润着浪漫诗意的职业。你想，当这偌大的城市昏昏沉沉睡去的时候，正是听漏师傅最为耳清目明的时候。他们行走在古城巨大的胸脯上，一寸寸谛听城市血脉搏动的声响，捕捉稍纵即逝的病灶杂音。他们是这个城市挑剔的批评者与忠实的诊疗师……有人说，苏州小巷是由无数美妙动人的故事与传说铺成的，那么他们每夜都是行走在那些美妙的故事之上，终于他们也走成了一段美妙的传奇。”结尾写这位听漏师傅在日常生活中反倒是有些耳背，可谓奇峰突起。这取材于真实的“报告”因叙事安排上的巧妙，而大大增强了人物形象的艺术感染力。

以上种种笔触更近于文学，而非报告。事实上，关于报告文学中的“文学性”是否重要，又重要到何种程度，学界曾有过不少讨论。如有论者激烈地认为报告文学是种尴尬的文体，不如将其留在历史中，因读者也存在着这样的阅读尴尬：“读者是否需要在阅读过程中，对文本的‘文学真实’和‘新闻真实’去进行甄别？”[1]但也有研究者对衡量何为文学的标准提出了质疑，认为：“传统的‘文学性’观念在内涵上不断发展和深化，已积极影响报告文学取得了与小说等虚构文学并驾齐

1　黄浩、黄凡中．报告文学：文体的时代尴尬——对报告文学生存艰难的本体质疑［J］．北方论丛，2009（1）：56.

驱的‘文学成就’。”[1]这两种观点都很有代表性。1990年代以后，有不少“唱衰”报告文学的声音，但报告文学依然以自己的方式执着存在着。薛亦然的文字无疑有种分寸感，即如上述的风俗志部分，既是描写也是记录，是更为宽泛意义上的“散文”;《听漏》的艺术魅力并非来自虚构，但却使用了小说叙事的技巧。这给我们的启示或许是 :“纪实性”和“文学性”是报告文学的两大特性，但其间也的确存在一种矛盾，容易造成割裂感。延长、发展报告文学的生命，除了突出这两点，或应致力于弥合这种割裂，这无疑要依赖于上述所说的那种“分寸感”，以及要依赖于文体上的变革、突破与融合。如可在报告事实、真实的基础上，将一些叙事的技巧、传统笔记等的笔法糅合进来，寻求对“真实”与“文学”的更为宽阔的理解。

总之，古往今来有不少关于苏州水的旖旎篇章，但的确缺少这样一部告诉世人水城故事之B面的作品。在此意义上，《满城活水》可以说是一部填补空白的作品。它所具有的全方位纪实的特性体现了作者的社会关怀与使命意识，提供了有关城市水务管理的较普遍的宝贵经验。此外，该书还将苏州活水之城的打造过程置于人、城市、文明、文化的多维交错视角中去呈现，呈现出“思接千载”“视通万里”的恢弘叙事效果 ；不断凸显的人文关怀与现代公民意识，都彰显了这部报告文学的现代品格 ；而从文学性的角度，柔性笔调、地方风俗的展现都使得这部作品既丰富翔实又生动丰盈。难能可贵的是，这种生动丰盈并未逾出应有的尺度，无论是回忆、想象，还是联想，都充满真切的情感体验，自我而不唯我，写出了对苏州水务工作者的敬佩与热爱，写出了对以苏州水为核心的城市人文精神的赞美与热爱。

1　章罗生 .“新五性”与报告文学之“文学”观念变革［J］. 江苏社会科学，2011（1）：183.

水城故事中的朴素真理

——评薛亦然《满城活水》

刘浏

报告文学《满城活水》扎进2500年历史的长河里，潜入苏城的河底，以城写水；又另辟蹊径，取道现实的对立面，在万户千家的地下共振，以水写城。作家薛亦然以文学的方式为苏州的水赋形，在自然与社会之间探索苏城与水的命运共生关系。

苏州，被人留以“水城”之印象。无论是在诗歌、散文，还是小说中，苏州的肖像都是姑苏城内尽枕河、家家门外泊舟行。世人皆知苏州水之多，却鲜少有人能说出苏城水的源头与历史变迁，更不要说苏州缺水的尴尬事实。世人皆知古有吴王夫差的雄才和伍子胥的胆识，却鲜少有人知道几代水务工作者们为让水正常地、清澈地流淌，在城市看不见的地方所做的努力与付出。

《满城活水》以水读城——从城里套城的阖闾大城，掘一条胥江引来太湖水，再掘一条运河北上，开创古城的宏伟与精细；到开辟望虞河和太浦河遥相呼应，精准调整太湖与长江的涨落，建设了现代化城市的防汛工事；再到地下供水列阵和排水管网星罗布局，使得水巷里的水由浊变清，重新焕发古城活力。

水，成就了苏州。《满城活水》追溯苏城的水之源，“从望亭镇旁的文昌阁下船，这里是八十二公里大运河苏州段的起点”。大运河从常州、无锡一路自西北流向东南，经太湖之东直奔苏州，绕过古城，经澹台湖南下。从夫差操吴戈披犀甲开疆辟土、沟通江淮开始，经隋、唐、宋、元、明、清，大运河不断地为早期文明延续提供滋养。作为大运河上最重要的一段，苏州也曾一度“附郭通舟，商旅辐集”。大运河与苏州城同生，伍子胥筑城凿水，城与水挽臂抵御外强来袭；苏州城与大运河共长，从西北到东南运河围城而过，从春秋晚期一同经历千万个春秋冬夏。尽管城池里建筑屡毁屡兴，但2500多年来苏州城池形状从未改变，正是因为拥有稳固的河道基础。

人，成就了水。自伍子胥开疆辟土、春申君主持太湖流域水利治理、唐代于頔浚沟渎整街衢、王仲舒堤松江为路、白居易开道虎丘山塘白公堤，但历史留给我们更多的遗憾，我们不知道最早规划苏州河道的设计师姓名，更不知道有多少人为苏州的“水城”之名不辞辛劳、日夜兼程过，唯有在《平江图》中窥见他们的智慧与壮举。古人造就出“三横四直”的“双棋盘”，最大限度地利用了大自然对苏州的馈赠，并建构出一套功能强大的城市水运交通、排水、排污、消防、生态系统。

《满城活水》以史为镜，在挖掘城市的建设史、水系的发展史之时，更以反思与批判的目光，直面人类在历史发展进程中遇到的天灾、受过的伤，以及人类自己对城市、对河流犯过的错、闯过的祸。20世纪70年代，苏州的水臭了；80年代，苏州河水污染、脱氧、黑臭，城市遭受水淹；90年代，又经历持续暴雨造成的严重洪涝灾害，城市供水的取水口不断受到污染侵袭。作者薛亦然亲身经历过苏城水的变化，深知情况的严重。促使他打破砂锅问到底的，是作为报告文学作家的自觉与责任。在大量寻访专家、查遍资料之后，揭开了苏城水质变化的秘密。

另一个秘密，说出来可能更多人会不相信，《满城活水》斩钉截铁地说了。“千真万确，苏州是一个缺水的城市——水质性缺水。”被称作“东方威尼斯”的江南水城，缺水？报告文学的每一句话都要基于真实。报告文学的真实属性，包括生活真实、作家真知与情感真实等方面。“完全真实是报告文学的生命和战斗力的源泉”，“报告文学不仅不能虚构、夸张，连气氛的渲染，心理活动的刻画，生活细节的描绘都要真实，而不能‘虚加练饰，轻事雕彩’，任意虚拟”，这是报告文学物理真实的坚持。作者以全息方式洞察时代，在仔细研读《苏州水利志》《苏州河道志》《战洪图》《苏州城建大事记》等史料文献，采访超过100名水利专家、政府官员、水务工作者、亲历者后，写下“水城的尴尬”往事。

秉持理性的创作，使得报告文学作品在深度上更近一步。《满城活水》抛开作家主体的个人化私情，以客观、公正的态度切入主题，完成作家“有我”的反思。太湖地区的流域面积仅占全国的0.38%，各种污染排放量占全国的10%，导致本来水资源丰沛的太湖普遍地水质性缺水。尤其是在洪涝水灾之时，上压下阻的水势，加重了苏州人缺水的危机感。“问渠哪得清如许？为有源头活水来”，于是，让苏城水活满城的其中一个奥秘被揭示出——要让水真正活起来，必须源头有活水；源头活水三要素：水质好、水量足、水位高。为了让“满城活水”，苏州人数十年来探索与跋涉，付出了千万分的智慧与辛劳，终才换来“四个百分百”目标的实现。设想、规划、试验、实施、协调、沟通……作品让我们看到了苏州水务人的坚定与坚持、勇敢与担当。赵瑞龙的灵光闪现、陈宝华倾全院资源支持、张建云院士出山领衔，然而方案提出后阻力很大，主张者们放下矜持，耐心解释，据理力争，兵来将挡，直到孩子们掏出书包里折好的纸船，放到河水里，小纸船歪歪斜斜地起航了，人们恍然大悟，“河水流动起来了”，孩子们的欢乐为市河通水仪式剪彩，事实打消了质疑。

正如萧殷所说：“一切不自觉的或群众还没有明确认识的重大问题，要求文学艺术家敏锐地明确地认识它，并描写它。只有如此，文学艺术才能帮助读者深一层地认识现实，并指导现实、改变现实。”针对人们曾经面对河流居高临下表现出的傲慢，这部作品做了深刻的反思：“只见眼前利益、一味急吼吼地索取；而愚昧无知的傲慢，终究会撞上南墙。”水的问题、环境的问题、自然资源的问题，归根究底，就是人的问题、是人类社会的问题。“人，创作了城与河，城与河给人带来财富与繁荣。但人为了得到更多，开始轻视河、挤占河，然后再品尝河殇带来的苦果。当人醒悟过来，知道必须纠错的时候，是要付出代价的，代价之一就是要花费更多的资源来处理人类社会内部发展的不均衡，而且要用合适的方式来解决，这个方式的名字，叫作和谐。”

苏州的水从“全”到“活”，再到“清”，苏州水务人始终自信、思路清晰、举措有力。戴锦明将军气魄，迎难而上攻克“活水计划”；王国荣绣娘情怀，五体投地落实“清水工程”；赵瑞龙一生赶考，水利难题越难越要上；华建良三十四年职业生涯，走遍水务系统各岗位，始终保持务实本色；马奕巾帼飒爽，绞尽脑汁思考管道铺设；罗延银工作在深深的夜里，在臭味扑鼻的污水管道里，干出了“全国五一劳动奖章”；刘必成一年四季全城跑遍，为古城污水管网维护和抢修；年轻母亲陈芳芳，忍耐恶臭，坚持完成污水处理工作；还有河道上的保洁船全无遮挡，保洁员们打捞漂浮垃圾、清除杂草，无论刮风下雨、日晒霜冻……如果没有《满城活水》，当潺潺流水绕过窗棂时，苏城人都不知道应该感谢的人的姓名。是他们，还给了人们苏州水天堂。

《满城活水》在历史与现实间切换，在问题与主意里斡旋，在自然与社会中展开讨论。与其说作品讲述城市与水的故事，不如说它叙写人与水、水与城、城与人相互依存、彼此成就、荣辱与共的命运共同体关系。自然给予人类生命之源，人类注入城市富强之力，而人类永远是自然的孩子，犯了错就会受到惩罚。幡然醒悟后，依靠人类自己的智慧和行动克服困难，改善我们赖以生存的环境，与自然与城市和谐共生。这就是生态世界里最朴素的真理。

水城苏州的别样叙事

——评报告文学《满城活水》

林舟

2018 年的一个秋日，我来到苏州文联，踏进薛亦然的办公室，就看见墙上贴满了大大小小的地图：苏州的水系图、防洪图、水道泵闸分布图、供水管线示意图……我问怎么跟水较上劲了？亦然告诉我，他正在写一部关于苏州治水的报告文学作品。至今我还记得薛亦然站在地图前的样子，像身临一场战役的指挥官，正在运筹帷幄，准备决胜千里。现在，这场“一个人的战争”，终于以《满城活水》的出版而告完胜。

要了解苏州，需从水开始。这谁不知道？苏州是水城嘛。但是，你真的知道吗？读了这部《满城活水》，我们会明白，关于苏州的水，我们知道得太少了。譬如，你恐怕不会相信，苏州是水质性缺水和资源性缺水的城市；你肯定不知道让苏州全城的水活起来的关键，是一项叫“活动堰”的技术发明；很少有人知道，苏州的自来水取水口，在不断加剧的水污染的压迫下，一次次转移，采取“逃跑”策略，终于逃无可逃；没有多少人记得，上世纪七八十年代，苏州曾经历了环城河黑臭水域蔓延持续的漫长日子；几乎无人知晓，水务工作中有专门听漏的师傅，晚上九点以后穿行于大街小巷，检测埋在地下的水管有无漏水；一般人肯定不知道，苏州城地下的供水管道 2400 公里，排水干管网 280 公里、支管网 1700 公里……

如果说，《水天堂》《苏州水》《烟波太湖》等电视专题片，展现给我们的是苏州看得见的风景——水光潋滟，水巷密织，烟波浩渺，桨声灯影，历史的深厚积淀，现代化的快速推进，这人间天堂让你流连忘返，让你如痴如醉；那么，这部《满城活水》依然从水切入，却让一座“看不见的城市”显影于纸上。它将更多的笔触伸向地下管网，透视潜流隐患，揭开重重危机，讲述苏州人如何与水相处的故事。也就是说，它更着意于探寻苏州的一切美好是如何形成的。我们随之看到的是，通往美好的路是多么漫长，多么辛苦，多么沉重，多么充满曲折与凶险。因此可以说，《满城活水》由水透视出苏州社会现代化进程中的“善治”之路，唤起苏州人对水更为深切的理解和体悟，以及建基于此的对水城天堂的珍爱。

对人类生活来说，水的重要性不言而喻。美国媒介哲学家彼得斯在他的《奇云》里探讨了人类赖以生存的基本媒介。与一般媒介形成环境的观点不一样，他强调的是，环境成为媒介——将人们相连，使生活流转，承载着文明走向，寄托着精神之源，拓展出交往的空间。水就是这样的基本媒介。而使基本媒介正常运作的是基础设施，它凝结着人的发明创造，构成了人生活的条件，但一般并不为人们感知，除非它出了问题。对一个生活在城市里的人来说，与水相关的基础设施往往是在诸如水灾发生、自来水断供、水体污染的时刻才被意识到。《满城活水》讲述的故事，很大一部分就是围绕水的基础设施建设、维护、创造以及与之相关的政治和经济制度的建设而展开的。戴维·塞德拉克在《人类用水简史》指出，水处理和水分配技术是20世纪继电气化、汽车和飞机之后的第四个最重要的工程，排在电子和互联网技术之前。《满城活水》为我们提供了生动的水处理和水分配技术的苏州样本，它贯穿在以“活水—清水—节水”为主体的社会实践之中，体现为30年里苏州水治理中积累的丰富经验和周密系统。譬如，就“活水”而言，苏州就发明了活动堰技术，总结出“江湖共济、双源引水、两点配水”等经验；而在“清水”方面，苏州也在全国率先提出了卓有成效的“两增一降”策略。

穿插于当代治水叙事之中，《满城活水》对历史的追溯，从相土尝水的伍子胥到降伏洪水的黄歇，从构筑七里山塘的白居易到撰写理水教科书的钱元璙，从留下范公堤的范仲淹到掣淞入浦的夏原吉……让我们看到这些历史上为官苏州的智者如何与水相处，其智慧即在于因势利导地将水与城、水与人之间的紧张，化为彼此的接纳与和谐。于是，与水相处既表征了与自然的相处，也代表着城市文明的进阶，同时又是对文明之缺憾的克服。《满城活水》将当代苏州的治水实践置于这样的历史脉络之中，一方面揭示出这方水土的人文地理中深含的历史积淀和传统智慧，另一方面，也凸显出对水的现代综合治理的特征。

面对当代治水伟业的时候，作者“试图寻找这个巨大工程诞生过程中的关键人物，因为历朝历代成功的治水都是与某个人名连在一起的”，但这“是一个设计严密、运行复杂的庞大治理体系……能够从容应对防汛抗旱，还兼顾农业、生态、环保、交通、旅游以及流域内各行政区利益的方方面面”，因此很难归于某个名字。然而，《满城活水》并没有因此忽视人的存在，而是向我们表明，史诗般的当代治水叙事里，最生动的依然是在故事中活跃着的人，只不过不是哪一个人，而是一组群像。从市委书记到写节水征文的学生，从戴草帽的水务局局长到查水表的“反光镜”师傅和“望远镜”徒弟，从水务技术员到河道保洁工……他们共同组成了综合治理体系中最不可或缺的人的谱系，诠释了水、城、人的三位一体和“人民城市属于人民”的理念。

尽管采取群像式的展现，作者在表现人物的时候，都努力强化了个体的辨识度。我们会记住世居山塘的徐文高，因为山塘街上纵横交织的巷、弄、桥、圩，都好似他手上的掌纹；还有“闯入者”汪志祥，“潜入者”谭金土，“寻根者”马志伟、张建珍夫妇。一样的山塘一样的水，映射出不同性情、性格和命运的人。给人印象更深刻的当然还是一群直接跟水打交道的“水务人”。我们难以忘怀水务局局长王国荣的“将军气魄，绣娘情怀”，他将治水比作对正在老去的苏州的孝敬，要求抱以

“五体投地”，赤子之心令人动容；我们看到供水网管所的钱介龙师傅“活地图”的雅号名不虚传，而他在三九严寒水管爆裂之时跳下水柱狂喷的作业坑里的壮举，让人久久不能平静；我们会惊叹客服电话接线员陈聪的手账上，记载了那么多关于水的“冷知识”……这些水务一线的人们，在不同的点位上，为苏州水的治理奉献着生命的热情、勇气和智慧，正如作者在清污工作现场采访完罗延银师傅之后发出的感慨：“苏州是轻盈的，那是因为有人扛着她的沉重。”

总的来说，《满城活水》对苏州当代数十年治水的叙写，处处体现了人、水、城的相得相伴、相互塑造。全篇既能从宏阔处着眼，又能从细微处着笔，应该是得益于作者深入扎实的采访，处处留心的观察，还有对第一手资料的搜集和整理。当然，这在根本上源于作者对苏州的热爱、体贴和关切，以及由此而生的危机感与忧患意识。这样的情感弥散于整个文本肌理，渗透于字里行间。可以说，正是在这样的情感推动下，《满城活水》向我们呈现了水城苏州的别样叙事。及至全篇收束之时，作者的眼光又投向了大运河苏州段的当下处境，让我们心生期待苏州治水的新篇章。

一种城市创造一种心灵

——读薛亦然长篇纪实文学《满城活水》

韩松刚

《满城活水》是一部关于苏州治水的纪实文学作品，作者以宏阔的历史视野和深邃的现实眼光梳理了古代与现代的治水方略，记录了水与苏州城的共生共长，亦可以看作一部简明的苏州城市编年史。作者用一种文学想象和历史纪事相结合的方式，为我们呈现了一个历史的与现实的、看得见的与看不见的、复杂而有活力的苏州。

苏州和南京、杭州等其他城市一样，是一种被塑造、被想象的文化形象。而这种被塑造、被想象，又很大程度上源于文学。可以说，城市自诞生之日起，就和文学建立起一种不可分割的历史。即如唐诗、宋词之中，关于苏州的描写比比皆是；当代作家中，陆文夫、范小青、苏童等，都有对苏州最深情的表现，并在新的时代氛围中重新塑造着苏州。我对苏州想象和认识的起点，可能就源于陆文夫的《小巷深处》。阅读他们的作品，就是在阅读苏州，而阅读苏州只不过是另一种形式的文本阅读。在这个意义上，城市和关于城市的文学有着相同的文本性。

但是，城市是两面的，它有着文化、精神的一面，也有物质、物理的一面，而这一面往往容易被我们所忽视。文本性的建构离不开建立在物质基础上的一个物理性的城市。正如美国学者理查德·利罕在《文学中的城市——知识与文化的历史》一书中所言："城市首先是一个有着自身动力学基础的物理的现实，然后才是一种文学的和文化的建构。最令人信服的建构，是那些能证实我们的现实感、验证我们的经验，并能在面对混乱时提供合理解释的建构。”

《满城活水》向我们提供了苏州作为一个物理性城市的合理建构，甚至可以说，是向我们提供了人在这个城市能够有序正常生活、生存的合法性建构。随着科技的发展，城市在物理结构上呈现出一种愈加复杂的形态，作为生存的个体，在这样一个庞大的体系中，是十分渺小、十分被动的，而作为一个微小的存在，我们观察这个城市的方法和视角也由此变得愈发困难和局限。作者薛亦然说：“我写作本书有一个强烈的内驱动力，就是把苏州水的来龙去脉搞清楚。”这是一项十分艰难的工作，这一点从附录中的采访名录和参考文献可以见出。

“来龙去脉”这四个字，尤其意味深长，它意味着复杂，也意味着秩序。在这本书中，苏州水的来龙去脉和苏州作为一个城市的来龙去脉一样重要。美国城市规划师雅各布斯曾用“有序的复杂性”来描述城市，他说：“城市是多种力量和过程的结果，它建立在人们的经验中，根植于人们的认同上。”寻找来龙去脉的过程，其实也是一种获取认同的过程。书中有个细节写道：“有位00后小青年茫然地提问：这些河对苏州来说究竟意味着什么？我只能反过来回答，没有这些河，苏州什么都不是。是啊，对于被包围于自来水、空调、高铁、轻轨之中的年轻人，要理解这些真的不易。”

“理解”是薛亦然写作《满城活水》的一个重要关键词，也是我们阅读这本书时非常重要的情感理路。正是因为理解，才能写得深入；正是因为理解，才能写得深情；也正是因为理解，才能写得深刻。这样的理解，在书中经常可以阅读到。“理解了这些场景，就会理解苏州河道为什么会有这么多大大小小的水码头，在那漫长的时光里，寻常人家的水码头也绝不是仅仅为淘米洗菜而建。我们甚至可以大胆而浪漫地说，那都是因大运河而建啊！”“现代城市往往有它脆弱的一面，甚至在一场强降雨面前就可能一触即溃。如果这座城市保持足够的警觉，做好可靠的防备，那么，这座城市的市民是有福的。”“如何才能完成对一个城市的真正融入，不在对这座城市街坊名胜的熟悉，不在对各种传统美食的遍尝，而是深深地融入这座城市的创造与重建中。”“讲真，了解一个城市与了解我们自己的身体一样困难。”

菲利普·鲍尔在《水——中国文化的地理密码》一书中说：“中国人与水之间普遍而矛盾的关系，使水成为哲学思想和艺术表达有力而多样的隐喻。”《满城活水》的另一可贵之处，是对人与水的矛盾、人与城的矛盾、水与城的矛盾等关系的正视。老子说：“上善若水。”善体现了水的包容、利生、调和。从文学的层面来说，这本书的价值，是它透过水环境治理进行的更为深入的关于人的、人性的思考。“清淤、截污、活水是与物奋斗，保洁工作本质上是与人奋斗，对抗的是人性的弱点，任重而道远。”还有关于私人生活与公共生活、公民的权利和义务的反思。“一个城市成功的水环境治理过程，应该是政府主导、市场运作与公民参与，是三者共同努力的结果。”“当我们认识到‘公地的悲剧’和公民环保义务的时候，同样必须启动观念上的GPS，才能把一个社会成员的权利与义务结合到一起，公民权利的边界延伸到哪儿，公民义务的边界也延伸到哪儿。”这是“满城活水”在苏州流动时激起的思想水花，像哗哗的水声，响亮而有力。

读完《满城活水》，你会感觉到在苏州这座城市的表面之下涌动着一种古老的力量，同时也有一种新鲜的活力，就像城市自身的建构一样，繁复而丰盈，深厚而蓬勃。它有江南的脉动，也有现代的计算；有文化的滋润，也有科学的涵养。我想，也是建立在这样的基础上，苏州才呈现出它作为一个独特城市的意义。法国社会学家涂尔干说，每一种城市都创造一种心灵状态。水环境的治理是一种政府操作和社会行为，但《满城活水》的独特之处是没有忘却“日常”和“生活”在时代进程中的鲜活存在，从这个意义上来说，它也还是在陆文夫、范小青、苏童等许多作家开创和秉持的苏州文学传统之中。

一部现代城市的治水启示录

——读薛亦然非虚构作品《满城活水》

小海

水是苏州的灵魂。

古往今来，在苏州历史上留下政绩的地方官，几乎无不与治水、理水相关。伍子胥、黄歇、于顿、王仲舒、钱元璙、白居易、范仲淹、夏原吉，等等。苏州是一座水城，南宋郡守李寿朋主持刻制的《平江图》中留下的“三横四直”、水陆并行的“双棋盘”格局，至今未有大的变化。苏州籍历史学家顾颉刚在《苏州史志笔记》中明确指出：“苏州城之古为全国第一，尚是春秋时物……其所以历久而不变者，即以为河道所环故也。”唐代诗人白居易热情讴歌他曾主政的水城苏州：“远近高低寺间出，东西南北桥相望。水道脉分棹鳞次，里闾棋布城册方”（《九日宴集，醉题郡楼，兼呈周、殷二判官》），“处处楼前飘管吹，家家门外泊舟航”（《登阊门闲望》）。

苏州作家薛亦然用非虚构作品《满城活水》，既为我们梳理了苏州古人治水、理水的历史，更为我们指出，治水、理水必须合乎天道，尊重科学，正确处理好水、城、人三者的关系。古人留下的这些纵横交错的河道，既是人工开挖的给排水系统，又是水上交通系统，还是消防系统，是兼具综合功能的生态系统，更是诗意栖居的美学系统，同样是“虽由人作，宛自天开”。

水和人的关系，或者说苏州人的性格，也像太湖孕育出的太湖石。作者告诉我们，苏州评弹和高雅的昆曲，都像是从婀娜多姿的太湖石孔窍里飞出来的，从石头纹理里流出来的。柔软的流线型只是其外表，太湖石的本质是石头，是坚硬的。这也恰如苏州人百折不挠的治水精神。

苏州的地理位置决定了苏州的城市性质。她是伴水而生，因水而兴的。苏州建城以来，如何治理水患？一直是城市管理者殚精竭虑的大事。因为，治水是名副其实的民生工程。为了这满城活水，城市的管理者可谓煞费苦心。

“问渠哪得清如许，为有源头活水来。”水是流动不居的，苏州城市治水的成效以及成果巩固，又有赖太湖流域大的水环境生态的改善。《满城活水》中写到，上个世纪七八十年代，由于严重的工业污染和生活污染，迫使苏州城市的取水口一再向外延伸，胥江水厂被迫关闭，横山水厂取水口被迫延伸到太湖渔阳山和金墅港。北园水厂取水口一直延伸到阳澄湖西湖湾里。直到多管齐下，全面整治沿江以及太湖流域水环境，实施“引江济太”等大引水、小引水系列工程，严格控制工业污染、生活污染、农业面源污染、渔业养殖污染等，才有了今天这个良好局面。

为了写好《满城活水》这部非虚构作品，作者历时数载，查阅了大量史志文献与档案资料，采访了100多位参与治水、理水工作的领导、专家、一线职工和普通市民，踏勘了苏州城乡许多治水现场。可以说，作者梳理出了古今苏州传统与现代的治水方略，记录了苏州人与这座城市以及河道互相依存、共同成长的历史轨迹。特别是总结了新中国成立后，苏州治水的一些宝贵经验。从开始阶段对城区河道的改造、填塞，到雨水、污水逐步分流，污水排到城外处理，重点河道抽水换水净化；从落实处（处理污水）、源（改善水质）、疏（疏浚河道）、引（自然引水）、换（机械换水）、美（沿河美化）、管（河道管理）七字治水措施，到完善河道体系，贯通“三纵三横”水系，理活治清搞美河道，发展水上旅游；从落实引（引进清水）、截（截断污水）、疏（疏理河道）、管（管理河道）、用（景观绿化，水上旅游，排除雨水，改善城市小气候）

五字治水口诀，到雷厉风行地实施“四个百分百”：百分百污水入河截流，百分百实现河道清淤，百分百消除断头浜，百分百做到河道保洁全覆盖；从“活水工程”到要求更高的“清水工程”的实施，已然让我们看到了东方“水天堂”重现的曙光。

城市防汛完成小包围、大包围，建成覆盖全城的污水管网和雨水管网，建立健全科学的管理体制、机制，建成娄门堰、阊门堰，科学引来满城流动的活水——作者在为我们勾勒东方水城水环境治理苏州方案的同时，也成功形塑了苏州治水人的精神群像。

治水、理水，离不开人。作者写到了上至市委书记、市长，下至水务局具体科员的各色人等，让我们记住了一位城建市长的风雨人生，记住了朴实、务实的“草帽局长”等为代表的一批治水主政者和实施者。更令人难忘的是，作者不惜笔墨，以人物志的体例，为我们描绘了罗延银、刘必成这样从事污水管网养护的普通劳动者，他们长年累月在城市的地下污水管网从事高强度的劳动，被作者誉为“扛起这座城市的人”。人物谱中还介绍了赵瑞龙、华建良、陈芳芳、金凤良、许靓、钱介龙、傅正伟，等等。其中有一生在赶考路上的水务局局长和一辈子献身治水事业的“老黄牛”科长，有干一行爱一行的师徒抄表工，有问不倒的水务客服员，有城市供水管网的活地图，有身怀绝技的夜班听漏工……

记得某年冬天的晚上，我和几个朋友结伴，从虎丘沿山塘街走到石路。那时段外地游客已散尽，同行的他们都是苏州原住民，在临河的山塘街上，我们边走边聊他们挚爱的这座水城，听着身边河水发出深沉而又虚幻的声音。我体会到了人与水的一种更为本质也更为神秘的关系。同样，移居苏州已逾 30 年的我，无论欢悦还是痛楚，一走到河街并行的古老街巷，每当看到河流深处映照的天空，都会抚慰你，让你心静如水。我想，《满城活水》所讲的，无非就是人和这座东方水城的关系，人和城紧密相连的命运，令人信服。

“水活了，水好了，鱼儿游来了，眼尖的鸟儿也跟着飞来了。接着就看到扛着钓鱼竿的人从桥上走过……头颈上吊着单反相机的人跑来了，热闹起来的水巷才是真正的水巷，水巷一下子恢复了它过去水灵灵的模样，水城的灵气又回来了。粉墙黛瓦，蓝天碧水，这才是人们心目中的理想苏州。”人与城、人与水的关系，是《满城活水》这部作品的点睛之处。作者所完成的，正是这样一部现代城市的治水启示录。

以水记城　满纸烟霞

——现代版的苏州《水经》:《满城活水》

秦兆基

我一直有这样的疑问，人们何以沉迷于郦道元的《水经注》，有的学者毕生致力于这部著作的研究，而反将传为桑钦所著的《水经》冷落了，是不是有点本末倒置？有时还生奇想，能不能将两书统一起来，打造成既有严格科学意义，又有丰富的文学色彩，足以餍足人们智性认知和审美要求的《水经》呢？

近读薛亦然先生的新著《满城活水》，恍然有悟。

《满城活水》涉及苏州水的种种，可谓包罗万象。横向看去，就是从即时性的角度去考察：自水情、水文看，由城外的江河湖海写到城里的河渠浜渎；自治水、理水看，由大运河整治、开凿新河写到城内河道疏浚清污；自对待水的方略看，由防洪排涝、阻击防御写到主动引水入城，实现满城水活、水清；自水的形态看，由视而可见的地上水、雨水写到潜流于地下管道中的污水、饮用水；自工程类别看，由管水系统的逐步完善写到供水系统的建设、保养。纵向看去，就是从历时性角度去考察：自开辟鸿蒙，“三江既入，震泽底定”，三国吴太元元年（251）最早有记录的苏城水患，一直写到21世纪第二个十年之初的当下，揭示出苏州人是怎样从与水相怼、相峙，到实现与其相拥、相和的途径，写出了为实现这样的和解而殚精竭虑、生死以之的历史名臣，当代苏州的党政领导干部、水务专业人员和广大市民。综合这两方面看，《满城活水》既是写苏州水的，不愧是“苏州《水经》”，又是写这座城，写生于斯，长于斯，歌哭于斯人们的，因而不妨说是“苏州城记”，是从“水”这一点上切入并展开的苏州的城史、人史，确乎是以水记城。

《满城活水》这部现代版的苏州《水经》，如果袭用桑钦《水经》的写法，即按照地理方位，逐个河川湖泊一一写下来，是行不通的，必须找到自己组合材料的方法，自己的结构方式。从总体，即线索设置上看，《满城活水》扣住了一个“活”字来写。活则通，不通则痛，通则不痛，中医常常这样讲。对待水也这样，满城活水，水随人意，水环境就自然改善了，供水系统也会得到很好的保护，合乎饮用标准的水就能流到每家每户的水龙头里。作者将实现这个方略的关键定为对待水的态度。对待水不应是居高临下的征服，而是如一位苏州水务局局长所言，要像对待“赡养与呵护”，要像对待“生你养你的父母恩情的回报与敬畏”那样，即使点头、下跪也不够，而是“要五体投地”。就是要充分地了解水势、水情、水史，尊重客观规律，因势利导；就是既要有将军气魄，又要有绣娘情怀，而不是采取“兵来将挡，水来土挡”的莽夫举措。作者理出了历代治水人，特别是自上世纪 50 年代开始的苏州治水人、与水打交道的人的心图，把它化为作品的主线，贯穿了全部对事与人的述说之中，整合全部材料。

从分体，即布局上看，薛亦然自得心法，为《满城活水》这部现代版的苏州《水经》量身定制了全书的网络，这种结构方式既带有乡土味，又有现代性。

自前者看，书的结构有类于苏州评弹，卷前设置“开篇”，卷后设置“落回”，中间分列的五个部分既是并列又是递进的，从《运河之城》的打通交通大动脉，写到《理水长三角》的保水城安好、《风雨河道》的古河床青春再现、《满城活水》的引水清流，直至《我的天堂我的水》的享用洁水。从方位上看，是由城外到城内，由地上到地下；从治水方略的步骤看，从防洪排涝到追求水之活（水环境的改善）、实现水之清（供水系统，水质的提高），这个结构方式看似松散，实则紧密，一处也挪动不得。

自后者看，作品的现代性就不囿于结构方式了。其一，由述说方式——话语流和呈现方式上看，《开篇：看不见的城市》，并不像苏州评弹那样弦索铮琮，轻挑慢捻，缓缓入话，而是用了意大利作家卡尔维诺的寓言散文诗《看不见的城市》为隐喻直接切入。卡氏这部著作是后现代主义的代表作，以实写隐，从旅行家马可波罗和蒙古大汗忽必烈的多次对话中，表现出对既存城市的不满和理想的人居环境的向往。“在路过的人眼里，城市是一个模样；在困守于城里而不出来的人眼里，它又是一种模样；人们初次抵达的时候是一种模样，而永远离别的时候，它又是一种模样。”观城是如此，观水、写水又何尝不是如此？卡尔维诺说得好：“看不见的风景决定着可视的风景。”薛亦然套用得也好：“看不见的苏州水，决定着看得见的水天堂。”当你走在“波平两岸阔”的大运河堤上极目远眺的时候，当你站在惊涛拍岸的太湖、阳澄湖水厂取水口附近，看着水流涌入管道的时候，当你在马路边驻足看到污泥随着水流从窨井中吸出的时候，当你坐在沙发上品着净水沏好的碧螺春的时候，你是否意识到你是生活在水天堂之中？你是否会在脑海中浮现出为营建这座水天堂矢志不渝默默奉献的干部、水务专业工作者和普通工人呢？薛亦然没有忘记他们，让我们在领略“看得见的水天堂”美景的时候，也见到他们活动的身形、闪动的面影，并铭刻下他们的姓名——在通盘的述说和三篇《人物志》之中。其二，由视界设定上看，作者是从历史和世界视野中看苏州水，从种种比照之中，呈现出我们生身土地的水情、水貌和治水、理水的状况。如将意大利的威尼斯、被称为“北方威尼斯”的阿姆斯特丹和斯德哥尔摩，与被称为“东方威尼斯”的苏州相比；如将被称为“地下金字塔”的巴黎地下水道的规模和建筑史介绍出来，让我们找到参照系；再如从净水学史的角度，介绍了宋应星《天工开物》和西班牙传教士《中华帝国纪游》中明矾净水的故事，我们在美感享受的同时，也受到知性的点化。

《满城活水》是部纪实文学作品，它的成功缘于文献资料的搜集运用和扎实的采访。这点只要看看书后附录的《采访名录》和《参考文献》，就可以想见。满纸烟霞得之于腿勤、笔勤的，似乎比浮想联翩的为多。“这个时代伟大诗人不是拜伦，他只是忠实地报道了他灵魂深处的焦虑，正是居维叶这样的地质学家，自然学者”，这位“在社会世界的迷宫中穿梭的人，他收集了大量的遗迹，著录了绘制在蒙昧或随意事物构型上的象形文字。他让世界的散文中那些无关紧要的细节获得了诗性意义的力量”（《审美无意识》）。法国文学批评家雅克·朗西埃的这番话说得何等好呀，就移来作为穿梭于水的迷宫之中的薛亦然先生及其《满城活水》的赞语。

在“看客”与“主角”之间

——《满城活水》创作谈

薛亦然

采写《满城活水》过程中，忽然觉得我不是最适合写这本书的人，却无疑是最想看到这本书的人。在过去的写作经历中，也曾有这样的念头。现在回想，在历时三年的写作中，想搞懂一件事的好奇心和求知欲一直是持续有效的动力。正如非虚构写作第一人塔奇曼在《历史的技艺》中所说：“吸引读者的历史，让他们和我一样对写作主题欲罢不能。但前提是，这段故事必须要先吸引我自己，以至于有一种分享的使命感。和谁分享呢？——当然是读者，我一直将之装在心里的人。”好奇与分享，是驱动《满城活水》向前滚动的两个轮子。

两位水务部门的老领导、老专家看过书稿后，颇为认真地对我说，你成专家了，我们好多在岗的人不如你。我不窃喜，我知道自己最多是一个某种程度上的知道分子罢了。我想把涉及苏州水务的每一个细节都搞清楚，认真研读我能搞到的各种各样的文字材料，一次又一次地到各种现场实地考察，对着各种水务地图向专家们执着地请教追问。我真的是一个最勤奋最虔诚的苏州水务的忠实看客，想把苏州水城及周边广阔的太湖流域在近半个世纪的时光中水情水务的轮廓和脉络看个明白，有一个清晰完整的梳理和精彩生动的呈现。

写作之初我是有这个野心的，知晓一切，理解一切，讲述一切，评说一切，成为蹑足潜行在字里行间的主角。但是渐渐地，我明白了，我做不到。我就像在极限碗池里滑行的轮滑者，一次次向另一端池沿冲击，却又一次次退回出发地。在看客与主角之间，我就是一支永远不能抵达，也永远不会停下的钟摆。

太难了。似乎是有迹可循，伸手可触，但定睛看时，手上却是一团烟云。往往搞懂了难题难在何处，对策为什么是对的，但是你接着会发现，不知道标准答案在哪，也许以后的时光知道，但时光是不发声的。更有可能永远不会有标准答案，从事水务的人与我这探寻者一样，一路跌跌撞撞。

现在书出了，我不想翻阅。我知道里面仍然埋藏着不少看不清、看不透、看不懂。

我想厘清苏州古城水环境治理半个世纪以来的政策发展脉络，每隔四五年市政府都会出台新的治理方略，这些方略往往表述为十几个字到几十字的方针，梳理这个过程很简单，会发现这些方略具有延续性，又有明显的调整和变化。我特别想了解这些调整和变化是如何发生的，决策层当时的认识状态是什么样子，特别是在关键的决策节点上，有些什么有意味的事情。这个就比较难了。比如大运河改道对古城水质产生了不可逆转的影响，这事不少苏州人都知道，我当然想追问，事先预见到这种结果了吗？这结果是不是不可避免的？这事的决策过程是如何进行的？有哪些必须汲取的教训？

我首先尽可能多地搜集各种材料，来自官方文件的，来自专业媒体的，我到城市建筑档案馆查阅了这方面的许多资料，可行性报告、请示、批复、地图。我最想看到的是决策者们开会时的会议记录，却不知道到哪儿找。

后来我找到一位当年参与决策的老领导，这位城市给排水专业出身的老人告诉我，当时他是有担忧的，改道后大运河庞大的流量会把原本进城的胥江水带走，而胥江水自古以来是苏州城最重要的优质水源。他还提出，是不是可以用工程手段避免改道对古城供水的影响，比如建造涵洞让胥江从大运河底下通过。但他的担忧没有得到足够的认同，另一位领导大大咧咧地认为不会有多大影响的。结果大运河新道通水的第一天，城里水质的各项指标都急剧下降，那位领导站在河边喃喃说，怎么会这样？老人不愿意说是哪位领导，但我猜得出是谁。我想采访他，和他一起回忆往事，几十年过去了，对错责任已不重要，但教训必须记取。我也找到渠道，可以通过他的子女采访他，可当我知道那位老领导已是阿尔兹海默症早期患者，不想多讲话，我放弃了。有关历史拼图就此残缺。

跨越时光的梳理难，对物理空间的审视也难。现代城市是人类文明发展的必然产物，城市让我们变得更加富有、智慧、健康和幸福，但变得越来越庞大越精密的现代城市也同时变得更复杂、更难以捉摸、更脆弱、更危机四伏，城市水务尤其是这样。好像很简单、很直观的事，你就是把握不住，搞不明白，往往我们为了城市更加富足而做的事，其实带来的还有对这个城市的伤害。这种伤害日积月累到让我们瞠目结舌的时候，我们又惶然不知如何应对，骤然而降的天惩其实包蕴着人的助力。前些日子在郑州发生的惨剧不过是一次极端的例子而已，其实是可以避免的。它让我想起一件苏州往事：水务局老局长戴景明告诉我，十多年前的一个夏天，苏州青阳立交因突降暴雨积水，雷击断电造成无法抢排积水的困境，他立即赶往现场，在立交两端拉上红线，专人把守不让车过。事后在市财政支持下，在所有立交泵房配备最好的自发电设备，从而确保以后万无一失。郑州惨剧怎么会发展到那样无比夸张的地步？我不敢想象。

城市题材的非虚构写作大有深耕的空间，生活在城市里的人们觉得自己每天可以得到的资讯都是大大过剩的，殊不知他们还有不少应该了解的认知空白，特别是并不了解自己所在的城市，不知道自己的行为模式可能会对城市的健康产生性命攸关的深刻影响。这正是城市题材非虚构写作可以大显身手的地方。几乎我采访到的每一个人都会或浅或深地谈到这个话题。从这个意义上说，住在这个城市里的只有主角，没有看客。

房伟《血色莫扎特》评论小辑

时代巨变中的知识分子

——评房伟的长篇小说《血色莫扎特》

周婷婷

初读房伟的《血色莫扎特》，很难不让人注意到其颇具特色的叙述方式。《血色莫扎特》具有明显的复调性，葛春风、吕鹏与薛畅站在各自的立场，以第一人称视角将当年的“钢琴王子谋杀案”以及其背后蕴含的庞大阴谋进行还原，达到“众声喧哗”的效果。限制性叙述视角的运用无疑大大增强了小说的悬疑性与可读性，使《血色莫扎特》出色地完成了作为一本悬疑小说应该完成的任务。但需要明确的是，“悬疑”只是房伟给《血色莫扎特》披上的一件鲜艳外衣，在其血肉里，其实是作家本人深沉而严肃的现实主义观照。基于此，我们不妨冲破“话语”建构对作家创作主旨传递的混淆与干扰，直接抵达“故事”本身。

虽然《血色莫扎特》不是典型的知识分子题材小说，但当抽去一切叙述技巧后，这个故事也就十分鲜明地回到了现实主义视角下对上世纪90年代知识分子的体悟与观照：在上世纪90年代从“共名”到“无名”的时代浪潮下，一群知识青年所经历的情感纠葛、人生选择，以及时代酿就的个人悲剧。因此，本文试图从《血色莫扎特》出发，从葛春风、夏冰、韩苗苗等人的时代遭遇中反窥知识分子群体在上世纪90年代普遍的生存境遇以及精神症候。

一、从历史到现实：知识分子问题的永恒观照

在探讨上世纪90年代时代浪潮下的知识分子境遇与困境之前，我

们必须先对“知识分子”群体进行较为明晰的界定。作为知识分子，首先自然需要具备较高水平的知识素养。在上世纪 90 年代，大学生仍然称得上是“天之骄子”，他们对未来充满理想、热情，对美好生活抱有期盼。夏冰、韩苗苗分别是钢琴王子和舞蹈家，葛春风则是众人眼中的文学明星，他们三个是大家眼里的麓大“明星代言人”，拥有光明灿烂的未来；薛畅和吕鹏虽然资质平庸，却也有各自的前途。其次，较高的知识素养带给知识分子的是极强的自尊心。他们都有着高自尊，对于人格完整有着高要求，人格受到侮辱对于知识分子来讲是极大的伤害。夏冰从人民教师沦为清洁工，为以前的学生疏通厕所，一双原本弹莫扎特的手如今却只能“一点点伸到满是屎尿的‘黑洞洞’”，还被学生恶意嘲弄，这种自尊上的侮辱让夏冰整个人都陷入沮丧与颓唐；而薛畅，楚科长对其在言语上的辱骂，他记了一辈子。再次，在知识分子传统中，敏感是一以贯之的知识分子特质。高知识素养、强自尊以及敏感，这三个鲜明的特质构成了知识分子这一群体，同时也注定了上世纪 90 年代的改革与冲击对知识分子的影响会更加明显与剧烈。

在我国现当代文学创作中，知识分子问题始终是作家创作的主题之一。知识分子群体在中国现代历史上一直处于一种特殊的地位。从“以先人一步的警觉”成为五四运动的先驱者开始，知识分子群体便站上了时代的中心舞台，牢据中心地位。虽然在新中国成立后的 30 年里面临着尴尬处境，在特殊岁月里饱经苦难，但知识分子始终是受到关注的焦点。不过当 90 年代来临，社会进入急剧转型期，当市场经济、消费主义等充满后现代色彩的理念在中国占据主导，知识分子的地位与处境发生了翻天覆地的变化：商人占据了时代的中心，而知识分子则被迫从历史中心舞台撤出，退居舞台边缘。从这个角度来说，房伟的《血色莫扎特》具有更加丰沛的文学意义：它为我们提供了上世纪 90 年代知识分子的真实而具体的面貌与处境。这也让我们看到房伟在创作《血色莫扎特》时，或隐或显都在关注着的一个主题，这也是中国现代文学创作中，从过去到现在，乃至到未来的一个永恒的命题：知识分子的命运与前途。

二、社会变革下的生存选择

在上世纪 90 年代呼啸而来的社会大转型这一时代背景下，知识分子原本的价值信仰遇到了巨大冲击，面临着截然相反的人生道路的选择。是继续坚持知识分子的理想与信仰，还是彻底告别知识分子传统，涌入时代浪潮，做时代的“弄潮儿”？对于这两种选择的阐释，以及对两种选择所面临结局的解答，我们都可以在《血色莫扎特》中找到。

马斯洛在需求层次理论中，将生理需要以及安全需要放置在金字塔结构的底端。只有在生理需要和安全需要得到完全或者部分满足后，才会产生爱与自尊等其他高级需要。也就是说，人先得“生存”下来，才能进一步地考虑“生活”。知识分子群体自然也脱不开这个定律。不论是古代“仕禄一体”的知识分子，还是后来通过笔杆撬动中国的先驱者们，都是属于社会高收入群体，如何“生存”从来不是他们需要考虑的问题。然而，在上世纪 90 年代，随着市场经济与商品经济的迅猛发展，以知识换取报酬与收益的时代已经悄然逝去，商人群体取得了前所未有的高地位与高价值，而知识分子群体则普遍陷入了物质窘迫。在生存危机的矛盾和焦虑面前，知识分子群体的分化与重组应运而生。

一部分知识群体坚守着知识分子的理想主义与精神信仰，不愿与时代同流合污。《血色莫扎特》中，夏冰、韩苗苗、葛春风，以及“苗苗的客厅”里那一群怀揣梦想的知识青年，都是最典型的例证。比如夏冰不愿意顺着时代涌入改革浪潮，所以将自己封闭在自己的小圈子里，“并不在意外界的暴风骤雨”；比如在理想主义与英雄主义都失落的上世纪 90 年代，葛春风却依然保存着骨子里的理想气质与英雄气概，所以凭着一腔热血，在学校为苗苗出头，在化工厂仗义执言为其他职工谋求工伤补助款，全然不顾自己会不会因此而受到影响；再比如“苗苗的客厅”里的大多数知识青年都面临着生存危机，穷困潦倒，却依旧在这个小天地里放声歌唱、高谈阔论，释放自己的理想主义精神与梦想。

而另一部分知识分子群体，则选择主动涌入时代，他们放弃从前恪守的知识分子信仰传统，积极主动地向市场经济、商品经济靠拢。当然相应的，他们的选择带来的是物质与金钱的满足与享受。薛畅就是这类知识分子的典型代表。在汹涌的社会转型期，薛畅很快就掌握了时代的社会规则与生存之道，凭借陈副市长的重用，一路从秘书升到了主任，过上了风生水起的日子。从某种意义上来说，薛畅才是最清醒、看得最透的那个人。他看透了在时代浪潮下知识分子越发狭小的生存空间，明白在这样一个动荡的年代还继续按照以往的知识分子标准来为人处事的话，只会被时代和社会无情撕裂。在评价“苗苗的客厅”里的那群知识青年时，薛畅准确道出“他们都是一些怀揣着不切实际梦想的年轻人”，梦想永远流于言表，无法落实。同时，他的“浮萍理论”又精准地概括了时代与个人的关系。薛畅凭借对社会秩序的精准解读以及强大的适应能力，很快就获得了上世纪 90 年代时代潮流所认可的“成功”——金钱、权力，全部收入囊中。事实上，以薛畅为代表的这类知识分子早已经脱离了知识分子的价值体系，他们深谙社会生存法则，投身于欲望的火海，成为时代的“弄潮儿”。

但是，在时代潮流中的这群坚守知识分子理想与信仰的逆行者，真的能够从一而终地坚守住自己的本心吗？作家给出的答案是否定的。人终究是生活在社会这一场域中的，在上世纪 90 年代这一特殊的时期，知识分子倘若不转型，那么根本就无法在社会上找到立足之地。在那个“上帝和魔鬼一样追求私利”的时代，知识分子一贯的精神信仰早已成为了落伍思想，即便他们不愿意，但为了生存下去，也只能被时代裹挟着前进，被迫踏入时代潮流。韩苗苗天性大胆、浪漫，拥有典型的知识分子理想主义精神与浪漫情怀，但为了让身患尿毒症的父亲能够得到救治，为了赚更多的钱补贴家用，她不得不成为天鹅夜总会的高级妓女。

从校园里众星捧月的明星，到成为夜总会里被明码标价的“商品”，韩苗苗最终还是卷入了时代浪潮。而“苗苗的客厅”终究不是林徽因的“太太客厅”，它只是末日之下知识分子用来逃避社会变革事实的精神“乌托邦”。那群知识青年，也在体制改革后如鸟兽般哄散，挤入市场潮流，为各自的生存谋出路。因此，不论是主动选择还是被迫卷入，知识分子群体为了生存，最终还是要在时代面前低下自己曾经高傲的头颅，成为被时代驯服的动物，否则就只能接受“被风暴摧毁”的结局。

三、时代洪流中的精神症候

当上世纪 90 年代的知识分子经过分化和重组，形成两类新的群体。这也就意味着他们在时代冲击下呈现出的精神症候也会大相径庭，而这种精神症候，在《血色莫扎特》中突出地表现在他们的情感观念上。

《血色莫扎特》中最引人注目的情感，毫无疑问是作为知识分子理想坚守者的葛春风、韩苗苗与夏冰之间的“三角恋”。这段三角恋放到今天来讲，无疑会遭到强烈的道德谴责与批判。然而，作家并没有对这段三角恋流露出任何的道德评判，只是通过回忆穿插将这段复杂的情感悉数展露在读者面前，交由读者自行去解读、落实这段情感的性质，并做出自己的判断。事实上，葛春风与韩苗苗互相爱慕，作为丈夫的夏冰不但不反对，反而默许了“三人行”的关系，从一般的两性关系来阐释确实充满了违和感。但我们不妨扭转一下视角，将这段奇异的“三角恋”从两性兼及同性的关系，以及将其置于上世纪 90 年代的整个时代洪流中来对这段感情进行探讨。

夏冰与韩苗苗的感情，其实一直都处于失衡的状态。夏冰才华横溢、爱思考，有自己的清高与孤傲；而韩苗苗，大胆奔放，明艳动人。他们一冷一热，怎么看也该是天造地设的一对。然而，韩苗苗所向往的是纯粹的浪漫、理想与英雄气概，夏冰作为典型的知识分子，在有着知识分子的才华与理想精神之外，更继承了知识分子的软弱性，英雄气质在其身上是明显缺失的。此时，葛春风作为一名非典型的知识分子，其身上散发出的“痞性”与英雄气概，自然而然吸引了韩苗苗。而对于夏冰来讲，他当然爱韩苗苗，但是他和韩苗苗之间并没有灵魂的共鸣。用波伏娃在《第二性》中对两性关系的阐述来解释，在夏冰眼中，韩苗苗根本就不是他的“同类”。“对于男性来说，他的同类永远是另一个男性”，因而对于夏冰来说，葛春风才是他的“同类”，是与他志同道合、灵魂契合的知己。当葛春风懒洋洋地吟出《平家物语》时，夏冰从春风那里探寻到了他强烈向往的智慧与美。葛春风的出现，让夏冰与韩苗苗彼此不能满足对方的气质，通过与葛春风的交往都得以实现，原本失衡的关系得到了平衡。因而在大学时代，他们三人之间的联结虽然看似有些怪异，却也不失为一种和谐。

然而，当大学毕业，夏冰和韩苗苗已经结婚，并且生有一子，构成“家庭”的稳固关系后，葛春风的再次介入似乎不再是使失衡的关系得到平衡的“良方”，而仅仅是对夏冰、韩苗苗以及夏雨组成的家庭关系的破坏。但事实上，我们必须要明确的是，从 1998 年开始的第二次“三人行”，葛春风已经不再是纯粹地因爱而介入了。葛春风从毕业后被分配到化工厂，从骄傲的知识分子“神坛”跌落，成为一名工人。从此，他只能和“一群野人般的工友，赤身露体，苦苦地挣扎在肮脏的水流之中”。葛春风形容这种生活为“地狱般的生活”。身份的巨大落差让葛春风陷入无尽的精神失落与自卑中，他不敢再去见夏冰和韩苗苗，直到 1998 年和他们再次相遇。在精神极度沮丧的时刻，韩苗苗为葛春风戴上的那只卡西欧手表成了他灰暗心理的那道光亮，这喻示着他们对葛春风的不离不弃。1998 年，我国面临着国企改革，大批国企员工被迫转岗甚至下岗。葛春风自从化工厂爆炸案为工友出头后，岗位一转再转，从宣传科到车间，再到成为门卫。天性自由、充满理想主义与英雄情怀的“野猫”，在某些别有用心下沦为了替车间看门的“看门猫”，从前引以为傲的大学生身份如今变成了别人拿来嘲笑的笑柄，虽然葛春风对这些恶意议论一笑了之，但在潜意识里他依然十分失落，或者说，他的自尊心依旧受到了挫败和侮辱。所以他才会“更加如饥似渴地学习”，因为只有学习，才能让他“忘记外界讨厌的人和事”。在这种精神的极度失落中，夏冰以及韩苗苗对于葛春风来说已经是家人般的存在。事实上，葛春风的第二次介入，比起作为第三者的插足，更像是作为家庭成员之一的回归。在他们同居的那段岁月里，韩苗苗、夏冰以及葛春风都经历了不堪和苦难，三个在时代浪潮中精神失落的知识分子在对彼此的爱中互相联结，从而达成一种精神慰藉。从夏冰、韩苗苗以及葛春风看似畸形的“三角恋”中，更加值得引起我们注意的是坚守理想与信仰的这群知识分子在上世纪 90 年代所必然会面对的精神失落，以及彼此关怀、互相慰藉的伟大情谊。

另一方面，以薛畅为代表的放弃传统信仰的这一类知识分子群体，在上世纪 90 年代呈现出的精神症候则似乎更为明白直接。薛畅的仕途虽然顺风顺水，仰仗着陈副市长，一路做大做强，但“鱼和熊掌不能兼得”，为了巩固自己的地位，他娶了陈副市长的堂妹。这便意味着他失去了自由选择爱情与婚姻的资格。正如薛畅自己所说：“如此热烈纯洁的爱情，我一生从未拥有。”再次，为了保证自己的官途顺利，薛畅也背叛了自己的友谊。他以朋友的名义哄骗韩苗苗去包房，参与帮助陈中华迷奸韩苗苗的过程，直接造成韩苗苗后来的完全“堕落”；他向陈中华举报葛春风要带领工人们起义，导致葛春风被转去化工厂的门卫室当门卫。在金钱与欲望的推动下，薛畅早已将过去知识分子“重义轻利”的传统抛在了脑后，成为“追求利益最大化”这套逻辑的忠实追随者与践行者。此外，通过薛畅这一形象所呈现出来的，除了抛弃知识分子信仰后的正义、情感缺失外，还有一种特殊的精神症候：虚伪。葛春风离开麓城的这些年里，薛畅一直在帮忙照料葛春风的家人，在薛畅看来是出于这段友谊的珍视以及对当年迫于无奈举报葛春风的内疚；但实际上只是为了达成自己内心对于背叛友谊的“心理补偿”，以此减轻自己的负罪感，究其根本，还是为了自己。同样，在向葛春风坦白当年韩苗苗被迷奸的事情时，薛畅隐瞒了真实情况，自称自己的罪过只是身为旁观者的无能为力，强调自己当时只是一个秘书，力量太渺小，无法阻止事情的发生。当然，这种虚伪在某种程度上也反映了上世纪 90 年代部分主动涌入时代洪流的知识分子转型的不彻底性，他们的内心深处也存在着关于过去与现在、道德与欲望的挣扎与矛盾。

四、知识分子的出路：在自身和社会中达成平衡

那么，对于知识分子在上世纪 90 年代时代大浪潮下所面临的困境，究竟能不能找到一种让知识分子在保持相对完整的人格的同时，又能够在时代中安身立命的方式呢？房伟在《血色莫扎特》中，通过吕鹏这一人物给出了自己的关键词：平衡。房伟曾在访谈中着重强调“平衡”对知识分子应对“市场经济和精神桎梏的双重制囿”的重要作用。他指出，知识分子需要在自身存在和社会存在之间达成一种共识和平衡。《血色莫扎特》中，吕鹏可以称得上是整个故事中相对而言较为幸福的人物。一方面，吕鹏不像夏冰那样缩在自己的精神小圈子里，“两耳不闻时代事”，在社会大变革的时代背景下，他及时与社会接轨，成为一名人民警察，保证了自己的生计来源，最后还因立大功被提升为麓城公安局副局长。另一方面，吕鹏并没有如薛畅般丧失知识分子的正义感与道德感，对于这件所谓的“钢琴王子谋杀案”，吕鹏一直兢兢业业，即便已经过去 15 年，却依旧尽职尽责，试图找到真相。吕鹏成为唯一没有被夏雨和冯露列为复仇对象的人，正是因为在自身与社会之间达成了这种平衡。当然，在现实生活中知识分子想要达成这种平衡也许困难重重，却依然值得去尝试。

通过房伟的《血色莫扎特》，我们看到了上世纪 90 年代社会发生巨

变时知识分子的真实处境以及在时代洪流中产生的精神症候；此外，作家也在小说中对知识分子的出路进行了探讨与回答。当然，作为上世纪 90 年代时代变革的亲历者，同样作为知识分子的房伟在接近结尾处不无伤感地以三个问句为上世纪 90 年代的逝去做出总结："大时代来临了吗？还是一个大时代已经悄然走远？这是我们一代人即将退场的仪式吗？"正如在小说中多次出现的那座"不语山"，上世纪 90 年代在历史车轮的滚滚前进中悄然退场，失去了自己的话语，随之而来的是新纪元的开启与发展，但这段历史始终会为一代人所铭记。从《英雄年代》到《血色莫扎特》，房伟在其中延续了自己对上世纪 90 年代的人生体验与时代思考，这或许也是对上世纪 90 年代话语的一种重新建构。同时，这也让我们对作家房伟在《血色莫扎特》之后的"三部曲"之三中将会给我们带来哪些惊喜抱有十足的期待。

时代洪流中的兽性、神性与人性

——评房伟的长篇小说《血色莫扎特》

孙晓燕

新时期以来，人性叙事一直是小说的热门。时代的隐形框架之下，关于“文学主体性”的启蒙主义思潮创作绘声绘色。其中，“人的书写”是核心。在人性的向度上，房伟的长篇小说《血色莫扎特》不仅展示了人性与“向下”的兽性和“向上”的神性的交锋，而且也启发我们思考生存与生命的当代可能性，悲剧结尾蕴含了更深的价值观内核。

与上世纪 90 年代大多数小说创作一致，房伟的《血色莫扎特》也表现出对人性、欲望的书写的偏爱。当知识分子从时代共名状态中得以自觉挣脱，人性的刻骨描写成为作家创作的第一趋向。但“90 年代”的时代因素使得我们在热闹的个人化叙事中，习惯性忽视意识形态熏陶、集体主义观念和传统文化规训。与此不同的是，《血色莫扎特》一方面展示出激昂的个人英雄主义观念，融汇了个人青春和时代的洪流；另一方面，也描画出人性经历“现实主义冲击波”的图示。欲望叙事在《血色莫扎特》中怎样体现的？房伟的《血色莫扎特》以冷静的笔触，透过历史的纱雾，向我们展示了真实的上世纪 90 年代，也展开了一次时间的回溯，为我们揭示了时代中的真实人性。

一、向下的兽性

兽性在常规意义上被认为是向下的人性，与独立于人类的理性相反，思想内涵上一般与本能、直觉、感观等相联系。而这些也常常与动物性本能联系在一起，显示出人类超于动物的先进意识和优越地位。从进化论的“五四”年代走来，从传统的“鸟兽不可与同群”走来，中国的人兽之辩与西方的普遍共识是步调一致的。同时，宏大叙事的余潮下，知识分子话语空间中对于兽性在很大程度上存在着刻意疏离。而《血色莫扎特》中，欲望叙事反而成为贯穿整部小说的叙事源头，所有人物的人生都与兽性紧密结合。小说中，葛春风、韩苗苗、夏冰都默契地与“兽”联系在一起，显现出不同人物的隐性性格；同时，这种被发现的隐性性格也在人物自身对此的承认上加深，并参与到人物的显性性格构建之中。

小说开头，在回麓城的大巴上，葛春风对冯露介绍“年轻那会儿，同学们喊我‘野猫’”。这是第一次吕鹏、薛畅和葛春风相见的时候，吕鹏为逃上树的“麓大才子”葛春风取的绰号。而这个绰号也在之后获得了朋友们的认同，包括葛春风自己。“野猫”与葛春风的相似性在于善于攀爬和“野”。书上写道：“痞子挥舞着链子锁，径直冲向他，春风快速地爬上了校园里的一棵大白杨树。”“野猫”作为让春风出糗的绰号，朋友间的笑料，与“才子”的雅称形成矛盾冲突。但毕业后，仕途多舛的春风却也喜欢在化工厂的杨树上眺望自己逝去的诗意青春。文中写到，吕鹏去化工厂看望葛春风的时候，发现“较高的枝丫上，我看到喜鹊窝，还有一个瘦得像野猫般的身影。他托着腮，痴痴地望着远方。春风在树叶间影影绰绰地隐藏自己，露出两只瘦长的脚打拍子”。葛春风对于“野猫”的自觉接受，是他发现隐性性格、认识自己的过程——“一个人走得再远，也逃不出自己的青春”。

当我们对“野猫”本质进行深入分析，正是在对兽性的自觉展露中，小说创作的僵化的伦理禁忌得以突破，兽性寄托体现出房伟对于上世纪90年代自由主义的积极探索。房伟使得本文在冷静客观的“复调小说”基础上，含有嬉笑怒骂的自由主义意味。他将这些自由主义的东西杂糅进具体的人物中，杂糅进“工厂里的野人同事们”的无赖气质中，深化了小说现实主义气息，同时也使得小说符合底层书写的大众口味。自由主义的意识之下，我们透过小说中葛春风多次的爬树，同样可以联想到卡尔维诺《树上的男爵》。而王小波对于卡尔维诺的推崇，也不能不让人联想到房伟在此寄托的对于文明社会的叛逃以及关于野性生命的回归。在兽性的代名词“野猫”的绰号中，葛春风默许了自己的兽性，以“野猫”去认同自己。化工厂的野人状态让葛春风迷失，于是爬上树，以“野猫”视角去展望理想时代中的个人。

上世纪 90 年代的人性描绘，大多以动物书写来展示作品中人物向下的兽性。与《血色莫扎特》的悲剧、冷静氛围相映照，葛春风的以兽性来反衬人性。在上世纪国企改制的混沌、迷茫大环境下，他无论是身体抗争抑或是精神抗争，最终都迎来了惨败。于是，兽性成为他青春与理想的寄托。在理想主义的前半生中，葛春风正是以“野猫”的兽性与这个世界抵牾，与“天鹅”和“麋鹿”拥抱取暖，在“苗苗的客厅”中喘息。

兽性与人性的交锋，在人类社会经常与伦理、道德等因素联系在一起。在《血色莫扎特》中，主人公经历了怎样的抉择，隐含作者的叙事又怀有怎样的态度？在此，笔者试图从聂珍钊先生《文学伦理学批评导论》中所讲的文学伦理学视角出发，进行阐释。斯芬克斯因子是文学伦理学中核心概念，指的是人性因子与兽性因子的结合。人性因子是高级因子和主导因子，兽性因子是低级因子和附属因子，人性因子控制兽性因子，使人成为伦理的人。“其中，兽性因子主要表现为‘自然意志’和‘自由意志’，而人性因子表现为理性意志。斯芬克斯因子的不同变化，导致不同的伦理冲突，体现出不同的伦理道德教诲价值。”

主人公韩苗苗的兽性起源于葛春风对她的取名：“春风说她像湖水边休憩的天鹅。”当韩苗苗和夏冰两个人在一起的时候，葛春风称他们俩“像一只灵巧的麋鹿，驮着一只洁白高傲的天鹅”。关于“天鹅”，一方面既是葛春风对韩苗苗的身姿、气质的概括，另一方面也怀有葛春风对其道德规范之外的两性想象。只是，这种两性想象不完全出乎于肉体的占有，还关乎精神的契合。对应地，韩苗苗也对春风充满了崇拜。两人之间的暧昧因素使得他们与夏冰的关系本就超越了两性关系，韩苗苗的人性因子——人的伦理意识，其表现形式为理性因子渐渐退出，而兽性因子占据主导地位。《血色莫扎特》中，婚后的韩苗苗想与葛春风发生关系，并解释道："这是老夏同意的。我和他讲过，我不能没有你，也不能没有他。我们三个一起，快乐地生活，不好吗？"理想主义造就了韩苗苗的"天鹅"身份，但她却也迷失在"天鹅"的漩涡中，成为权力与资本的玩物，伦理意识逐渐淡薄，酿成了伦理悲剧。当我们从文学伦理学视角出发，撕开浪漫主义激情的面纱，会发现兽性因子中的"自然意志"占据了主导，成为苗苗悲剧人生的内在诱因。

在韩苗苗理性因子缺乏的基础上，外在环境的影响很大程度上加速了她悲剧的诞生。在麓城大学，校园轻松、浪漫、自由的环境使得韩苗苗与社会上的冲突并没有展开。而韩苗苗结婚之后，父亲的病、被奸污的偶然性、天鹅夜总会的诱惑，这些都在引导韩苗苗的兽性因子释放。在越来越富足的生活中，韩苗苗却也感到越来越孤独、迷惘，生存空间扩大，生活水平提高，但却失去了生命意义。弗洛姆指出人性异化而导致的"生存的两歧"——一方面人活在越来越发达的文明社会中，过着富裕的生活；另一方面人与自然、人与人、人与自身的紧张关系日趋严重化，现代人内心充满孤独感、紧张感、不安全感。在此向度上，韩苗苗是时代的牺牲者。对于伦理界限的漠然、对于善恶的不辨，韩苗苗一步步成为权贵的"家雀"。从"天鹅"到"家雀"，"那个目光'像清水里的刀子'的女人，怎能变成这样"，"真相总是太过狰狞。我仿佛看到墨黑天空下，一只浑身是血的天鹅，正飞向天际……"韩苗苗的悲剧收场，放在那个消费主义和资本主义齐头并进的90年代，可以说是很大部分"天鹅"的宿命。她们的伦理悲剧、她们不切实的理想主义与英雄情结、她们的兽性与人性的交锋应该受到怎样的评价？撇开时代因素，“天鹅”应该怎样避免沦为“家雀”？这是《血色莫扎特》留给我们的思考问题。除去我们能够给予的人道主义同情，是否还有她们生存的空间？这些有着浓浓“启蒙主义”气质、不谙世事又迅速堕入尘世的“天鹅”，该以怎样的心态爱惜她们的羽毛？至此，涉及一种普适性的大的人性价值观了。关于人性价值观的探讨，仍需要学者们进行现实主义合理想象。

二、向上的神性

当斯芬克斯因子中兽性因子与人性因子进行激烈的矛盾冲突时，一部分人会在这种交锋中促进理性意志的驱动，以保持理性。聂教授在《文学伦理学批评导论》中指出：“理性意志由特定环境下的宗教信仰、道德原则、伦理规范或理性判断所驱动。”从《血色莫扎特》来看，当现实主义与理想主义针锋相对时，夏冰以对神性的崇拜维护着内心的人性。这种神性，表现为文学伦理学中的理性判断和宗教信仰。

学界关于《血色莫扎特》的批评很大一部分集中在内聚焦叙事、复调小说等角度，但当我们对叙事人物进行列举，会发现夏冰的叙述在整部小说中存在很大的空缺。也就是说，夏冰的话语权被剥夺，在小说中处于“失语”状态。这样安排明显是作者的故意之举：一方面是为了与小说的悬疑性保持一致，另一方面也将夏冰放到一个神秘、阴暗的位置，人性的复杂被赋予的“神性”遮盖。

夏冰与葛春风的第一次会面就有浓浓的神性色彩。夏冰自言自语：“美好的东西，要拼尽全力才能保持得久一点，虽然不能永恒，也就无憾了。”葛春风则用《平家物语》的偈语回应：“祇园精舍钟声响，述说世事本无常。娑罗双树花失色，胜者必衰若沧桑。”两人之间一拍即合，禅宗的超然境界使得两人之间有了奇妙的吸引力，“夏冰的眼睛亮了，那是对智慧和美的强烈向往。他沉浸在诗歌的意境之中。这时他显得纯真稚气，眼神有种麋鹿或羔羊的气息”。葛春风炫耀式的才华卖弄与夏冰的沉浸思索相对照，使得夏冰刚出场就被戴上浪漫主义的标签。相比较而言，葛春风则更多表现为英雄主义或理想主义。对于三个人之间的暧昧关系，夏冰被韩苗苗描述成“默认”，他的伦理准则是松动的——夏冰并没有对社会主流规定的两性关系严格执行，他缺乏对伦理的理性判断能力。进一步说，夏冰是一个超现实的理想主义者。甚至在他知道了夏雨并不是自己的亲生孩子，他也决定去救韩苗苗，而不让冯露伤害他。他热爱自由、反对世俗，直至生命的结束都没有在尘世中的主动堕落，这与韩苗苗、葛春风、吕鹏、薛畅等人的迎合世俗形成强烈的反差。

如果我们以女性主义视角去分析夏冰的两性地位，会发现夏冰身上具有明显的女性依附性的特质。韩苗苗的女性魅力与葛春风的英雄气息让夏冰的“多余人”特征更加明显。从钢琴王子到音乐教师再到掏厕所的清洁工，夏冰并没有那种传统男性的宏大视野、家国一体的情怀。相反，夏冰是主动让位于葛春风的，如让夏雨无条件信任葛叔叔。社会上的让位固然可以从时代角度解说个人的不幸，但家庭上的让位就很清晰地表现了夏冰的女性依附性特质——屈服、依附、软弱。夏冰的“失语”使他的神性更为突出。这也同样与上世纪90年代对于崇高价值观的解构形成了对话：对于宏大叙事的解构，从父权或夫权的解构开始。结合以上分析，让我们再回到夏冰与葛春风相遇之初，夏冰的“多余人”形象就更为丰满了。《平家物语》让夏冰的角色始终笼罩着一层雾，就如同麋鹿的动物特征相似——纯真稚气。

除去夏冰的个人特质，如果我们从他的密教成长环境来看，他的神性寄托也是有渊源的。

夏冰的母亲段观音信奉白族密宗，本名“段观音护”。她看不上韩苗苗，认为其举止轻浮，是不祥之人，会给夏家带来灾祸。段观音为夏冰念咒，梦见夏冰站在枯井中，眼里流出的都是井泥，她的手绘唐卡“忿怒莲师”后来成为夏雨和冯露用以复仇的“地狱来信”。可以说，段观音的身份无形中使得夏冰的人性与神性纠缠在一起，密宗信仰让夏冰的人性与神性发生碰撞。在上大学的时候，与“天鹅”和“野猫”的邂逅使得夏冰暂时性忘却神性寄托，陷入兽性与人性的漩涡中。而一旦踏入社会，密宗追求的超然境界使得夏冰难以真正融入社会，他的人性是矛盾、复杂的。关于密宗的阐释，使得《血色莫扎特》全文增添了神秘的气息，“忿怒莲师”也顺其自然成为小说复仇的引子，推动情节的发展。

在此，曼海姆的知识社会学也可以为夏冰与段观音的断联提供理论支撑。知识社会学强调主体的位置决定知识的表述。在《血色莫扎特》中，离开大学和社会，夏冰来到黑暗的枯井里，他又拥有了成长环境的视角，即密宗的视角。社会与家庭的“多余人”身份在黑暗的枯井里被咀嚼，内心的煎熬让他想起《平家物语》与密宗教义。

冬至夜，夏冰准备潜逃的那个晚上，他的人性与神性的交锋到了剑拔弩张的地步。一方面他寻找出逃的机会，另一方面儿子与家庭的担忧又使得夏冰的人性大厦摇摇欲坠。《罪与罚》中拉斯科尔尼科夫也同样显示出道德负罪与法治约束的双重痛苦。在昏暗的枯井中，夏冰或许也无尽忏悔、承受着精神折磨。密宗教义上的罪恶感与法治约束的罪恶感让夏冰自我惩罚，最后心理崩溃，在自己的设置的牢笼中活活饿死。这种自我的救赎在一定意义上也展示出夏冰的人性与向上的神性交锋。夏冰的人性因子重生，于是他选择一种理性的自戕作为悲剧一生的终结。他的伦理意识也更突出了，从而启发夏雨去实施日后的复仇。可以说，在这时，夏冰的人性因子指导他挣脱了复仇的锁链，达到一种超然境界。

《血色莫扎特》聚焦于上世纪90年代知识分子的命运书写，在时代洪流中向他们投以悲切的凝视。一方面，怀揣着理想主义的知识分子进行着人性与兽性的自我交锋；另一方面，时代的裹挟让神性与人性又默契地杂糅在一起：在理性得以满足之后，个人却不得不在时代中遗憾退场。知识分子的困境激发斗志，现实的白蚁依旧蛀空理想的大厦。不可避免地，个人以悲剧收场。这是人性的悲剧，也是现实的悲剧。而房伟在真实描绘那个时代的同时，却也留下了一根光明的尾巴——那个“即将诞生的奇迹”。国企改制的大环境造就了一批又一批的人，也启发我们思考一种普适的大价值观——真实的人性之外，时代教会我们什么道理？房伟的《血色莫扎特》在当今依旧奏响着时代的交响乐，引人深思。

在严肃理想与现实通俗之间

——评房伟的长篇小说《血色莫扎特》

孟亮

摘　要：《血色莫扎特》是一部蕴含了房伟对当下和历史、对现实和理想的深沉反思的作品，同时也是一部吸收并融汇了严肃文学与通俗文学特色的作品，具有丰富的延展性和包容性。房伟对小说视角和结构的创新、对通俗侦探小说文体的化用，以及对大时代下小人物命运的关注，构成了这部小说外浅内深、雅俗共融的特色。

关键词：房伟；《血色莫扎特》；通俗文学；侦探小说

无论书写个人成长的长篇《英雄时代》，还是抗战记忆的中短篇合集《猎舌师》，房伟都能以个性化的写作方式，在对历史和现实的观照中寄予自己的独特思考，并借小说的书写来展现个体或群体作为时代生命的独特体验。这也已成为近年来房伟小说创作的一个鲜明特色。最近出版的《血色莫扎特》既延续了房伟的这种深度的思考方式，同时又在小说的结构、文体和内涵中显示出了锐意创新和兼容雅俗的新特点。

一、群体化视角中的结构创新

从表面的故事情节看，《血色莫扎特》围绕一场15年前的“苗苗被杀案”，讲述了葛春风、夏冰、韩苗苗、薛畅和吕鹏等人物间错综复杂的人际关系，并以“追凶”始末串起他们各自的人生起落，故事可谓既错综复杂，又通俗易懂。但我们很容易发现，房伟并不满足于清楚讲述故事内容，而是站在严肃文学角度，在“怎么写”上下功夫。小说几乎通篇采用了第一人称和第一人称下的各种叙述方式。首先，房伟将《血色莫扎特》设计成分章叙述的结构，葛春风是小说主角，承担了一、三、五、七、十、十二、十三章的主要叙述，而吕鹏和薛畅分别承担了二、六、九章和四、八章的主要叙述。每章的主要叙述者大体都以第一人称的视角讲述，且相邻两章的主要叙述者几乎不重复。同时，在这种规律性的第一人称叙述中，房伟又插入了很多次要叙述者的第一人称叙事，如第十一章虽然缺乏主要叙事者，但插入了苗苗的日记和红姑的自白，而十二、十三章虽然重复了主要叙事者，但又分别借夏雨的自白和冯露的信来完成他们的自我叙述，以此实现作者对自我设计的超越。在叙事中，第一人称限知叙述凭借“我”的亲切可感，来加强读者对叙事个体及其立场的认同。不同叙事者的自我叙事，不仅携带了不同的叙事视角、叙事声音和价值判断，更强化了叙事者作为个体的自我地位。房伟在《血色莫扎特》中对非主角的多视角的第一人称分段叙述的大量使用（约占一半），不仅展现并强化了他们各自的心理和行为动机，丰富了他们的立体感，同时也使得他们在各自的叙述和活动中占据了主角的地位，从而将原本个体化和突出化的“主角意识”逐渐群体化了，这也是小说呈现出“众生相”和群体化特色的一大原因。

其次，小说的故事在多角色的第一人称叙述中充溢着现实与回忆的交织。春风、吕鹏和薛畅等人的叙述，不断在高中、大学、15 年前和现在之间来回穿梭，往昔和现在成为时刻混杂交织而又有着鲜明区分性和对照性的存在。同时，他们的叙述眼光也在不断地发生变化。“在第一人称回顾往事的叙述中，可以有两种不同的叙述眼光。一为叙述者‘我’目前追忆往事的眼光，另一为被追忆的‘我’过去正在经历事件时的眼光。这两种眼光可体现出‘我’在不同时期对事件的不同看法或对事件的不同认识程度。”房伟就充分利用了这一方式，以不同叙述者此刻的智识和思考来不断回忆和打量“苗苗被杀案”发生的前前后后，既为当下不同叙述者的理性和感性判断提供展示的空间，也为他们各自记忆中的青春经历提供一份真实性和参考性的证明，同时，更在他们自我叙述的不同叙事眼光中，将往昔和现在进行充分的、成熟与幼稚或聪明与暗昧的对比，进而深化人物形象，揭示出他们的性格，而“苗苗被杀案”皆是当下和历史借由人物及人物心理所形成的重叠。

此外，房伟所采用的多视角的第一人称叙述，还营造了小说多线条的结构特色。不同叙述者的叙述，尤其是吕鹏和薛畅的分别叙述，使得小说在春风的主线叙述视角之外，还增加了双副线视角。同时，围绕着小说故事本身，如果我们抛除掉“苗苗被杀案”和案件的神秘凶手“夏冰”的踪迹这一核心线索外，春风的回城和经历是构成故事的另一条主线。同时，吕鹏锲而不舍地追凶则是伴随着春风回城和“苗苗被杀案”的主要副线，在小说中也有着举足轻重的地位。借由多个第一人称叙事者的分别叙述，故事得以在多重视角和线索中展开，同时也将原本单线的故事结构变成复线式结构，大大增加了小说的艺术性和深层内涵。这种视角和结构上的设计，显示了房伟作为严肃文学创作者在小说技巧上的锐意探索。

二、书写“复仇”的侦探小说外衣

《血色莫扎特》也带有通俗文学作品的痕迹。解读《血色莫扎特》的叙事时，我们很容易发现小说中充满了“复仇”的因素。推动春风返乡并拉开故事序幕的是一份复仇宣言“忿怒莲师”，推动情节发展的重要线索也是“夏冰”的复仇及其踪迹，而故事的结局，也在夏雨和冯露的复仇中落下帷幕。可以这样说，《血色莫扎特》起于复仇，终于复仇，“复仇”是这部小说在故事情节上的核心主题之一。同时，“复仇”也是文学史上源远流长的话题，早在中国神话的母题中，就已经出现了“复仇”的身影。在现当代文学史中，不仅鲁迅、张爱玲、汪曾祺等严肃作家都有过对“复仇”的书写，在充斥着犯罪和凶杀的侦探小说中，如程小青的“霍桑探案系列”和孙了红的“侠盗鲁平系列”等，“复仇”更是一个常客。小说表面上既然要围绕“苗苗被杀案”书写一个与“复仇”有关的故事，那么借鉴侦探小说的文体便是房伟最好的选择。同时，《血色莫扎特》之所以可读性强，除了语言的直白简练，故事的离奇精彩，一大原因即在于作者化用了通俗的侦探小说的文体，带领读者进入了一个充满趣味的复仇、破案与猜谜的过程。

侦探小说在清末以“科学”与“人权”的姿态传入中国，成为中国通俗小说的一种重要类型。作为“70后”的严肃作家，房伟能大胆地采用通俗小说的表现模式，为自己的严肃文学思考披上通俗侦探小说的外衣，这本身就显示了房伟在创作上的气魄。在《血色莫扎特》中，他充分挖掘了侦探小说这一类型化的小说文体在叙事上的优点。首先，侦探小说不仅对读者具有强烈的吸引力，同样也有利于大量地采用第一人称的叙述方式。“人称叙事，从某种意义讲，也就是立场叙事，立场不同，叙事角度不同。”而侦探小说恰可以借由侦探对各色人物的采访探查，利用不同立场的对象对案件的不同叙述，从而天然地将众多个人化的第一人称叙事合理化。其次，在“捉凶手”的游戏中，凶手的隐藏被放置于众多的“正常人”之中，违法之徒“一定会隐藏他所独有的外部标志，以对另一个人进行毫无背景的展示，保护色和官方认可的环境保护他不被发现”。而逐步揭开凶手“保护色”的过程，恰是房伟在《血色莫扎特》中对人性隐恶和社会心理进行深入挖掘的过程。此外，侦探小说在早期之所以被认定为“科学”，不仅是采用科学的实证方法和演绎推理方式，还在于人的理性精神对感性的胜利，即克拉考尔所说“每一项心理学限定都是刻意设置的障碍，是注定胜出的理性将要跨越的障碍”。借由这种理性与感性的博弈，房伟较容易地将文学中人的理性精神和非理性色彩的一面向读者展示出来，从而对葛春风所处的90年代社会进行深入思考。

但同时，房伟对通俗侦探小说的借鉴是有超越的，这种超越集中体现了他严肃作家精神的一面。首先，“凶手夏冰”的不存在是合乎侦探小说常理的，虚构不存在的凶手以使故事中人和读者误入歧途，正是侦探小说的拿手戏。而凶手自己揭露最终案情的侦探小说也并不罕见，在阿加莎·克里斯蒂的《无人生还》中，法官也是通过一封信来揭示“无人生还”的案件始末，并以此对读者的理性和智慧进行挑战，但通俗的侦探小说不会对读者或侦探进行严肃的“生存还是毁灭”的灵魂拷问。房伟却有意识地如此设计，且将拷问的对象超越了以吕鹏为代表的“侦探”，进而将葛春风推入了选择自杀以证其尊严，还是苟活并背负夏冰、夏雨和冯露三重“伯仁之死”的痛苦两难境地。其次，侦探小说的类型化人物大抵是有其特定功能的，在有侦探和主要叙事者存在的小说中，案件的展开、行进和推理都是紧紧围绕其间并以之为主要人物的。同时，代表着理性和智慧的侦探，在读者面对真相时的心理地位上也是远超叙事者的，最典型的代表即是“福尔摩斯探案系列”的福尔摩斯与华生和“霍桑探案系列”中的霍桑与包朗。反观《血色莫扎特》，侦探吕鹏的角色是退位的，而故事主角和最主要的叙事者春风，是一个处于不断被叙述的地位，并被反复拷问灵魂的人。二人的身份和存在，在严格意义上的侦探小说的人物功能中是缺位和不足的。此外，也是最重要的一点，即叙事目的何在？侦探小说的叙事是服务于案件的，或者说叙事者之所以叙述是为了解谜和破案本身。而在房伟的《血色莫扎特》中，与其说诸多叙述人的叙事内容是被统一于“苗苗被杀案”，倒不如说“苗苗被杀案”只是房伟借以刻画社会变革和人性变动的工具。房伟在通俗侦探小说外衣下对严肃文学命题的书写，正是其游走在严肃与通俗之间的明证。

三、大时代下小人物的命运悲欢

房伟对小说叙事结构的锐意探索和对通俗侦探小说文体的借鉴，即“怎么写”，大抵还是要为他的表达，即“写什么”而服务的。房伟写了什么？我们可以说，房伟写了时代，也写了春风等人的成长变化，但更多的是大时代下小人物的命运悲欢，是理想与现实的冲撞以及由此而产生的人心裂变。

小说名为“血色莫扎特”，显然是有意为之。“莫扎特”象征着理想，是音乐、舞蹈、青春和浪漫，“血色”则是现实，是堕落、痛苦、挣扎和背叛。在小说中，房伟不止一次地用“血”“浮萍”等意象来暗示现实的冷酷和对理想的入侵，如第八章的“血天鹅”和第十章的“碎浮萍”等。当我们分析《血色莫扎特》中的人物形象时，我们尤其会发现理想的逐渐失落和现实的重重压迫，苗苗从高贵的“白天鹅”沦落为要挟金钱的妓女，“钢琴王子”夏冰有着道德的不伦和对妻子的残伤，春风背叛了朋友背负着心理债，薛畅则直接妥协为官场的帮凶，更遑论耽于色情的“冯大肚子”冯国良、滥用职权的副市长陈中华、沦落为地下娱乐界女王的红姑，以及实施犯罪的夏雨和冯露，即便是从未放弃追求真相的吕鹏，也因掺杂着大量的嫉妒和醋意，固执地将案件焦点放置在错误的路线上。可以这样说，在 90 年代这一个剧烈变动、大有可为的“英雄时代”里，小说中没有一个纯粹意义上的英雄。小说中的人物几乎都是形形色色的知识者，却都不可避免地让渡理想，沾上了现实的血色，当夏雨对春风说出“你是好人”，“你也是‘罪人’”时，我们很容易想到同样描绘知识分子且具有反英雄色彩的《围城》里的那句“你不讨厌，可是全无用处”。这或许是房伟在描绘 90 年代的小知识者的众生相时，对《围城》的某种致敬。

大时代下的小人物，既是严肃文学的一种常见表达，同时也是通俗小说中借以表现民间理想和正义的一种方式。前者如鲁迅对新旧知识分子的刻画，巴金对封建没落家族的人物的描绘，老舍对抗战期间北京市民的书写等，在现当代文学史中是不胜枚举的。而后者，因了通俗小说对广大市民读者的争取，在叙事姿态和观点评价上自然站到了普通市民的角度，甚至有了某种代民发声的意味，如张恨水小说中的谴责性和正义主题，章回小说对现实性日常生活的书写以及对社会群体的认同。可以这样说，房伟并不拒绝在故事中书写民间通俗性的对理想与现实、个人与时代关系的理解。在《血色莫扎特》中，房伟不仅将理想面对现实的碰壁书写得异常鲜明，甚至还直接以薛畅和红姑等人的口吻，表达出一般市民对个人无力的承认和对强大现实的妥协，这委实是当下不少人的观点，具有深厚的群众基础。同时，尽管小说中人物的悲剧在主观上是自我造就的，但又无不映射着时代车轮的印记，在借由个人化的叙述以展现人物堕落和揭露现实黑暗的过程中，小说呈现出某种底层言说和群体化诉求的意味，具有了一种代民发声以谴责不公和为民请命呼唤正义的姿态。这也正是房伟的“谴责性”和“正义性”表达。其次，这种民间正义也恰是通俗的侦探小说的某种正义延伸，即侦探小说借由追出凶手和惩治罪犯以实现对法律正义的维护的同时，也借由这种除暴安良的侠义举动实现了对民间心理正义的回归。而具有着侦探小说外衣的《血色莫扎特》，正是“大时代与小人物”的主题下通俗的民间正义与严肃的社会反思相结合的产物。

此外，在阅读《血色莫扎特》时，除了作品提到的通俗小说家东野圭吾的《白夜行》，我们还读出了张爱玲的影子。在大时代的背景下用融汇雅俗的笔法刻画小人物的心理，在社会的无情和变动中描摹人心的缺爱与畸变，在人性的隐恶中展现复仇的快意与苍凉，这是张爱玲善用的方式，同时也是《血色莫扎特》所给予的阅读感受。当若即若离的葛春风和韩苗苗在化工厂的爆炸与飘满麓城的黑烟中再度执手时，我们似乎看到了一幕现代版的《倾城之恋》；而当由于缺爱引发了心灵畸变的夏雨和冯露分别对自己的父亲葛春风和冯国良复仇时，我们又似乎读出了《金锁记》的影子。这或许也是《血色莫扎特》呈现出外浅内深、雅俗共融的艺术效果的一个原因。

结语

《血色莫扎特》作为“70后”作家房伟的长篇力作，是一部兼容雅俗的优秀小说。它不仅有着严肃作家对叙事结构的创新、对历史与现实的反思和对人性的深入刻画，也有着通俗小说的表现方式和对民间正义的理想表达，是一部“通俗为经，严肃为纬”的作品。但我们也看到，《血色莫扎特》通俗侦探小说的写法似乎妨碍了批评家们在雅俗文学融合的背景下对其进行多角度的分析和解读。本文也只是提供了另一个观察视角，以对当代小说的可能性实践做一些探讨。

数字时代的感知方式与文学书写

陈霖

内容提要：本文着眼于数字时代的感知方式变化，观察和讨论当今的文学书写状况，从数字情境中文体的“内爆”、书写方式的“革命”以及在线书写的机制等方面，阐述文学书写以实践和观念的变化，感应着以数字化为特征的生活方式，发展出新的感知方式，从而参与着数字文化的建构，既显示出混杂和凌乱，也展现出活力和生机，创造出植根于当今时代的新感受力。

关键词：数字化；感知方式；文学书写；新感受力

引言

人类的一切活动乃至整个人类文明，正在进入数字化时代。数字技术对人类社会的覆盖、渗透和形塑，正在带来极为深刻的变革和转型。文学艺术以其敏锐的感知方式和对创造性的无尽渴求，感应着这种变革和转型，成为理解数字文化的一个不可或缺的入口。在最表层的意义上，数字文化源于数字技术的存在并由其决定，数字文化最基本的含义产生于以数字技术为基础应用展开的相关实践中。但是，查理·基尔提醒我们，数字文化“既不像表面上看起来那么新，它的发展也不是最终由技术进步决定的。更准确的说法是，数字技术是数字文化的产物，而不是相反”[1]，这也就是说，我们须从数字文化的角度理解数字化时代，它不仅是数字技术的效果和潜能，而且是体现于数字技术并使其发展成为可能的思维和行为方式，这同样适用于我们对今天的文学空间展开观察。

毫无疑问，今天的文学空间，在其一切可见的层面——物质基础设施的支持、传播、扩散和分享的机制、阅读和消费的习惯、相关机构的运作方式，等等，都已经与高度数字化的环境密不可分。似乎只有延续着传统纸质出版的文学杂志和图书，还维系着前数字时代的人们关于文学的想象，而诸如文学的精神走向、审美风格、思维方式、书写策略等方面，与数字化环境的关系似乎并不那么一眼可见。对文学空间来说，恰恰是这些不可见的方面发生的变化更具有根本性，因为它们不仅发生在数字时代，而且也以自身的存在塑造着数字时代，成为数字文化的构成性力量。可以透视这一力量的途径当然有很多。本文选择从文本生产的角度切入，因为文本是作者书写与读者阅读连接，从而与社会、与世界发生关联的第一界面。

一、文体的“内爆”

文本的裂变首先体现在文体的内爆上。我想从一篇“爆款”文章谈起。2020 年 2 月底，在肖战粉丝中的“唯粉”和“CP 粉”之间发生了一场争斗，被网友称作“227 事件”。这一事件引起全民围观。围绕这一事件，很多公众号写手纷纷各逞其能，“爆款”文章迭出。3 月 1 日，某公号刊出的《肖战粉丝偷袭 AO3 始末》一文。据以专门向众多企业、政府机构提供线上、线下数据产品服务“新榜”统计，这篇文章推送 18 个小时左右时，阅读量超过了 400 万，在看数超过 9 万。单就文章阅读

1 Charlie Gere.Digital Culture (second edition) [M].London：Reaktion Books Ltd，2008：17.

数量、影响到的人群来讲，几乎所有文学专业写作的人士恐怕都望尘莫及。但是，这个问题我们暂且不论，而主要考察其文本构成的特点。

整个文章从信息传递来讲，主要按照时间节点讲述所谓的“始末”。但是，它与传统的叙述始末的文章不同在于，再现事件过程的主要不是靠文字，而是由争斗双方的微博截图构成。另一个更明显的特点是，它对事件过程标识的方式基本采用挪借的手法，在导语中以金庸小说《倚天屠龙记》的情节开张：“同人圈粉丝围攻光明顶。”接着参照“一战”和法国大革命的过程完成了文章的主体：“点燃导火索”——“《下坠》好比是一战导火索萨拉热窝事件”——“肖战饭圈内战”——CP粉开始第一轮反击——路人加入混战——一场227圣战的起义，已经在各圈点燃火炬——街垒战与“自由引导人民”——攻占舆论的“巴士底狱”——起义持续——“路易十六”终于被推上了“断头台”——纲领性文件“人权宣言”诞生——肖战工作室发表道歉声明。不仅如此，除了微博截图，文本中还插入了红底白字的标语“创作自由文学无罪”，更有法国画家欧仁·德拉克洛瓦为纪念1830年法国七月革命而创作的名作《自由引导人民》，以及一幅艺术家走上街头举着“艺术要自由”牌子的照片。

这篇“爆款”文章或许永远无法被视为文学写作的样本，但是其文本构成方式却不期然成为今天的文学写作正在发生何种变化的隐喻。从其视觉呈现来看，这篇文章能够让我们听见拼贴艺术、现成品艺术的余响。而那种夸大其词的方式，一方面让我们看到对宏大叙事的戏仿，另一方面又不无对当下事件的反讽。这一相互拆解的过程，空留下失去具体指向的力比多激情。它在激起一阵喧哗以后会迅速沉入遗忘的深渊。尽管如此，我们依然会隐约感到这里面潜隐着文学写作感知现实方式的变化——它不再是模仿的、再现的、反映的，而是某种应激的、生成的、构成的。其间包含的片段化的连缀、不相干的组合、视觉效果的追求、书写的速度……正在我们这个时代悄然演变为文学文体的内爆。

这种内爆，在有的写作者那里似乎要有意识地将其转化为文体内在的追求。早在 2010 年，美国作家大卫 · 希尔兹写了一本书，叫《现实渴求：一份宣言》。全书采用片段连缀的方式，大量引用名人格言，不时穿插自己的叙述和议论。其中引起强烈争议的有两点，一是宣告传统小说的死亡，二是对剽窃或赝品的宽容。第二点我们这里不谈。关于第一点，他的理由是传统小说的方式与这个世界已经严重不合拍，应该用与现实世界相符合的方式，代替那些怀旧式的消遣。这种方式是什么呢？希尔兹给出的方案是未经处理、未经过滤、未经剪裁的非专业的方式，以真实地再现这个破碎的、不和谐的、断裂的、去中心的现实世界。希尔兹不仅这么说，也这么做了。2015 年，他完成了《战争是美丽的——〈纽约时报〉图像导向武装冲突的美化》，采用拼接和混合的方式，追溯《纽约时报》在十多年里的头版图片报道战争的情况。希尔兹在接受采访时说："这些照片是新闻摄影，但在我看来，它们是征兵海报，没有资格出现在世界最具影响力的英语报纸的头版……这些照片将美国引向战争。我一直想到的一句话是国土安全部的一句话：'如果你看到什么就说什么。'这就是我所做的，但从另一个方向。我看到了这一点，并感到作为一个作家有必要说些什么。"[1]

希尔兹的个人创作，是否真的能够实现他所主张的真实再现现实，以安抚其所谓"现实饥渴"呢？从亚马逊网站上读者的留言中，我们可以看到的一些对《战争是美丽的》的评价，对此基本持否定的态度。譬如，读者 EmmaGH 认为："有些照片确实很美……我很难想象，任何选择做摄影师的人都不会关注所拍照片的艺术质量，也很难想象，一个报纸的版面编辑不希望版面看起来很吸引人。我没有感觉到我同意或不同

1　David Shields.（2015-11-10）.[EB/OL].War Is Beautiful: The New York Times Pictorial Guide to the Glamour of Armed Conflict. https://www.lensculture.com/articles/powerhouse-books-war-is-beautiful.

意希尔兹关于《纽约时报》的立场，但我将长期思考这个问题和这本书，在这个基础上，我认为这本书非常棒。”John Ciccon 则说：“我怀着复杂的心情阅读这本书。我看到了希尔兹所说的部分内容，即战争照片的艺术性分散了对战争本身的恐怖的注意力……但是，你期望《纽约时报》的照片编辑做什么，选择糟糕的照片？那些光线不好、焦点模糊的照片？或许希尔兹先生更喜欢烧焦的肉体、混合的骨折，以及直白而粗劣的解剖照片？最后，我并不像他那样认真对待他的论点……我推荐这本书，不为别的，它是一部非凡的战争照片集。”[1]

可以说，希尔兹没有达到他所主张的更真实的再现。但是，这是否就像罗伯特·哈桑所分析的，意味着“时间转型对我们与‘技术化的词语’这种最为基本的工具之间的关系”，带来了“负面影响”，而希尔兹的主张则将是“历史上第一次试图剥离文字这种工具的创造性过程的自治性”[2]？如果我们将希尔兹的主张和他的创作看作对其所身处的时代的反应，那么，我们首先应该注意的是这种文体选择实际上与数字化情境之间的某种同构关系，正是这种同构关系形成了文体变化的内在要求。文学书写是一种感知方式，而不是使世界更为真实，也不是记录真实的世界。

二、从“内爆”到“革命”

从文学书写作为感知方式这个视角出发，我们能更好地理解发生在不同场景、不同作者、不同主题的写作中，共同经验着不同程度不同类

1 来自美国电子商务公司亚马逊网站中《战争是美丽的》一书的买家评论。

2 ［澳］罗伯特·哈桑．注意力分散时代：高速网络经济中的阅读、书写与政治［M］．张宁，译．上海：复旦大学出版社，2020：113.

型的文体“内爆”，甚至由此引发文体的“革命”。

2020 年年底，《收获》第六期刊出了王尧的长篇小说《民谣》。值得注意的是，在这部小说发表前，王尧也以理论家的身份发表文章，谈论新的“小说革命”的必要和可能，认为“新的‘小说革命’已经不可避免，那么小说的新的可能性就存在于我们意识到的和没有意识到的困境之中”[1]。在我看来，这个困境不可忽视的构成因素在于，数字化媒介型构的话语方式——以微信、微博、小红书、抖音、快手等为表征——已经植入我们的生活世界，并深深楔入了王尧文中所谈到的两个空间——“市场”与“文学史”。在他看来，这对小说家和批评家来说是特别重要的空间。《民谣》或可视为作者从自己展开的革命，作为克服上述困境的一次尝试，就像希尔兹以自己的创作呼应自己的“宣言”，只是王尧采取了更为温和的方式。

我们看到，《民谣》第一部（内篇）的叙事，以优雅而从容的笔调和细腻又克制的讲述，在故乡的空间与现实的空间之间形成张力，让读者在其间来回穿梭，于细节的“点击”而不是故事的接受中，感受个人成长尤其是个体意识的成长所关联的丰富而沉重的历史内容。但是，作者或许面临着这样的矛盾：第一部的叙事方式无法获得现实的写作和阅读语境的支持，而无以跨越或隐或显的障碍，譬如，历史的完整性在幽暗的深处散发出的诱惑难以抗拒，却必须面对无处不在的碎片化情境和支离破碎的精神图景，无处不在虚构的权利必须承受感知的真实的压力。为此，作者在结构上进行了某种颠覆性的尝试。

虽然内篇、外篇和杂篇的区分似乎来自庄子的启发，但在我看来更是被上述困境“逼”出的选择。杂篇来自母亲在一个木箱子里发现的王大头少年时期的作文本和他在 20 世纪 70 年代初期代拟的各种文稿：消

1　王尧.“小说革命”的必要与可能［N］. 文学报，2020-9-25.

息稿、申请书、倡议书、检讨书、毕业留言、一组儿歌、一份政治表现材料、替别人写的各种书信，等等。如果说这些文字构成了特定历史时期的书写文体的展览，那么，那些相关的注释则更是以一种特别非叙事的方式隐现出将它们纳入元叙事的冲动。而外篇里王大头的初中语文老师写的短篇小说手稿《向着太阳》，则将那个时代的话语方式置于现实背景之中，凸显出意味深长的反讽。如此，作为一部长篇小说，《民谣》的方式宣喻着传统方式的不可能。通过细节“点击”的效应、驳杂文体的展览和手稿语境的错置，激发阅读者的想象，邀请阅读者的参与，在延异的时空之中去生成各自的“民谣”。

如果说《民谣》的“革命”色彩还是温和的，那么在更年轻的写作者中，这种“革命”正在以更为激烈的方式展开。今年伊始，《青春》杂志推出了“青春新视界”栏目，每期刊登四到五名年轻作家的叙事作品。他们富有写作才华而尚未被主流文坛接受、为广大公众知晓。从目前刊出的几期看，很多作品在文体上难以冠以传统的小说名号，而显示出不同程度的混杂和越界。

如第五期上刊出的胡晓江的《月球上的父亲》，全部作品的外在结构由三个看起来毫不相干的故事构成，让我们想起马原当年的《冈底斯的诱惑》。第一个故事写出生在月球上的“我”，回忆起第一代开发月球的移民生活，显示那是一个乌托邦冲动的产物。第二个故事如文内小标题《边界》所示，讲述一次未经计划的冒险越界的故事，穿插于第一个故事之中。第三个故事《洗髓》，写“我”从肉身中分离出“元神”，是对道教所谓修道成仙之术的演绎，放在第一个故事结束之后。这三个毫不相干的故事放在一起意味着什么？一般而言，结构上的穿插和植入，有节奏、意趣的调节之功。但在我看来，这在某种程度上是注意力分散时代的结构性隐喻。我们在数字化阅读情境中，不正是时刻面对着网上的超文本链接和基于算法的推送链接吗？你在读一条时政新闻，会跳出来一条体育消息，你在浏览一篇昨晚收藏的文章时，一个订阅号新的推送通知来了……实际上你在连续地刷屏（阅读）中与不连续的、割裂的世界图景相遇，我们在不经意间经历着平行的世界。

于是，胡晓江的这个作品在顺应我们这个时代表征的同时，以文字构成的空间装置艺术形成了一种张力，唤起我们对上述空间关系的体验与省视。在另一种意义上，这三个故事构成的又是一个交织的世界，它们交汇于一个抽象的节点，那就是“越界”。三个故事可以说都是越界的隐喻：“球界”跨越、国界跨越、灵肉之界的跨越。这种越界所标识的空间交织，传递出一种“后人类”的情绪：人在今天的高度数字化情境之下，对自身的主体性越来越失去把握的能力，陷入各种认同性焦虑的处境，承受越来越多的“非人”的压迫力量，人类不期而然地置身于需要重新界定自身而又无法界定的过渡状态[1]。

或许，第三期刊出的李万峰《学歌》，方式更具实验性，全篇四千余字，只有一个段落，而更令人惊讶的是它的语言方式。我们不妨看一段：

> 眉毛画了无数次，战争还没结束。梳笼照常进行，一如早晨。早晨是干净的。其他活动也不例外。红色的油漆快把味道散尽了。油漆的红来自葬送于此的性命，跟漂亮而陈旧的智慧融为一体。谁也不曾跟我说，卖东西的人都死了，吃东西的人随着一道彩虹屹立在死者的灵魂上，当火烧到大门背后，作为唯一值得重申的态度，当白蚁搭成的浮桥呈现出近在咫尺或者说纯洁的感受，柳树嫩叶便摆动，想象自己正在燃烧无穷尽的细密，无穷尽的裸露，无穷尽的夜晚，占有我的身体，冲击我的额头，替代我的意志来取悦观众……[2]

1 林舟．在顺应中寻求张力［J］．青春，2021（5）．

2 李万峰．学歌［J］．青春，2021（3）．

通篇就是这样的方式展开。叙述者以超量的语句淹没了《桃花扇》这个母本，你几乎无法获得这些语句的连续性。它们就像是一个个弹出来的。如此，仿佛不是一个叙述者而是许多个叙述者在叙述，或者说是一个叙述者分身为无数代言人，将并不连贯的叙事涂抹在原有的文本上。这很像哔哩哔哩网上观看影像时遇到的弹幕：一部烂熟的经典，无数迷恋的粉丝，写上无比疯癫的词语，表达喜爱、致敬、细读、品味或不以为然，甚至无理取闹……这种叙述方式也敦促着与之相应对的阅读方式，就像文中的一句所描述的那样："他们的眼睛是外在的，会掉落在词语之中。"[1]我们随时准备与那些弹出来、仿佛脱离了书页或任何其他载体的词语和句子相遇：不是从第一个字一路读下来直抵最后一个字，而是一眼看去，被其中某个词语或句子的光芒攫住，所有的语句都笼罩在这最初的光芒之中。离散的、碎片化的状态，脆弱的结构，使文本有如块茎状的一团[2]。

由上可见，这些小说在叙事上显示出的"革命"，其根本的动力源，来自对现实的数字文化情境的感应和感知。这种感应和感知当然不仅发生在文体的层面，而且关联着文本生产的过程，其中特别值得一提的是在线写作呈现的不同取向。

三、在线写作的双重机制

数字情境中的写作，文学传播所包含的创作、展示、扩散和接受等不同环节的切分，往往不再具有明确的界限。创作就是展示，展示与扩散和接受同时发生。尤其是展示空间打破了传统固有的边界，不再仅仅发生在书房、工作室或其他固定空间，而是发生在离线与在线相交织

1 李万峰．学歌［J］．青春，2021（3）．

2 林舟．叙事，寻找新的"感觉结构"［J］．青春，2021（3）．

的、流动的空间。

2020 年 3 月，诗人、小说家韩东出版了《五万言》。该书都是一段一段简短的文字，里面谈论最多的是文学，说出了很多写作的道理，甚至是韩东个人的“秘诀”。其实，格言式的、断片式的写作，中外书写史上有大量的存在。而韩东的《五万言》只属于这个数字时代，是因为这些言论均来自他 2010—2018 年间在网络上的即兴发言，是他将博客、微博、微信这样的网络平台作为笔记本使用的结果。他说：“当时很多人不知道我的自言自语在针对什么，其实是我自己在思考问题。这和纯粹做笔记有所不同，我还是想着会有人在读，所以这是一本介于公开谈话和私下笔记之间的东西。”[1] 当其每一条独立出现于网络平台的时候，都具有其独立性；当这些文字结集出版的时候，作为纸质的书，实际是网上书写的“副文本”，是再媒介化的结果。这时候，它已不再是当时的网上存在状态，留言、互动、点赞、转发，以及它们出现的上下文，所有这些都未能复现于纸质印刷物上。这就提示我们，今天的文学书写空间是新旧媒介交接、融合的产物。这样的交汇地带，也正是文学书写发生变革的敏感场所。

如果说，韩东在线发表即时言论时并没有某种文体的自觉，那么吴亮的《不存在的信札》则是有意识的文体实验。这部 18 万字的作品，从 2019 年 1 月到 6 月，历时半年，全部在吴亮自己的微信朋友圈里完成，2020 年 7 月由长江文艺出版社结集出版。同样，纸质的出版物不同于当时的朋友圈里的写作，原因除了上面谈论《五万言》时说到的之外，还有两点需要特别注意。其一，吴亮朋友圈的朋友 / 读者（尽管人数相对来说很少），当时可以准确地看到，什么时间吴亮在这里完成了一段写作，可以根据上一次出现的时间推断吴亮写作的节奏；在为期六

1　张锐. 韩东首部言论集上市，《五万言》记录思考痕迹［N］. 深圳特区报，2020-5-20.

个月的时间里，文本持续呈现，不断添加内容，一切不可预期，只能坐观其变。其二，与上一点相关，朋友圈是书写展开的场所，好似工作间搬到这里；也是它展示自身的场所，有如一座迷你型展览馆；还是它与朋友（观众，读者）相遇的地方，就像一个会客厅。这意味着吴亮将微信朋友圈改造成了突显书写行为过程的书写艺术装置。

在《不存在的信札》之前，吴亮已经有过在线写作实验。2015 年，他在一家叫“弄堂网”的网站上，用“隆巴耶”这个笔名每天写几段，短则一两百字，长则五六百字，花了五个月时间。这些大大小小的段落生成了一部题名为《朝霞》的作品。这部作品在维系着读者对阅读到一个故事的期待的同时，驱使读者将更多的注意力投放到其间的非故事的表达上，诸如大量围绕哲学、宗教、政治、青春、阅读等展开的议论、争辩，如此呈现出“反小说”的文体特征。《朝霞》中各种引用的交织，布下了无数的节点，构成庞大的互文体系，其所包含的超文本，大有淹没《朝霞》自身的文本之势，令后者消融于文本的无边界游走之中。或者说，《朝霞》的文本成为承载各种文本及其意义交汇的平台，一个巨型的语言复合体，市井的话语、流行政治的话语、文学艺术的话语、宗教哲学的话语在其间混响[1]。

《不存在的信札》走得更远，它主要由一百多封书信组成。这些书信里确实有各不相同的写信人口吻，但是我们不知道写信人是谁，或者说，我们无法判定吴亮模仿了谁的口吻。这些信也没有地址，不知发往何处，也没有回音，无法构成对话，还穿插了法庭谈话录片段、日记、便条、提纲、箴言、各类笔记、谈话录音、零星研究、讲义、残稿等，多达十几种不同形式的文体。在这里我们同样看到了拼贴的运用，它所构成的隐喻在最直观的层面指向了微信朋友圈——微信朋友圈从所谓文

1　林舟．从不受约束的结构到写作伦理的生成［J］．上海文学，2017（9）．

体的角度视之，就是各种书写体裁的汇聚。由于没有提供我们习惯的叙事逻辑以进入连贯的、具有透视性和心理深度的世界，所有这些似乎都无来由地浮现于屏幕，飘然于眼前，一阵缭乱之后，不知所终。这不也就是朋友圈的写照吗？不止于此，再看《不存在的信札》里出现的人物。他们身份各异，画家、佛界高人、编辑、居士、自由撰稿人、无业游民、学者，还有曼达这个作为“复数”的人物……这些人物相互之间有的关系紧密，过从甚密，有的偶有交集，有的从无直接交往，有的一闪而过……可以说，这就是朋友圈的构成状态。如此看来，《不存在的信札》以朋友圈书写隐喻了朋友圈，戏仿了朋友圈，也为我们感知微信提供了一种别样的途径。

对韩东和吴亮而言，在线写作是凭借他们已有的文学成就积累的文化资本，自带“流量”地展开，并且很容易被传统的出版方式接纳，在新旧媒介形态的交集中完成文学书写的转换或交互。对更多的在线文学书写来说，情况则有很大不同。譬如，在拥有众多小说平台（如 QQ 阅读、起点中文网、创世中文网、云起书院、起点女生网、红袖添香、起点读书、红袖读书、起点国际、华文天下、天方听书，等等）的阅文集团旗下，在线写作呈现出更为丰富、更为不确定、更为公众化、更具互动性的特点，由此发展出的文学写作机制迥异于纸质印刷时代。以最有名的“起点中文网”为例，据了解，写作者通过后台申请成为作家，可以在线写作、发稿，或是自行用 Word 写好后上传发稿。发稿要经过 AI 审核，如被关注（写得好或者存在问题隐患）会转送到人工审核。平台方面，普通写作无报酬，达到一定条件（每月 30 天，每天都不小于 4000 字）可以给“低保”，一度是 600 元，“五五断更节”后为留住作者，有所上涨。小说如果“上架”（达到一定字数并通过编辑审核），可开设 VIP 专章（上架前的章节仍然免费），VIP 内容读者需要付费订阅，该费用起点与作者五五分成，但也有过比例浮动。读者可以对 VIP 章节“打赏”，至少 100 起点币（1 元），往上可以给一百万甚至一千万起点币，也可以发“催更票”（1元，作者拿到5毛）。网站或APP开设各种推荐位，写得好可以占据推荐位以获得更多关注。推荐位推荐出版实体书、改编影视剧、漫画等。推荐作者进入各级作协、政协、人大、新阶层人士等，最近还新增了推荐翻译出海。

这样的机制推动了类型化写作，也大大抬高了写作速度、产量的标准，并且与阅读市场、与读者互动密切关联。更为广泛的在线写作，往往不仅意味着快速地写出，而且意味着快速地传出去，被读到。不仅是写作和阅读本身，而且是“出版”机制——快速呈现，极速“秒传”，收获点赞，从微博到微信，从小红书到抖音快手（短视频可视为一种影像的书写），无不如此。或许从一个具体而微的方面，向我们提示了斯蒂格勒所指出的感性的数码式转向，这一转向“导致了业余爱好者这个角色的复兴”，意味着“力比多经济的重构”[1]。而这一机制中的“推荐”环节，在促成文学书写的跨媒介转化，或者面向传统出版机制，获得主流身份和文化资本，或者面向游戏、影视，获得更多的市场回报。

在线写作也带来了“副文本”的激增。这既包括有组织的生产，也包括读者的积极参与。杰拉尔·热奈特在1987年出版的法文版《门槛》（1997年英文版《副文本：阐释的门槛》）中提出了“副文本”（paratext）的概念，将其纳入了叙事学的研究范畴。美国学者乔纳森·格雷将电影、电视节目的周边与片花、海报、预告、宣传、访谈、评论等，都归入热奈特提出的副文本范畴，指出这些副文本可以为文本创造意义，扩展文本的边界，也可以独立存在，生产出自己的意义，甚至在特殊情况下还能接管文本[2]。虽然格雷主要是就电视节目展开的分

1 ［法］贝尔纳·斯蒂格勒．人类纪里的艺术——斯蒂格勒中国美院讲座［M］．陆兴华，许煜译．重庆：重庆大学出版社，2016：40.

2 Jonathan Gray. Show Sold Separately: Promos, Spoilers, and Other Media Paratexts［M］. New York: New York University press, 2010：45.

析，同样也适用于今天在线书写的领域。从这一角度看，我们或许可以暂时撇开商业动机，而更加关注文本间性或者互文性，如何共同建构或解构文学书写，扩展意义的空间，并由此产生更广泛的公共联结。

结语

综上所述，今天的文学书写，铭刻着数字时代的感知方式，也建构和生成着新的数字文化。就像随着现代城市通过数字化和基础设施而无限扩张，以致我们很难辨识一个城市从哪里开始，边缘地区在哪里结束，今天我们似乎也很难确认文学从哪里开始，又在哪里停止，一个特定的体裁什么时候是文学的，什么时候是非文学的。但文学书写的创造动力也在此间产生，显示活力和生机，一如显示混杂和凌乱。半个多世纪前，苏珊·桑塔格在其写的《一种文化与新感受力》中说到新感受力的创造的一番话，对今天的我们仍然有启示性。她说：“这种新感受力必然植根于我们的体验，在人类历史上新出现的那些体验——对极端的社会流动性和身体流动性的体验，对人类所处环境的拥挤不堪（人口和物品都以令人眩目的速度激增）的体验，对所能获得的诸如速度（身体的速度，如乘飞机旅行的情形；画面的速度，如电影中的情形）一类的新感觉的体验，对那种因艺术品的大规模再生产而成为可能的泛文化观点的体验。”[1] 虽然因为处于“加速的时代”，我们或许更容易乱花迷眼，但是，大浪淘沙后总会有沉积和厚重之物，只是必须假以时日。

1 ［美］苏珊·桑塔格．反对阐释［M］．程巍，译．上海：上海译文出版社，2003：343.

“非虚构”的现实应答

——读新世纪以来《钟山》“长篇散文”专栏

朱红梅

摘　要：《钟山》新世纪以来的“长篇散文”专栏，无论历史或现实题材，均体现出人文知识分子介入现实的勇气和理性探索的锋芒。涉及个人生活史的作品，以在场和亲历的姿态，与固有的历史叙事形成了反差与对峙，表现得“非主流”和“反传统”；关注社会历史题材的作品则更为宏阔、浑厚与恣肆，与前者倾向于为正史“补白”不同，这一类作品近似于揭历史疮疤，用笔墨戳破那层干瘪苍白的旧窗户纸，尝试将人性的温暖、情感的光亮引进来。这些作品具备了“溢出性”特质，在思考和处理文与史、求知与趋美、真实与虚构、知识分子与民间立场等方面做出了有益的试验。

关键词：长篇散文；非虚构；个人史；社会史；现实关怀

新世纪以来的“长篇散文”专栏，是《钟山》的“非虚构”重镇。陆续刊发了南帆《关于我父母的一切》、韩少功《山居笔记（下）》《革命后记》、范培松《南溪水》、夏坚勇《绍兴十二年》、夏立君《时间的压力》等一系列长篇非虚构作品。作者里有作家、学者、教师，这些涉及历史和当下人物、事件或社会风潮的篇目，可以视作知识分子群体不同声部的表达，囊括了他们对时代的思考、历史的清算以及当下的回应。这些作品的表现风格或慷慨沉郁，或忧思愤懑，但在体现人文知识分子介入现实的勇气以及理性探索的锋芒方面是一致的。

我们有时习惯将“历史”和“现实”作为一对相互参照的概念来加以引用，视作等同于“过去”与“现在”的关系——这或许是一种误解。因为“过去的”并不都能成为“历史”，南帆在《关于我父母的一切》“自序”中就提出：“父亲和母亲肯定是属于默默地生、默默地死的那一批草民。”换言之，如果不是“我”的发现和叙述，那么“父亲和母亲”的经历可能就此湮灭，不是被“历史”铭记，而是被“历史”覆盖。同理，“现在进行的”也不一定就能成为“现实”。那些不被记取，不能发声的芸芸众生，包括我们自己，我们的生活正肉眼可见地如碎片般随风而逝，活在当下，却又像从没活过一样。所以，上述作者都充当了时代取景器的角色，而他们对记忆的选择，对生活的过滤，无一不是头脑和心灵共同作用的结果，并且不约而同地指向了某一个方向。

个人史：在场与亲历

同样是涉及父母辈的生活史，南帆《关于我父母的一切》和范培松《南溪水》呈现出两种完全不同气质的文本表达。

南帆在动笔之前，对于这个作品有着反复的思量，随后将其归结为一种“历史的急迫性”。面对父母漫长岁月里的经历，他有种急于分担的迫切感。年轻时向往革命、憧憬理想生活的父亲，经历了“肃反”“反右”“文革”等一系列的重大社会事件，被生活碾压过无数遍以后，终于忘却了一切雄心壮志，只想“请组织上承认他是个好人”，并以“入党”来力证自己的政治清白。年轻的“我”对此无法认同。进入上世纪 80 年代以后，两代人进入了不同的生活轨道：“我忽然感到，似乎有两套生活……我的这一套生活喧闹、动荡、拥挤，父亲和母亲的那一套生活，冷冷清清，门可罗雀。”[1]迥异的社会遭际和生活经验造成两代人之间巨大的思想、情感和认知裂痕，表现为具象的生活差异与脱节。试问，作为人文知识分子的作者，对于父辈的思想和生活尚不能轻易体察和体谅，更何况是他人？而这种裂痕在母亲离世以后，在“我”认真审视、理解和叙述出父母亲“过去的”生活之后才得到了修补。“我”至此才理解了他们追求“平安”而丝毫不在乎“平庸”的生活逻辑。从对父亲“意气风发”形象的想象，到对“两种父亲形象”落差的失望，最终抵达对父母人生的理解，成为整部作品的内在线索。作者说，写这样一部作品，“记忆和思想被重新犁过一遍”，“叹息和沉重的感慨洒满了纸面”，“这辈子肯定会有这么一本书，也只会有一本”。

关于父母的一切激起他心痛、怜悯、歉疚、愤怒等各种情绪，也带给他更多关于父辈生活和历史的思考。如果将个人的厄运和灾难归结为历史，那么谁该为历史负责？作者在文末提到，父亲熟知近代史的演变，对于那些大人物的历史作用了然于胸，“父亲感到迷惘的是他自己……父亲想不清楚的是，自己的几十年究竟填到了历史的哪一个缝隙里去了”[2]。所有这些消失的踪迹，如果就让它消失，那历史是否可称为信史？为此承受苦难的民族是否会重蹈覆辙，会不会有更多的“父母”成为历史的“失踪者”？只有回答了这些问题，才能更好地理解南帆这份回忆录的价值。

总的说来，南帆的笔触是冷静和理性的。《南溪水》则是另一番面貌。与前者着力于父母经历的叙述不同，《南溪水》更接近于一部个人的成长史。作者自始至终沉浸其间，言辞恳切，感情炽热。有别于南帆拼图式、徐徐逼近的书写方式，《南溪水》作者像一座蠢蠢欲动的火山，随时在预备着喷发出炙热的岩浆来。“我”长大成人的过程，既伴随着

1　南帆．关于我父母的一切［J］．钟山，2004（1）．

2　南帆．关于我父母的一切［J］．钟山，2004（1）．

亲人的爱，也不断经历着失去亲人的痛。童养媳秀珍的死，姐姐的死，父亲的死，母亲的死……每一笔都是“我”心上的一把刀。作为乡村之子，“我”对生长于斯的土地有多少爱，就伴随着多少血泪。往事总是与贫穷、疾病和死亡如影随形，城乡差别的社会痼疾让“南溪水”的故事多了一重别样的悲情。通过考学取得城市居民待遇后，母亲对“我”说：“儿子啊，你有救了，跳出苦海了……”[1]年轻的“我”跳出农门后，有感于今昔对比，“城市和农村的差别，有谁知？我可以断言，最苦的城市居民还要比农民幸福十倍！”[2]从一个贫困农村家庭的孩子转变为大学生，“我”完成了最初的身份蜕变，也结束了上半部的乡村叙事。毕业留校任教，真正在城市扎根，成为知识阶层的一分子之后，生活的大戏才刚拉开序幕：城市并非理想中的乐土，对于个体更深的剥夺，恰恰来自居于时代前沿的城市。“1966年，我们相互厮杀着。我们为了各自的尊严，用尖牙利爪，彼此残酷地伤害。当人人宣示自己革命和正确时，谬误已经像瘟疫在吞噬着每个人的灵魂，我们面对的却是相同的失去尊严的深渊！”[3]何止尊严，革命飓风对于“我”自由、思想、情感、良知的禁锢与戕害，庞大而深刻，个体左冲右突，却无所遁形。

南帆写父母，是外观、体察式的；范培松写个人经历，是内省、反刍式的。前者有着抽丝剥茧的耐性，迂回而克制地拨开历史的迷雾，去探索和接近真相；后者则是义无反顾的裸心之举，彻底地交出自己，剖析自己。

两部作品都有无法回避的典型环境：20世纪的中国被“革命”的风暴裹挟，时代的波谲云诡造就了个人生活的断裂和疼痛。这种断裂和疼痛重创了“他们”的肉身，并且不可遏制地重塑了个人的历史选择和

---

1 范培松．南溪水［J］．钟山，2012（2）．

2 范培松．南溪水［J］．钟山，2012（2）．

3 范培松．南溪水［J］．钟山，2012（2）．

价值取向。无论是父辈，还是“我”自己，人物在巨大的时代挤压和历史缝隙中，早已“变形”或“移位”，变得面目模糊，或是脱胎换骨。作者其实是以写实的笔触，表达了魔幻现实的内容。这样的作品今天看来无疑是“不合时宜”的，因为他们没有选择大事件，没有塑造典型人物，而只是选取了家庭生活的日常，将目光专注于自己最熟悉和了解的亲人——这些人无法主宰历史，甚至不曾在历史上留下一点痕迹。“历史如同排球一样在伟人的手里面传来传去，他们身后成千上万的普通人默不作声地消失了——这些普通人好像从未踏上历史的舞台。”[1]

正因为如此，这些个体化的写实之作，与正统历史之间形成了对峙，显得那么“非主流”和“反传统”。作者是以在场和亲历的姿态，对于已经“凝固的”历史提出了质疑和反抗，产生了还原真实历史的冲动，或者说，要再造一部真实的“人”的历史。李洁非曾在《万岁，陛下》一文中指出：“有的时候，小说（或别的艺术）比历史更真实，原因就在于，历史家目光只及于外部行为所构成的外部事件，而失诸对人的心路历程的探究……历史从来如此，但显然是荒唐的。历史的主体是人，作为主体，只有部分的真实性和表面的真实性被描述，而另一些虽然隐秘却无疑同样真实的内容任其缺失，这是一个可怕的黑洞，它会吞噬掉许多东西，将真相弭于无形。”[2]竭尽所能地还原和留存历史真相，代入作者的价值观与生存体验，并融进对于当下时代的关怀，这大概才是非虚构文本应有的理想面貌。

社会史：“镜像”的现实

与上述“个人史”的写作相比较，社会历史题材作品显得更为宏

1 南帆．关于我父母的一切［J］．钟山，2004（1）．

2 李洁非．万岁，陛下［J］．钟山，2007（1）．

阔、浑厚与恣肆。与前者更多地倾向于为正史“补白”不同，这一类作品则近似于揭历史疮疤，用笔墨戳破那层干瘪苍白的旧窗户纸，尝试将人性的温暖、情感的光亮引进来。

《时间的压力》开篇“按语”说 :“言说历史、言说古人，就像在讲一个漫长的一直在生长的故事，以至于演说者自身也成了故事的一部分。”[1]从屈原、司马迁、陶渊明、李白，到李斯、曹操、商鞅，以及文本中涉及的荀子、韩非、嬴政、赵高、刘彻等一系列历史风云人物，这些角色都被官史和坊间戏说过滤了无数遍。作者仍然从细读中生发出独一份的体悟，从而建立了自身重述的情绪和基调。他坦诚自己的结论不是从学理、学术角度而言，只是“通情理”，有意无意间承续了中国文学“有情”的传统，实现了个人至遥远时空的位移。所以对于笔下每一个角色，作者不仅报以“同情的理解”，甚至还召唤出人物内心潜藏的光芒与青春 :

> 解说不尽的屈原，就像一面镜子，每个文人或非文人都可以拿来照一照自己。有人照见面具，有人照见肝胆，还有人照见的不知是什么。[2]
>
> 司马迁为中国史学、文学确立了一脉反阉割、反柔懦的阳刚之气，他是反阉割的典型。[3]
>
> 曹操就是一条有逸气有宇宙悲怀的正宗中华汉子，一条容纳了最多复杂性的雄伟的中华汉子，曹操的灵魂是汉末乱世里一颗最深邃最有趣的灵魂。[4]

1　夏立君 . 时间的压力［J］. 钟山，2016（3）.

2　夏立君 . 时间的压力［J］. 钟山，2016（3）.

3　夏立君 . 时间的压力［J］. 钟山，2016（3）.

4　夏立君 . 时间的压力［J］. 钟山，2016（3）.

喜欢李白，就是喜欢一个活生生的人，就是喜欢你自己……世界看到了李白。千年李白却仍是当代新星。[1]

这样富有创见和活力的断语比比皆是，虽然不能让人完全认同，但是联系上下文，并不显突兀。作者自谦“勉强算是个读书人”，50 岁以后开始对于感兴趣的历史人物的系统研读，原计划“半年左右读写一位”。这个计划在研读李白时遇阻，预计的半年时间延长到一年多。由此看来，人与史之间的关系并不全然是单向的：选材和修辞，写什么和怎么写，对于沉浸其中的作者来说，既是主观的，又是“不由自主”的——历史往往会反客为主。

正如贾梦玮在《时间在检视》中重申的：“古人就在我们的对面。他们不再掩饰自己，不会回避我们的眼神，而我们却常常对他们视而不见或者是不敢正视。没有人能够不承受历史的风霜。观察历史，思量古人，擦亮时间这面镜子，还是为了反观自身……在时间单元的转换里，你若有能力将古人作为审美对象，亦应能将自己置于那个时间单元。《时间的压力》给了我们生动的在场感。”[2] 历史是对于当下现实的一面镜子，人物亦是人性的一面镜子。时间的流逝不舍昼夜，人性却自有其恒常的部分，所以，作者笔下的人物，实则是主体丰沛情感和深邃思想的投射。正是通过对于这些形象的重塑与臧否，作者完成了对于“镜像”的现实与人性的关照。

当作家们钟情于历史题材成为一种“文学潮流”与“文学现实”，对于同类题材的关注和研究似乎存在着这样一个隐含的前提：较之于现实题材，对于历史的反刍与新见可能是一种更为策略与稳妥的抒发现实忧思、考察现实问题的可行路径。作为具备现代意识的知识分子，正是

1　夏立君．时间的压力（续篇）[J]．钟山，2017（5）.

2　贾梦玮．时间在检视［N］．新华书目报，2019-4-11.

在个体与现实的某种紧张关系中，转向求诸历史。通过心理角色的穿越和移位，将现实中的情绪与思想代入不同的“时间单元”及历史情境中。在此，个人与现实之间、个人与历史之间、历史与现实之间达成了某种会心。

夏坚勇的《绍兴十二年》延续了他一贯的历史文化散文的路子。有论者说：“他一直是一名普通文化工作者，没有什么权力是非的漩涡折磨他，但他有文化、有学养、有智慧，也有良心和胆魄，更重要的是他生活在现实之中……历史和现实的互动激活了他张狂地臧否古今历史的欲望。”[1]应该说，现实的触发是第一位的，长期的隐忍和压抑导致作者郁积的忧患意识与不平之气，当种种现实的困境在历史上也有迹可循，便点燃了他心中批判的怒火。胸中这股“火”与“气”使得夏坚勇的字里行间充满激情与张力，嬉笑怒骂游走于克制与放纵的边界，与《时间的压力》相比，《绍兴十二年》借古讽今的意愿更直白和强烈。南宋偏安的历史背景总也遮不住作者金刚怒目的表情，主体的呼吸和脉搏都是属于现代的，只是经由古今之间的对照与穿越，主体的所思所感笼罩上了历史的悲情与纵深感。

同样是历史题材，韩少功的《革命后记》略显“异端”，在文坛和思想界都产生了不小的冲击。作为重大历史反思题材作品，“作者对‘文革’的反思做出了自己的判断，这种判断，尤其是在近几年来的文化语境中发出来，这本身来说就是非常有必要的，作为一个作家，能有这样思想穿透力是令人敬佩的，因为他提出的问题是每一个知识分子都关心的历史问题。尽管我不同意作者那扑朔迷离、自相矛盾的观点，但是这种哈姆莱特式的诘问是一个大作家必须考虑的素材，可惜中国这样

1　范培松．在文化批判中熔铸新的文化精神——夏坚勇散文艺术论［J］．常州大学学报（社会科学版），2015（5）．

能够反思历史的作家不是很多！”[1]作为一个在文体创新上颇有建树的当代重要作家，韩少功的创作版图是常变常新的，他的另一部长篇非虚构专栏作品《山居笔记（下）》即以个人隐居史的面貌示人，正如陶渊明与《归园田居》、梭罗与《瓦尔登湖》一样，越过世俗的熙熙攘攘，径直来了个横空出世。综观“长篇散文”专栏的系列作品，要么是直截了当地反映生活，要么是迂回地反射和影射生活，从介入现实的广度和深度来看，很难单纯地区分高下优劣。

新世纪以来，文学的现实质地和思想状况备受关注，亦饱受争议。当下的“非虚构”写作难免遭遇同样的审视和责难。诸如批判和介入现实的勇气和力度不够，创作主体不关注时代命运，不愿意投入现实生存的焦点，回避价值追索和意义询问，等等。文中涉及的多种长篇散文的问世，或可作为对于以上种种诘责的回应和抗辩。

“非虚构”的现实应答

《钟山》新世纪以来的“长篇散文”专栏，无论是历史或现实题材，都体现了一种“溢出性”的文本特点。“现在‘非虚构’很热，《钟山》最早开设‘非虚构’这个栏目并将其发扬光大，通过文学、知识分子和思想史的融合将‘非虚构’的力量发挥得很充分。”[2]这里提及的“融合”，其实体现了一种“跨界”的倾向。洪治纲曾在《论非虚构写作》中强调了“非虚构”作者的“问题意识”，“这种带着明确主观意图的叙事，使得创作主体的介入姿态呈现出强烈的目的性，也让‘非虚构写作’带着鲜明的问题意识——无论是现实还是历史，作家在选择叙事目

1　丁帆．韩少功的创作何以入史［J］．小说评论，2017（3）．

2　吴义勤：《〈钟山〉：新时期文学的风向标》，原文为作者在《钟山》创刊四十周年纪念座谈会上的发言，2018 年 12 月 27 日发表于“中国作家网”。

标时，都有着某种‘跨界’探索的冲动，即希望通过自己的实证性叙述，传达文学在审美之外的某些社会学或历史学价值。”“融合”也好，“跨界”也罢，作为文学的历史叙事，需要思考和处理好一系列关系与问题，如文与史、求知与趋美、真实与虚构、知识分子与民间立场等，“长篇散文”专栏为此做出了有益的试验。

其一，文史合流。作品的叙述对象溢出了文学史范畴，包含了复杂的社会史、思想史内容。无论是因为中国文学中强大的史传传统，还是当代“新历史主义文学思潮”的影响，“某种程度上，文学中关于历史的叙述，是当代知识界人文思想的一个重要来源，是当代知识分子人文主义精神实践的一部分”[1]。从个人出发的家族史，到趋向宏大的帝王史，以及近现代社会发展史，长篇散文在扩张版图的同时，兼及向“人性深度”和“哲理境界”的掘进，因此，非虚构的历史叙事，不仅是对于历史真相的追溯与还原，文本中更须体现知识分子的当代意识和人文关怀。历史主题、人文立场、知识分子情怀，构成了非虚构长篇散文的三个维度，亦体现了非虚构书写的新变以及与时代思潮同频共振的契合度。当然，作为一种文学形式，不管如何追求思想的深度和对于现实的穿透力，都不能把写作驱赶回“粗糙的社会学文献”；批判也“并不是再度以牺牲文学形式或者人物内心的丰富性为代价”。对话历史，抑或反映现实，文学都应该诉诸“深刻的文学形式”。

其二，无论是述史或忆旧，“长篇散文”专栏体现出强烈的知识分子写作倾向。首先体现在作者的忧患意识和批判锋芒。历史的不平总是引发知识分子的现实危机感，“历史深处那些遥远的罪恶，仍会来到我们中间”[2]。现实的触发更让他们如鲠在喉，不得不“背靠历史，直面

1 张清华．莫言与新历史主义文学思潮——以《红高粱家族》《丰乳肥臀》《檀香刑》为例［J］．海南师范学院学报（社会科学版），2005（2）．

2 夏立君．时间的压力［J］．钟山，2016（3）．

现实，站在民间立场上建造‘文化法庭’，进行文化批判”[1]。其次，作为精英的知识分子并没有在文本中流露出其阶层和智识上的优越感，相反，他们将叙事视角放得很低，以民间的、平民的立场来观察和叙述，正如莫言所说，一个真正的作家并不是“为老百姓写作”，而是应该“作为老百姓的写作”[2]，只有将自己当作人民和老百姓，才能真正实现自己的“民间立场”。这样的姿态也体现在叙事风格上，作者们力避“掉书袋”的沉闷枯燥，赋予了故事与人物鲜活的血肉肌理，叙述对象可能是遥远的古人，主体的观念和情怀却是当下的，是有着人性关照和情感热度的。

此外，专栏作者在关注“写什么”之外，对于“怎么写”也颇费思量，并且在某些问题上存在着不同观念的交锋。仅以“虚构”还是“不虚构”为例，夏坚勇的历史散文，笔下如挟风雷，而在文本细部的描述中，亦不回避利用想象加以合理虚构；夏立君亦是如此，在提及“司马迁以文学笔法入史”“以情感入史”时，他肯定了司马氏追求的是“另一个层面上的真实，更本质的真实”，“他在记录历史，同时实现了艺术真实”[3]。持不同论者，《钟山》另一位重要专栏作者李洁非就坚持自己的历史叙事作品“绝不虚构”。他认为，因为史料“不足”“不到”而导致的虚构是不足取的，以此来增强所谓的文学性也是个“错觉”；文学性不等于虚构，文学性的缺乏很多时候源于语言的粗鄙，而不在于“不虚构”。

当然，众人的作品有一个共同的预设前提，那就是对于历史真实性的“悬置”：在那些史实和定论之外，史册的缝隙和时间的褶皱中，

---

1 范培松．在文化批判中熔铸新的文化精神——夏坚勇散文艺术论［J］．常州大学学报（社会科学版），2015（5）．

2 莫言．文学创作的民间资源——在苏州大学“小说家讲坛”上的演讲［J］．当代作家评论，2001（1）．

3 夏立君．时间的压力［J］．钟山，2016（3）．

还有着被忽略的日常和人性种子。文学不是万能的容器，无法为世界提供固若金汤的现实，万无一失的真实性，但是避免造成种种关系的缺失和抵牾，实现文学意义上的在场，并非没有可能。因此，“长篇散文”专栏提供的不同文本样式，有助于最大程度地开掘作为主体的人的内在丰富性，补齐社会学文献的短板和缺失，拓展对于非虚构写作的探索路径。与当下倾向于重塑或重仿经典现实主义的小说或报告文学相比，“非虚构”的现实主义文本面貌迥异。贾平凹有句话说得很生动：“现实主义是文学的长河，在这条长河上有上游中游下游，以及湾、滩、潭、峡谷和渡口。”[1] 简言之，现实主义不是，也不应该只有一种面貌。文学经历了经典现实主义的上游，后续呈现出来的方向、形态与质感，是丰富并流动的。事实也许正如南帆在《现实主义、结构的转换和历史寓言》中指出的那样：“现实主义仅仅是一个相对的区域而不存在固定的终极形态，作家的思想以及艺术禀赋决定每一种现实主义可以走多远。”[2]

1 贾平凹.《暂坐》后记［J］. 西北大学学报（哲学社会科学版），2020（5）.

2 南帆：《现实主义、结构的转换和历史寓言》，《中国现代文学论丛》2009 年第 2 期。

匠心与疗愈：梁慧玲的幻想世界

石英

梁慧玲，江苏昆山人，主要从事儿童文学写作。梁慧玲上中学时写了一篇小说《蚕豆花》，1992 年曾在上海《少年文艺》获奖，之后还出版过一本小小说集《占卜游戏》。2007 年，《女巫鳍鱼和她的霓裳铺子》在《儿童文学》上作为“领军佳作”发表，从此开始大量创作儿童文学作品。迄今已获奖项包括冰心儿童文学奖新作奖、首届《儿童文学》金近奖、第八届《儿童文学》擂台赛铜奖、第二届“读友杯”类型化征文大赛二等奖等。作品散见于《儿童文学》《中国校园文学》等杂志，多次入选中国年度儿童文学精选、漓江版年度童话选及多种儿童文学丛书。主要短篇作品有《鼹鼠的乌托邦迷宫》《瓷变》《古琴操》《灵魂之蹈》等，已出版的长篇有《青龙奇谭》《双生火焰》。

梁慧玲的创作游走于童话与幻想小说之间。《鼹鼠的乌托邦迷宫》讲述一只鼹鼠怀揣梦想、不惧嘲讽，建造起伟大的迷宫的故事，《木之心》讲述一棵朴树与女孩小风的相聚和别离，这一类创作近于童话；而《瓷变》写主人公宁玉烧制变瓷，《古琴操》写素华与明月习琴，两部长篇《双生火焰》《青龙奇谭》分别建构了一个巫术和灵性的世界，少女月冥和少年般若在各自的世界与心魔斗争，这一类则更近于幻想小说。

梁慧玲钟情于古典元素和东方传统的哲学观念。古典元素从《女巫鳍鱼和她的霓裳铺子》就开始出现了，不管是霓裳、古琴、瓷器，还是《青龙奇谭》中的五行之素和六种神兽，都给她的幻想世界增添了神秘的色彩。梁慧玲笔下的主人公很多是有一门手艺的匠师，如《古琴操》中的琴师、《瓷变》中的瓷器师、《青龙奇谭》中的铸钟师、《福翩翩》中的木雕师等。在这些传统行业里，匠师和器物处于互相成就的关系中，器物赋予匠师身份，而好的匠师赋予器物生命。少年元吉雕出了"五福临门"，三百年后，木雕蝙蝠帮助元初保护了有木雕的老房子。钻石切割师若读懂钻石的心跳，就能发现钻石的纹理走向，赋予钻石最璀璨的光彩，《钻石的心跳》中切割师在切割时不仅感受到了钻石的心跳，而且感受到了钻石不可言说的注视，仿佛逝去的妹妹的明亮的眼眸。梁慧玲精心描绘了人与物的互动，通过描写人和物的关系，让人与外物、与世界产生了丰富的联结。如《古琴操》，素华和明月听辨风雪中松柏的吟啸之声来选取最好的松木，以鹿角霜与大漆调和后制成敷于琴面的漆胎，以质硬如玉的漆胎净滤松软的琴面发出的浮躁音声。如此完成的古琴，能发出和雅明媚、恬淡温柔的声音，如同弹琴者的性情，琴与人产生了共鸣。在这种人与物的互动联系中，物不是简单的环境因素，为人物故事的发展铺开空间；物也不是推动情节的因素，不居于某种逻辑关系中从而决定人物的命运。琴、钻石、木雕蝙蝠、鼹鼠迷宫、瓷器等与主人公之间具有拥有、接触、制作、使用或喜爱的关系，因而物的价值不在于它自身的内在特征，而在于它与特定的个人之间的外部联系。换句话说，物是主人公内心世界的外化，是心理表征。

通过将内心世界外化，梁慧玲描绘了一个个光怪陆离的幻想世界。如《青龙奇谭》中结婆婆在螣蛇国黑森林中打的"结"：

> 所有的植物都黑黢黢的，没有一丝绿意，树木的枝条有的数十根一起被绞成鸟巢般硕大的结，有的则五六根拧在一处，像树身上长出的畸形瘿瘤，甚至有的树每根枝条上都打着无数个结，就如同一条条痛苦扭曲的小蛇、一根根锈迹斑斑的褐色锁链一样。

梁慧玲征用了佛教里的“结缚”这一概念，用树木打成结阵象征结婆婆内心的烦恼束缚，这些结的畸形和丑陋也表征着结婆婆因心结所受的痛苦折磨。有痛苦内心幻化的世界，就有平和宁静的内心幻化的世界。梁慧玲认为，匠师在与外物的互动中，就常常能达到内心的定静。驭龙师需要“定静的心”“清净的眼睛”才能看到龙的存在，炼金族的灵性如同矿石中的白金，在不断地提纯淬炼中会如同散尽云翳的天空般越来越清朗。技可进乎道，艺可通乎神，这种匠师和器物的关系反映了中国传统中关于“技”与“道”的观念，当某项技艺达到巅峰后，再进一步前进便接触到了“道”，即天地的规律。

在关注人的心灵世界的同时，梁慧玲也关注对心灵世界的疗愈。她在《双生火焰》书前就写道：“谨以此文献给所有在黑暗的夜里、在黑暗的心路上痛苦的孩子。”梁慧玲的作品中涉及很多现实问题。有写人类对环境破坏的：麒麟国和螣蛇国的人们用灵素撒在土地上，让庄稼收成大增，但是却毒害了土地造成瘟疫横行；织云鹤被关在景区，只有在梦境里才能生出柔和美丽的云彩；新大楼环境污染严重，不仅办公室的花草萎靡，连马克杯上的“马达加斯加”动物都消失了。有写留守儿童和重男轻女等社会问题，《双生火焰》中月冥自小离开父母与姥姥生活在一起，因而内心生出对原生家庭的怨恨；麒麟国阿瞳的父母为了儿子不被传染，冷酷地将生病的女儿阿瞳赶出门外。但这些现实问题的书写并没有引向现实批判，在这些作品中，是人心的扭曲带来了对外在世界的伤害，外在世界的变化又在人的心灵上投下阴影，因而疗愈人心便可疗愈世界。有趣的是，这一点与百年前中国儿童文学萌芽时期的作品遥相呼应。中国第一部科幻小说《新法螺先生谭》，由江苏常熟徐念慈创作。里面提到了当时的国民之所以浑浑噩噩无法唤醒，是因为世上的善根性被侵蚀。而小说里提到的解救之道是法螺先生研究动物磁气学，进而发明“脑电”，并将之广为传播。虽然故事不同，但将社会问题归结于人心的变化，并试图以精神的力量来进行疗救却如出一辙。不过在晚清时期，徐念慈的疗救倾向于对整体国民的唤醒，是通过改造国民来改造国家社会的群体理想，而梁慧玲的疗愈倾向于个体的疗愈，以心灵的开悟对抗无明的烦恼。

在梁慧玲的幻想世界中，通过不断地与器物的互动中修炼技艺，匠师们会体会到的天地规律，能通过内心意识的力量来改变外在世界。通过生命形式的开悟，结婆婆放下了纠结怨恨，找回了象征先天灵性的灵珠，她所生活的黑森林也随着她的开悟开始改变。织云鹤物我两忘浑然入梦时，羽翅下会生出美丽轻盈的云彩。《青龙奇谭》中多次谈到了内心的定静，通过端正意念、整肃心神，就可以抵制心魔肇罗的侵扰，因为心魔是利用人内心纠结的心病来制造事端的。重视心灵的力量，也让梁慧玲的笔下出现了一类特殊的匠师——心理师，《双生火焰》中有各种不同的心理师，心理师们使用水晶能量、镜室，或是纸艺、舞蹈、花精绘画等不同的治疗方式，《双生火焰》几乎是一本灵性和心理治疗方法大全。作者意在把月冥塑造成在“黑暗心路上痛苦的孩子”，在不同的治疗过程中，少女月冥勇敢面对自己内心的痛苦、怨恨、嫉妒，情绪不断流动变化，得以疏通郁结，最终完成了疗愈并与双生妹妹月海及原生家庭和解。

幻想世界直接对应的不是外在的现实，而是人的内心，这使梁慧玲对幻想世界的描绘具有强烈的个人特色，但同时也弱化了童话和小说的故事性。《古琴操》就是一个无情节冲突的故事，作者似乎只想描绘一个她理想中的世界。少年僧人明月教少女素华习琴，素华教明月太极拳，太极的飘逸隽美与琴声的和雅明媚伴随两人成长，也包蕴了两人让中正平和之音、慈悲智慧之理传播世间的理想，学成后两人各自教琴弘法，殊途同归。哪怕在她的长篇创作中，这一特点也很明显，《青龙奇谭》用各种奇幻元素搭建幻想空间，《双生火焰》描绘各种心理治疗的场景和情绪宣泄时的感受，人物的塑造和情节的起伏反而退居到了次要的位置。

世界的创造大于人物、理念的传达大于情节，这都有别于传统童话和幻想小说对故事性和人物塑造的重视，梁慧玲拓宽了童话和幻想小说的道路，同时，独白式的和展现式的书写也带来了作品的平面化和类型化。

红氍毹上

请勿误读《浣纱记》

朱栋霖

今年恰逢梁辰鱼（约1521—1594，字伯龙）诞生500周年，第八届中国昆剧艺术节同时上演三台源于梁辰鱼《浣纱记》的昆剧作品：昆山当代昆剧院《浣纱记》（罗周整理改编）、浙江京昆艺术中心《浣纱记·春秋吴越》（周长赋编剧）、苏州昆剧传习所《浣纱记》（杨守松整理）。著名戏剧评论家王馗当即微信评昆昆版《浣纱记》："该剧不是从《浣纱记》中摘锦集秀，也不是从中条分缕析，而是在尊重原作已有关目而进行的创意翻新，通过'盟纱''分纱''辨纱''合纱'和两个楔子，将原作十多出的情节重新编创，赋予当代新观念。"显然重点赞其"重新编创"。汪人元先生也认为这是"改编"。编剧罗周补充道："其中六成以上唱段都是原著。"我回应道："馗兄写得好！但这个戏究竟如何，我还需看了再说。"如果新撰较多，剧名宜为《新浣纱记》，以示对梁辰鱼及其原剧版权的尊重。

我这里无意比较三剧短长，只是关心既然要张扬梁辰鱼旗帜，就有一个如何面对梁辰鱼剧作《浣纱记》的问题。

在中国昆剧史上，梁辰鱼以劈世天才开辟鸿蒙，无疑是与魏良辅并世为双，开创中国昆剧史近五百年新局面的伟大艺术家！

明代嘉靖年间魏良辅研创的新腔水磨调——昆山腔，主要是用于文士歌唱的清曲。他存世的《曲律》（亦称《南词引正》）就是指导清曲规范的，"清唱，俗语谓之'冷板凳'，不比戏场藉锣鼓之势，全要闲雅整肃，清俊温润”。明确表示对“戏场”——剧唱不以为然。

梁辰鱼得魏良辅传授，熟谙水磨调。他以独创天才创作了以昆山腔演唱的传奇《浣纱记》，将新腔水磨调推上戏剧舞台。这使得新声昆山腔迅速崛起，成为一全新的戏曲音乐体制演唱于舞台，一时轰动天下，广泛传播。稍梁之后的文坛领袖王世贞，指称梁辰鱼剧作演唱昆山腔在社会上产生了巨大影响：“吴闾白面冶游儿，争唱梁郎雪艳词。”曲家张大复说：“谱传藩邸戚畹，金紫熠爚之家，而取声必宗伯龙氏，谓之昆腔。”梁辰鱼创作的《浣纱记》，是继北杂剧、南戏之后，有明一代一种新的戏曲文学的开创性剧作，以45出的宏伟规模的巨大成功，奠定了明代传奇创作的新体制。梁辰鱼之后，从张凤翼《红拂记》、王世贞《鸣凤记》、徐霖《绣襦记》、徐复祚《红梨记》、吴炳《西园记》，沈璟与吴江派剧作、汤显祖“临川四梦”等，都是这一称为“传奇”的文学创作体制。并与昆曲融为一体，成就昆剧。设若没有梁辰鱼编演《浣纱记》，这种以新声昆山腔演唱的戏曲——后世称为“昆剧”——尚在中国戏曲史的襁褓之中。

我们致敬“曲圣”魏良辅，却怠慢了伟大的梁辰鱼——中国昆剧史又一位开山大师。明末大文学家吴梅村当时即以魏、梁并称：“里人度曲魏良辅，高士填词梁伯龙。”（董康《江东白苎·跋》）梁辰鱼之于昆剧史的贡献，无疑与魏良辅并世而双，两峰对峙。

张扬梁辰鱼这面旗帜，在当地却碰到如何面对梁氏原作《浣纱记》的纠结。在梁辰鱼故乡，一个尊重原著的整编本被否定，被改编新作的要求取代，这无疑宣告梁辰鱼虽然可以作为昆剧的一面旗帜，但他的代表作《浣纱记》已经不适应今日昆剧舞台，必须经过改编成新《浣纱记》才能与今日观众见面。当地策划者也许没想到，这恰恰是一个失败的策略，因为这等于向社会宣告，所谓“梁辰鱼”，也仅仅是一面过时的旗帜。有目共睹，近20年来，《牡丹亭》《长生殿》《桃花扇》《玉簪记》《白罗衫》《西厢记》《义侠记》等一系列古典剧作，都经过尊重原著基础上的整编而在当今昆坛重焕异彩，唯独《浣纱记》在其故乡竟遭遇刀斧之伤，而且此举是为了张扬梁辰鱼旗帜！

须知，梁辰鱼之于昆剧史的开创性贡献，是依托于他创造性地奉献了一部杰出的《浣纱记》而融合一体的。

《浣纱记》首先是一部杰出的历史剧，在中国戏剧史上具有开创性意义。元杂剧的题材基本采自生活中一人一事，如《窦娥冤》《救风尘》，历史题材剧《梧桐雨》《汉宫秋》亦是一人一事。《浣纱记》的剧情源于东汉《吴越春秋》《越绝书》。两书所记载的吴越争霸历史长达数十年，相当复杂，梁辰鱼以卓越的眼光提炼其中核心事件为剧情主干，又以 45 出的宏伟构想，气势恢宏地全面展示了吴越争霸风云激荡、跌宕起伏的过程。梁辰鱼自称“结发慕远游，精心在经史。上下几千年，欲究治乱旨”。《浣纱记》就是他读史考史探史究史的结晶。剧中重要事件，两国一连串的翻云覆雨、起伏动荡，都一一采自《吴越春秋》。剧中诸多历史发生的地点，在苏越两地都实址可考，剧中夫差、勾践、伍子胥、文种、范蠡等人物的作为，都符合相应的历史人物。梁辰鱼以历史学家的视角挖掘了此中蕴含的严峻历史信息，深刻地展示了越王勾践忍辱负重，君臣上下一致，设计种种阴谋，而吴王夫差昏聩，逼杀忠臣，迷恋女色，终于爆发了一幕为越所灭的严峻沉重的悲剧。而当越国庆功之际，范蠡霍然引退，并告诫同为谋臣的文种。这对于帝王权力斗争的残酷本相的揭露何等入木三分，梁辰鱼借传奇“究天人之际”，何其深刻。

在具有深厚史学传统的中国文坛，《浣纱记》开辟了以戏写史、借剧明史的创作新天地，此后的王世贞、许自昌、李玉、孔尚任、洪昇都是承接了梁辰鱼的史剧创作传统。上世纪 60 年代，曹禺《胆剑篇》等 200 多个同题材历史剧亦源于此。

梁辰鱼的高人一等之处，还在于他别具只眼发现了范蠡与西施爱情故事在戏剧中的别样闪光之处，他才智横绝地以范蠡与西施聚散离合为纽带，创造性地串联起吴越两国的政治军事冲突与家国命运。《吴越春秋》最早将美女与吴越成败联系在一起，但西施与范蠡没有爱情关系，传说西施结局是被范蠡沉潭，没有与范蠡泛舟太湖的传说。唐宋诗人凭吊吴宫废墟也常联想到西施，都没提及双双“泛湖”的浪漫。梁辰鱼创新地将爱情注入范蠡、西施关系，两情聚散离合。这个戏剧构思，使原先政治军事色彩黑色沉重的故事平添了瑰丽浪漫的诗意抒情。西施和范蠡跌宕的爱情故事极大吻合了历代文人与观众的心理，浪漫曲折的家国情仇故事从此深入人心。梁辰鱼《浣纱记》开创了“借离合之情，写兴亡之感”的明代传奇写作的新天地，清代名剧《桃花扇》《长生殿》就受此影响。

浙昆《浣纱记・春秋吴越》径直删去西施情节，倒也大方，因为这本是历史真实。但既删去西施情节，剧名又何来“浣纱记”？传习所演本遵用原著，但只录范蠡西施的折子，又落入单一的两小戏，格局未免狭小。或曰剧中范蠡与西施以爱捐国的情节，令当代观众不能接受，范蠡是“渣男”。这所谓“当代”观念，其实是以已经过时的所谓“现实主义”观念来要求古典舞台上的古人古事，要求剧中古典人物按照现代观念去执行现代人的思想言行。须知，由于中国古代社会的思想文化道德伦理观念的传统影响与长期制约，古人的思想与立身行事有许多方面为今人所不能理解，若要古典戏剧人物全部按今人要求行动起来，古典戏剧将无法存在，或者被改得面目全非，此类教训已很多。况且，戏剧本属虚构，古典戏剧乃是古代文人写心之作，写戏乃浇胸中之块垒，剧中人的行为思想是古代文学家心灵的寄托，因虚妙高远而具心灵真实性，否则柳梦梅、杜丽娘、崔莺莺、陈妙常、唐明皇、杨贵妃、武松等都不具有现实真实性，无法获今人赞赏。梁辰鱼乃以自我的心灵——思想、情感与抱负，赋予他心爱的男女主人公。伯龙本是浪漫瑰丽、侠才跌宕的奇士。他性格傲岸，抱负不凡，平生任侠好游，广交四方奇士英杰，纵论天下古今，“逸气每凌乎六郡，而侠声常播于五陵”。他以个人侠义诗情赋予同为侠义高士的范蠡，剧中范蠡就是梁辰鱼心灵情怀的自寓。《浣纱记》竭全力赞颂足智多谋、侠义豪雄、多情多义的范蠡，亦为伯龙自况。范蠡与西施两位主人公都被他赋予了爱邦家明大义的高义，乃是高士、奇人、真女子！一如《红拂传》，在梁同时代就有两部问世。这是舞台上的戏剧，剧作家心灵的寄托与想象。这也不是当下世俗小女子所务实想象与比对的。梁辰鱼自云："少小豪雄侠气闻，飘零仗剑学从军。何年事了拂衣去，归卧荆南梦泽浑。"《泛湖》一出，范蠡、西施别离缱绻互诉衷肠，合唱南北合套【北新水令】【南步步娇】等十七支，其辞典雅，其境深远，堪为梁伯龙直抒胸臆的绝唱！他是特立独行的高士，不是某一帝王的家臣，他要去过潇洒自由的生活，去创造更有挑战的奇迹——这是《浣纱记》真正的高潮，也是昆剧史上梁辰鱼首次创作全套完整的南北合套曲，可见其得意、陶醉之情。

质之方家，请勿亵渎《浣纱记》。

2021年11月5日

从戏曲作曲的角度看苏剧、昆剧的剧本创作

周友良

戏曲是一门综合艺术，它的风格的形成是多方面的。它与一个地方的生活习俗、风土人情、语言、音乐等密切相关。地方戏曲都具有自己独特的风格，具有极高的辨识度。总的来讲，语言与唱腔是剧种的重要特征。三百多个戏曲剧种的划分，主要依据语言和唱腔来区别而定。而其中唱腔尤为重要，古往今来戏以曲兴，戏以曲传，戏以曲存，无曲不成戏，构成了戏曲艺术的基本特点，唱腔在戏曲艺术中占有重要的地位。

地方戏曲风格各异，尤其是声腔，它的艺术特色对剧本具有一定的选择性。一个好的剧本也许由这个剧种来体现，可以大放异彩。放到另外一个剧种来体现，可能就会非常平淡，缺乏艺术魅力。所以，要写好一个剧本，作者必须了解一些这个戏曲剧种的艺术形态，尤其是它的声腔艺术。它擅长表现些什么？它的局限在什么地方？只有了解了这些，才能在写剧本时充分注意发挥它的长处，避其短处。反之，你不了解这些状况，即使剧本写得再好，主题、思想立意再高，在体现时如受到剧种声腔的限制，无法胜任，无法表达，最后也达不到预期的效果。

同样，剧团在选择剧本时，不仅要考虑到本剧团的演员状况，也应该充分考虑到剧种的风格及声腔特点，不是所有的剧本都适合你这个剧团、这个剧种来演的。

当然，从另外一个角度来说，一个地方气息很浓的剧种也可以搬

演、移植希腊神话、莎士比亚戏剧，以及与本剧种风格不尽相符的剧目。投入了相当的财力、人力，参加一个活动，演上几场，热闹一阵子，但这些剧目最终会怎么样？会成为这个剧种、这个剧团的保留剧目吗？今年演了，明年还会演吗？这一代演员演了，下一代演员还会演吗？同剧种的剧团会拿去演吗？其他剧种会把它移植了演出吗？

当前的剧本创作，一些剧本的作者和评审者往往着力在剧本的主题和思想立意上，对这个剧种的艺术状态，尤其对声腔艺术的关注度是不够的。即使一个非常优秀的编剧，也不可能驾驭所有剧种的剧本创作。一些受当地剧团委约创作的外地编剧，他们没有这么多时间来熟悉你这个剧种，熟悉你这个地方的风土人情，熟悉你的地方语言，熟悉你的唱腔音乐。一些比较认真的编剧，可能会事先要些这个剧种和剧团主要演员的代表剧目的影像资料进行研究。看到的是这个剧团、剧种经过选择的一些较好的剧目，他们是不会把一些力不从心的、表演上有局限的、甚至失败的剧目来给你观看的。你仍然不可能了解这个剧种的局限在什么方面。

地方剧种，尤其是地方特色比较鲜明的小剧种，必须要建立本土的主创团队，要有自己的编剧、导演、作曲等创作人员，这样才能阻止和延缓地方戏曲同质化的趋势。

我长年在江苏省苏昆剧团工作，这个剧团从事苏剧、昆剧两个剧种的创作演出，当今已经分成江苏省苏州昆剧院和苏州市苏剧团有限公司两个剧团。我以往的工作，主要从事苏剧、昆剧唱腔与音乐的写作。在这里，我依据多年的创作实践体会，从剧种风格、剧种音乐的角度来谈谈剧本的创作。

苏剧和昆剧，一个是板式变化体，一个是曲牌连缀体，这恰是中国戏曲的两大类型。

先谈一下苏剧吧。苏剧是一个地方剧种，被列入国家首批非物质遗产名录。它也曾有过风光的时期，有一定数量的团体从事这个剧种的传承、演绎工作，但它发展到今天，成了“天下第一团”。可以理解为十分光荣，一面“天下第一团”的锦旗挂那里，全国独一无二，也可理解为是一个剧种衰落所致。多年前的好光景怎么会变成如今的孤身单影？有客观的因素，也有主观上的因素。很多情况下，都会强调一些客观的因素，很少会去探究自身有哪些不足。

凡“天下第一团”的剧种以及地方小剧种，都应十分谨慎地选择剧本。这个剧种能存活到现在，一定有它的艺术特点和价值所在。但又成为“天下第一团”，必然有它的局限和短板。这是一个优缺点并存的双面体，你在不了解它、不熟悉它的情况下，为它所写的剧本，也许会使这剧种仅有的一点点优点也丧失殆尽。

苏剧长年与昆剧相联，常演出一些昆剧剧目的移植版。风格上也受昆曲很大的影响，苏剧唱腔清丽典雅、委婉细腻，这是它的优点，它的长处。人们在说到苏剧时往往是称赞有加，美丽而芬芳，一朵小小的茉莉花，而没有认识到，或不愿正视它的局限和短板。这些问题如不加以重视，剧种发展只能是一种美好的愿望。

苏剧作为一个板式变化体的剧种，它在发展过程中就存在着先天不足。就“太平调”单一声腔来说，也是板式不全。板式不全，变化就少，而只有单一声腔更局限了音乐的表现力。如果剧目题材合适，也许能突出它的优点、长处，隐藏它的不足。如果题材超出它能承受的范畴，它就会捉襟见肘，力不从心，历史上有不少这样的例子。

一个成熟的板式变化体剧种，往往有几套成熟的声腔互为补充。比如京剧有西皮、二簧等，锡剧有簧调、大陆板等。它们在声腔储备上没有问题，作曲者仅是根据剧本人物的需要，选择合适的声腔与板式。唱腔写得好坏与作曲者本人的水平有关，与剧种声腔没有多大的关系。

而苏剧的情况就不一样，你拿到剧本，作为作曲，首先先浏览一遍唱词。一些唱段思来想去，你不知道用什么曲调来写，无所适从，很多情况是叫你做“无米之炊”。所以我们在题材选择上必须十分小心，尽量了解这个剧种的艺术形态，长处是什么？短处在哪里？从而可以扬长避短，选择合适的题材。

苏剧的小生唱腔也是一个问题。作为戏曲音乐，太平调有行当唱腔。小生、花旦同调异腔，可以对唱，这是苏剧中唯一能男女对唱的曲调，也是戏曲表演上的重要手段。问题是传统的小生腔都是用真假声来演唱的，如果是演现代戏，就会显得很不适合。如果用真声唱，一般都唱不上去。若移低音区，改变旋律，那它的音调就不是小生平调了，这个问题在苏剧中还没得到很好的解决。

苏剧传统剧目中最经典的是《花魁记》中《醉归》一折，这是苏剧经典中的经典，几代演员都演出过这折戏，获过不少奖项。《醉归》的唱腔以太平调为主体，温婉如同江南丝竹，细腻委婉，给人一种很美妙的别样感受。但这种情绪一久，没有变化（与苏剧的声腔有关），时间一长也会给人带来倦意。翻来覆去，似乎 30 分钟到 40 分钟（不同裁剪版）是个审美疲劳的临界点。这就是板式变化少、声腔单一引起的必然结果。剧团曾多次整理改编过全本《花魁记》，似乎效果都不是太好，都没有单单《醉归》一折那么精彩，总体上感觉太“平”了，变化少。我后来参加了 2000 年版的《花魁记》剧组，编剧除保留传统的《醉归》一折的文本，对花魁其他场次的唱词都重新编写。我也对其他场次的唱腔进行大幅度改编和重写，增加了唱腔在音调上以及节奏上的变化。这些做法仅是根据某一剧目的具体情况做出的改变，根本上无法解决剧种板式和声腔单一的问题。

一些苏剧小戏，如《快嘴李翠莲》《岳雷招亲》等，风趣活泼，成为常演的小剧目。唱腔虽然也用太平调，但用了很多费伽调、弦索调、柴调等。这些曲调从严格意义上来说，并不是戏曲音乐，是一些民歌小调，江南地区很多剧种都在用。同腔异调，如果男女对唱，就要上下四五度转调。如男一句女一句地对唱，频繁的转调使你不胜其烦。这些曲调只能作为戏曲的辅助性曲调，担当不了大任。

当然一个剧种必须要拓展它的表现题材，但这种拓展必须循序渐进，有根有据。应该说，苏剧对于剧本的题材、剧本的写作都有其很高的要求，作者必须了解和熟悉一下苏剧的风格和声腔的特点，避开它的不足，尽量展示它的优点。不要哪壶不开提哪壶，如此，才能写出适合苏剧这个剧种演出的好剧目。

2001 年 5 月 18 日，昆曲被列为第一批世界非物质文化遗产代表作，其唱腔结构形式为曲牌体。昆剧是以南曲和北曲的曲辞文体为依托的一种曲牌唱腔音乐。它在传承前代曲学成就的基础上，在长期的发展过程中对各类民间音乐曲调进行吸收融合，逐渐形成了一套格局严谨规范的曲唱音乐体系。

昆剧剧本的写作应为曲牌体剧本，曲牌的音乐结构和文学结构统一。曲牌在文字上是长短句式，写作就是填词。南曲和北曲拥有数以千计的曲牌，每一支曲牌各有不同的风格。对词而言，每首曲牌有规范的句数、词式、平仄、韵位等；对曲而言，每首曲牌也都有规范的板式、结音、特征腔形（主腔）等。这也是昆剧剧目产生难度很高的一个原因。

昆剧相对其他剧种而言，它具有高度的文学性和严谨的格律性。在全国 300 多个剧种中，昆剧应该尽其可能地保持它独具的特色。昆剧编剧，应该是所有戏剧编剧中最难的。要涉足昆剧领域，必须具备不同于其他剧种编剧的一些知识，增加各方面的知识储备，不要贸然闯入。一个昆剧编剧，不仅要具备作为编剧的写作能力，还须具有深厚的文学功底，尤其是古典文学的功底。要熟悉昆曲曲牌，会根据剧情选用合适的套式、曲牌，还须具备填写曲牌体唱词的功力，会辨字的四声、阴阳。只有同时具备这些基本能力，才能算得上是一个昆剧编剧。

当前有一些编剧，在感性上缺乏曲牌音乐的浸润和熏陶，在理性上又缺乏曲牌格律上的熟悉和了解。有的虽然知道昆剧的唱词写作，要依照曲牌体的词式、句式、字数等要求来，但唱词的平仄、四声阴阳上仍不严谨、不讲究。不依平仄声填词就要形成倒字，一些结音、主腔等重要词位的平仄不符，会给谱曲带来不少困难，尤其是曲牌的特征音调的展示。

我也常常参加一个剧目的剧本前期讨论，往往会从唱腔和音乐的角度，对编剧提出一些建设性的意见。比如在青春版《牡丹亭》中，把【标目・蝶恋花】中“但是相思莫相负，牡丹亭上三生路”的主题合唱，再现在中本“回生”和下本“圆驾”的结束处，使整个演出呈现出结构性复现。在《西施》中添加一首西施儿时故乡的童谣，在剧中多次出现。而这些意见的被采纳，最后还会影响到剧本的构架。

在为一个新剧本写唱腔时，我会与编剧花很多时间来讨论唱词的修改。有曲牌的情绪问题，有词汇的问题，有字的平仄阴阳的问题，等等，会反复进行调整，有时甚至还会换曲牌。

我认为昆剧的好剧本应该具备两个最基本的条件：一是曲牌体，格律规范；二是高度的文学性。在这个基础上再看剧本的题材、故事等。有很多标着昆剧的剧本，在这两个方面做得很不够，甚至没有。昆曲高度的文学性和严谨的格律性，是其本质价值所在，如若丧失了这一点，昆曲也就不是昆曲了。

昆曲被比喻成兰花，在戏曲百花园中是独树一帜的。不要任何题材的剧本都用昆剧来体现，要尽可能地保持它独特的气质。每一个剧种都有自己的特点，所以在编、导、音、演中，没有必要过分强调其他表演艺术中所谓的张力、节奏。昆曲就是昆曲，它有自身不可取代的魅力，千万不要东施效颦，千万不能忘了昆剧的本质价值所在，更不能把它丢掉。

现在昆剧剧目的生产过于频繁，太闹了，不像兰花那么幽静芬芳。全国各个院团每年都要推出不少新剧目，刚听说这个剧组召开了成立大会，没多久又传闻这个新剧目已经成功首演。再过一阵子，又有一个新剧目上马了。昆剧不应该是这样的，走马灯一个接一个，像组装车间的流水线。如此高产、速成，真是要令汤显祖、魏良辅“自愧不如”了。这种环境下创作的剧目，昆曲高度的文学性和严谨的格律性很难得到保证。

一个好的剧目，首先要有一个好的剧本；一个好的剧本，首先要有一个好的编剧。

梦回莺啭乱煞年光遍，人立小庭深院。

袅晴丝吹来闲庭院，摇漾春如线。

原来姹紫嫣红开遍，似这般都付与断井颓垣。良辰美景奈何天，赏心乐事谁家院？

朝飞暮卷，云霞翠轩，雨丝风片，烟波画船，锦屏人忒看的这韶光贱！

《牡丹亭》中这些经典名句，是如此的优美，古往今来，令多少人赞叹不已。

昆剧的剧目创作应该是比较安静的、理性的，有一个好的主创团队，抓住好的题材，准备花些时间来精心打造。冷板凳要坐，水磨腔要磨，磨它三年五年，甚至八年十年，磨出一些经典唱词和唱腔，磨出一个传世的经典剧目。

守昆曲之雅正　谱传奇之新篇

——评蔡正仁导演的新版《铁冠图》

王宁

2021年年初，由唐葆祥先生编剧、蔡正仁先生执导的新版《铁冠图》在苏州昆剧院隆重上演。这次演出的其实是《铁冠图》2.0版，是继去年首演之后的改版演出。由梅花奖获得者、优秀青年演员周雪峰出演崇祯，殷立人扮演周遇吉，更有实力演员翁育贤、朱璎媛倾情出演。观众反响热烈，用“燃”和“爆”来形容，一点儿都不为过。

最让人欣慰的，还是该剧对艺术传统的充分尊重和创造性继承。导演蔡正仁先生秉持“守正创新”的导演思路，以几十年的艺术素养为依托，充分汲取了现存《铁冠图》折子戏的艺术精华，同时又别开生面，在昆剧审美原则的观照下另造新篇，增加了《煤山》等新的折目，使得这一传统名剧在新时代焕发出了新的光辉。

一、昆剧《铁冠图》的前世今生

《铁冠图》最早出现于清代顺治初年，作者佚名，从留存下来的折子戏看，作者应该是熟悉舞台的艺人。这部戏的整本今天已经见不到了，仅留下《撞钟》《分宫》等折子戏，剧情可以参考《曲海总目提要》第三十三卷。

清代康熙年间，曹寅（曹雪芹的祖父）撰《表忠记》传奇，全剧五十出，又名《虎口余生》，剧本不存，剧情见《曲海总目提要》第四十六卷。这部戏收录了前面《铁冠图》的重要折子，后世常见的《铁冠图》折子戏，如《观图》《对刀步战》《别母乱箭》《守门杀监》《贞娥刺虎》等，都囊括其中。

到清代康、乾间，出现了署名“遗民外史”的《虎口余生》传奇。剧本共44出，《古本戏曲丛刊》第五集有影印抄本。有学者认为，此剧本即曹寅原剧本的缩减本。由于无法仔细比对，暂且存疑。现存的《昆曲粹存》曾经选录有关折子戏18折，经比对可以发现：多数折子均出自影印本的《虎口余生》，仅《撞钟》《分宫》《询图》《捉闯》《归位》几折不见于影印本。

综合以上信息，可以得出结论：清代无名氏的《铁冠图》传奇，由于在舞台演出方面比较优秀，有一些很好的折子很受欢迎，所以，后来同题材的剧本都不忍舍弃，把原本的好折子都收录了进来。换言之，顺治初年的《铁冠图》当中的折子戏，其实是借由曹寅的《表忠记》和遗民外史的《虎口余生》而保留下来的。

也正是由于这个原因，后世昆班在演出这些折子戏时，都称来自《铁冠图》，而不称出自《虎口余生》和《表忠记》。考察清代戏曲选本的选录情况，我们发现，这个戏在清代曾经十分流行。清代著名的折子戏选本《缀白裘》当中，曾收录了10个折子，有《守门》《杀监》《别母》《乱箭》《借饷》《刺虎》《探营》《询图》《观图》《夜乐》。清末民初，该剧仍能演18折，分别是：《询图》《探山》《营哄》《捉闯》《借饷》《观图》《对刀》《拜恳》《别母》《乱箭》《撞钟》《分宫》《守门》《归位》《杀监》《刺虎》《夜乐》《刑拷》。传字辈艺人在上世纪20年代仍可演出13折：《探营》《营哄》《捉闯》《借饷》《对刀步战》《拜恳》《别母》《乱箭》《撞钟》《分宫》《守门》《杀监》《刺虎》。在新版《铁冠图》出现之前，昆剧舞台演出最多的是两折戏：《别母》和《刺虎》。

新中国成立以后，《铁冠图》一度被禁演。在早先那个主题先行、阶级标准第一的年代，这个褒扬忠义、以忠于明朝皇帝的周遇吉、费贞娥等为正面形象，以农民起义军领袖李自成和将领李过（李自成义子）等为反派人物的戏剧，显然是不适宜演出的。

但这个戏之所以能流传几百年，自有它的道理。它有两方面的成绩值得称道：一是就主题和情节内容而言，其演绎周遇吉一门忠烈，十分感人。乱世显忠良，板荡见砥柱，其情可悯，其忠可嘉，其悲可叹可伤，可歌可泣。二是这部戏在舞台上留下了很多“玩意儿”，留下很多艺人珍视的“活儿”，在舞台上有固定和突出的看点。例如《别母》当中，老生（周遇吉）和老旦（周母）的唱和做，《守门》《杀监》（后世有时连演）当中老旦（王承恩）发现崇祯帝自缢于煤山时，惊骇恐惧，翻“硬锞子”时，太监帽、朝珠、人落地，三点成一线，称作“一跌三段”。也有一说本折绝技为“三连贯”，当王承恩唱“禁不住步踉跄急遽下丹墀”时，用手挑掉身上的朝珠，一甩头舔掉太监帽，连走一个窜僵尸，谓之“三连贯”。由于有玩意儿，所以老辈艺人都喜欢。传字辈中华传浩、马传菁都擅演此折。《刺虎》一折名气更大，它属于昆剧舞台四旦之“三刺”之一（四旦另有“三杀”，都是剧中人被杀的表演。三刺，则是杀别人，二者表演有明显区别）。剧中的费贞娥原来有筋斗、抢发和高难度的扑跌动作，不是一般的旦角儿演员所能胜任的。可惜今天已经不传。还有“阴阳脸”的表演，也很有特点，有一定难度。唱方面，本折有一套【正宫·端正好】北曲，要唱出费贞娥的慷慨大义，对演员的唱也有特殊要求。还有，以上这些看点并没有集中在一个演员身上，反而分别由不同行当的角色担当，这种分布的合理性也是它能获取长久舞台生命力的重要原因。

二、蔡正仁导演《铁冠图》的基本意图和实际舞台效果

以上就是传统昆剧《铁冠图》留下的历史遗产。这次苏州昆剧院出演的新版《铁冠图》正是在这个传统基础上，继承发展而来。不论是从

剧本的改编，还是从舞台演出的具体呈现，我们都能清晰地看到蔡老师显明的导演动机和清晰的导演思路：一方面他力图最大限度地保持昆剧的艺术品格和剧种特色，最大限度做到“守正”；另一方面，他又在有底线、有边界的前提下，力图做出某种程度的“创新”。

先说“守正”一面：

首先，新版《铁冠图》采用的是传统的“串折本”形式，这种形式是经过昆剧舞台长期实践检验，固定下来的一种兼顾本戏和折子戏二者之长的演出样式，行内有的也叫“叠头戏”“小串本”，我在书中称这种现象为“叠头成本”：

> “叠头成本”是昆剧折子戏进化发展过程中对自身缺陷的一次超越。折子戏固有的“零碎”和“片断”的缺欠，通过“串折成本”的“叠头戏”的联演在很大程度上得以弥补和克服，在保存折子戏精彩和紧凑特点的同时，兼顾了整本戏的完整，既是对本戏的艺术升华，也是对折子戏自身的超越。“小本”较之“大本”，虽然在篇幅上有所不如，但舞台艺术的提升却不可同日而语。所以，这种删减其实是一种浓缩，更是一种进阶和结晶，是舞台艺术发展到一定阶段的自然而然的产物。[1]

这种形式的最大好处就是它充分保留了昆剧舞台折子戏的精华。如果说，折子戏是酒，那么这个“串本”的方式就好像“瓶”，古色古香的瓶子里盛满香醇的古酒，形式与内容才能相得益彰。

其次，在“串折本”的框架和结构中，新版《铁冠图》最大限度地

1　王宁．昆剧折子戏研究［M］．安徽：黄山书社，2013：183.

接纳了原来优秀的折子戏，如上面提到的《别母》《刺虎》《撞钟》《分宫》等。而且，前两折戏也是《铁冠图》折子戏当中流传最广、演出最频繁的两个折子。尽管《刺虎》的舞台面貌和当年传字辈的时代相比，仍有不小的距离，但架子搭起来了，后面可以逐渐改善。旧折子戏的保存，是传承《铁冠图》原有艺术品格的重要手段。因为这些折子戏在“老昆”心目中有地位、有印象，老昆们对它们有感情、有留恋，所以，对这些折子戏的接纳，不仅是拉近《铁冠图》和老昆们距离的有效之举，更是对传统的尊重，是对几百年积累下来的舞台艺术结晶的尊重。

再次，我们看到，即使在新增加的几折戏当中，操作者也严格采用曲牌体，以维护昆曲的艺术个性。以《观图》为例，该折在《虎口余生》原本当中为第十九折，其曲牌排场为：【点绛唇】（引）【红绣鞋】【生查子】（引）【解三酲】【前腔】【太师引】【前腔】【尾声】。《缀白裘》当中，该折几乎保留了原本面貌。新版《铁冠图》当中，为了加快情节进展，删去了原本当中库神等次要人物的情节，曲牌方面也做了比较大的调整：【引】（帝）【引】（后）【桂枝香】【东瓯令】【太师引】【前腔】（剧本没有标注，实际上为两支连用）【尾声】。但整体看来，仍然恪守南曲的套数规范，前有【引子】，后有【尾声】，而且，曲词方面也承袭了原有曲牌。如涉及本节关键内容“观图”，具体陈述观图内容和观图感受的两支【太师引】，几乎保留了原本曲词，未加更改。可见，不论是从曲牌体制、套数格式，还是从曲词内容等方面，都可以看出整理者“存真”的意图和努力，看得出导演维护传统的思路和意图。

还有，即使新创的折子，整理者也尽力维护曲牌体制。《煤山》一折就是显见的例证。这部分情节在《虎口余生》并没有重点体现和集中展示。新版《铁冠图》则另造新篇，新增一折戏，但在曲牌体制方面仍恪守规则。本折基本套用名剧《玉簪记·秋江》一折的曲牌排场，用【小桃红】【五般宜】等原有组合，来表现崇祯帝临死前悲怆、内疚的复杂心态。而且，工尺也全然采用《玉簪记》曲谱，原汁原味，通过崇祯帝扮演者周雪峰准确到位的演绎，原有曲牌的悲伤又增添了一丝悲壮和悲怆，与剧情也十分贴合。

凡此种种，都能看出操作者审慎严谨的操作思路和整理策略：以传统为底线，以维护昆剧的审美原则为旨归。这种严谨和审慎在当下十分重要，值得学习和效仿。

再看“创新”的一面：

首先，在原本赋予的内涵、意蕴基础上，创新性开拓作品主旨，深化作品主题。这方面，新版《铁冠图》做了新的尝试和努力。原本《铁冠图》或《虎口余生》，不论是剧本还是舞台演出，其贯穿的主旨就是“教忠”，是忠君思想。这在周遇吉、王承恩、费贞娥等人身上都有体现，这也非常符合当时的“主旋律”。然而，这样的主题放置到当代背景下，显然已不合时宜。因此，蔡正仁导演的《铁冠图》就利用原有的故事情节和人物设置，挖掘出了另外的思想内涵。

具体看，新版以崇祯帝为视角，借崇祯之口，完成了类似《桃花扇》的严肃反省，某种程度上形成了对历史的“反思”和“追问”。《煤山》一折的【小桃红】【五般宜】等曲子，既有人之将死的悲切伤痛，更有对于大厦将倾的追问和反思。这种反思和追问，既是帝王的，也是作者的，是改编者带给我们的沉重思考。这样，就把原本“教忠”的主题延伸到了“家国情怀”的层面，同时，也表现出作品的文人情趣和文人色彩。

在历史趋势面前，个人的力量总是微弱的。尽管崇祯帝17年励精图治，但史流滚滚，颓势难挽，正如《桃花扇》第十三出《哭主》中一个“旁观者”左良玉所感慨的：

【胜如花】高皇帝在九京，不管亡家破鼎，那知他圣子神孙，反不如飘蓬断梗。十七年忧国如病，呼不应天灵祖灵，调不来亲兵救兵；白练无情，送君王一命。伤心煞煤山私幸，独殉了社稷苍生，独殉了社稷苍生。

在这个意义上，新版《铁冠图》中崇祯的悲伤，就有了一点儿悲壮的味道，梅花奖演员周雪峰出色的演绎将导演的这一意图体现得淋漓尽致。当个人意志和历史洪流相逆而行，这种演绎了多少年、演绎了多少遍的冲突对抗，又怎能不激发我们对历史、对家国、对人生的深沉思考？

其次，新版《铁冠图》在行当戏份方面做了一定的调整，尤其是官生（扮崇祯）的戏份得以大幅度提升，其重要性也得以凸显和加强。

这种改进和调整其实和主题的拓展密切联系，因为增加了崇祯帝的视角，故而围绕崇祯的情节和场次也有所增加。全剧七折戏，以崇祯帝表演为主的场次就有《观图》《撞钟》《分宫》《煤山》四折。尤其是最后增加的《煤山》一折，其实就是官生的"独角戏"，通过大段抒情，集中展示了崇祯帝临死的复杂心态。

在具体表演方面，官生的唱和做也得到了凸显和加强。为了用唱表现崇祯帝的内心世界，导演甚至还要求周雪峰吸收京剧麒派的唱法技巧，以丰富官生的曲唱技巧。所以，这次新版《铁冠图》很显然是针对"官生"行当用心打造的。这种"转移"某种程度上将观众的眼球从传统的老生（周遇吉）和六旦（费贞娥）身上吸引过来，为官生赢得了可贵的发展空间。

世上最伟大的系统很少是闭合的，相反，其往往是开放和流淌的。对于昆曲而言，传统也不过就是一条流淌的河，所以，继承和发展的关键是把握好边界和底线，做到恰到好处。而很多"大家"的标志，正在于可以做到"刚刚好"。在这方面，《铁冠图》做到了，可喜，可贺，可敬，可爱。

电影《柳如是》与《柳如是别传》的情史互证

包中华

女子身着绛红披风，腰佩长剑，手牵白马，立于画舫船头，滔滔江水东流去，两岸青山迤逦，这女子就是河东君柳如是。电影《柳如是》根据陈寅恪的《柳如是别传》（以下简称《别传》）改编，由中央新闻纪录电影制片厂与常熟市政府联合出品，吴琦执导，万茜、秦汉、冯绍峰主演。影片讲述明末清初，一代才女柳如是与东南文宗钱谦益之间白发红颜的爱情故事及风雨家国的乱世遭遇，影片于 2012 年上映。电影以柳如是的一生为主线，情史交融，在情与史的交替叙述中，展现晚明文人生活画卷及爱恨生死的抉择、挣扎和悲喜。

一

个人命运是宏大历史叙事中的碎影，历史真相不是被人掩盖就是淹没个人。《别传》中的历史考证细致繁复，电影只是选择了《别传》中的部分考证内容而演绎。下面就电影对人与历史的叙事，引述《别传》内容相对照。

电影中河东君的名与字分为两个阶段，与陈子龙决绝前，名杨爱，字影怜，之后改为柳隐，字如是。杨爱 5 岁时被卖与江南名妓徐佛学艺。

关于河东君最初姓氏名字。《别传》言：“至于河东君之本姓问题，观陈卧子秋潭曲题下自注中‘杨姬’之称，则‘杨’乃河东君本初之姓，是无疑义。”但是，据《别传》考证，柳如是最初姓氏名字远不是如此简单。《别传》言："今关此明确为河东君而作之诗，其中既以‘美人’指河东君，则‘美人’二字当是河东君之字或号，而其初必有一名，与此字或号相关者，此可依名与字或号相关之例推知也。"《别传》又考徐电发《本事诗》选录程梦阳嘉燧“缸云诗”三首，得出结论“然则长孺所言程梦阳之缸云诗乃为河东君作者，实是可信，而河东君最初之名乃‘缸云’之‘云’字，可以推知矣”。由此得知，世人以为钱牧斋“绛云楼”仅用陶隐居之书，其不免为牧斋窃笑，“但若知河东君中之初名中有以‘云’字，则用‘绛云’之古典兼指河东君之旧名，用事遣词殊为工切允当”。

陈寅恪认为，河东君最初的字、号和名应有“美人”“云”："考杜工部集伍《寄韩谏议》诗有‘美人娟娟隔秋水’之句，此‘美人’二字与‘娟’字相关之出处。职此之故，寅恪窃疑河东君最初之名实为‘云娟’二字。此二字乃江浙民间所常用之名，而不能登于大雅之堂者，当时文士乃取李杜诗句与‘云娟’二字相关之‘美人’二字以代之，易俗为雅，于是河东君遂以‘美人’著称，不独他人以此相呼，即河东君己身亦以此自号也。"

而钱牧斋称柳如是为“河东君”，以及柳如是改本姓“杨”为“柳”，《别传》言："其实牧翁于此名称，兼暗寓《玉台新咏》‘河东之水向东流’一诗之意，此名巧切河东君之身份。"“至河东君改其本姓为柳者，世皆知其用唐人许尧佐《柳氏传》章台柳故实。盖‘杨’与‘柳’相类，在文辞上固可通用也。”

那么，电影中柳如是为什么开始名为“杨爱”呢？《别传》言，北宋时钱塘有一娼女名为杨爱爱，其事在明末必颇流行，“河东君之本姓既是杨氏，其后改易‘云娟’之旧名而为‘爱’者，疑与此事有关，盖欲以符合昔人旧名之故”。“杨爱”后又改为“柳隐”，柳姓来源前面已述，“隐”又从何而来？陈寅恪认为，河东君还有一名为“隐雯”，“明季不遵常轨，而有文采之女子往往喜用‘隐’字以为名，如黄媛介之‘离隐’，张宛仙之‘香隐’，皆是其例”。“此殆一时之风气，河东君以‘隐雯’为名殊不足异。后来河东君又省去‘雯’字，止以一‘隐’字为名，而‘隐雯’不甚为人所知矣。”

由上述基本可以看出柳如是这一姓名的渊源流变，这是电影中无法表现出来的。当然，考证本身就是在一些事实基础上的推理，陈寅恪所考厘清了柳如是前后姓名变化的基本脉络。

二

电影主要讲述了柳如是的三段恋情。

第一段恋情，杨爱 12 岁卖入周道登家做小妾，周道登常抱其在膝上练字画画，后遭周家上下嫉恨，影片也仅仅给了一个短暂的镜头。周道登，吴江人，为宋朝周敦颐的后裔，明末崇祯朝任东阁大学士兼礼部尚书、上书房总师傅、国史馆正总裁。《别传》从籍贯和当朝任宰相人物考证“吴江故相”，认为“唯有周道登一人适合也”。《别传》考证钱肇鳌言：当时柳如是年最稚，主人常抱膝上，教以文艺，被群妾忌，因其性纵荡不羁，与仆人私通，本欲杀之，幸得周母庇护，被逐出门，卖为娼。杨爱被逐出门时为崇祯四年，当时 14 岁，而周道登死于崇祯五年与六年间。

第二段恋情，影片叙述杨爱冒险救“云间三子”陈子龙性命，两人因此相爱相识。陈子龙风流倜傥，年轻才俊，杨爱为陈子龙自赎己身，愿牵白马乘画舫追随他，然而陈子龙却以明朝风雨飘摇一心报效国家为由，不愿为儿女私情而不顾救国救民之大义，其实他内心还有对杨爱出身的忧虑，顾忌世俗眼光，不敢冲破礼教束缚。最终杨爱因陈子龙的放弃而愤恨不已，改名柳如是，断绝了与陈子龙的情感。《别传》考：“河东君于崇祯四年辛未十四岁时出自周家，流落人间。其始遇卧子实在五年，其年龄正为十五岁。”卧子即为影片中的陈子龙，也就是说，柳如是遇见陈子龙时，为十五岁。明末时陈子龙、宋征舆、李雯三人皆为松江华亭（今上海松江，云间为松江别称）人，时称“云间三子”。其实，柳如是与“云间三子”皆熟识。影片只讲述了柳如是与陈子龙的恋情。《别传》言：“盖崇祯六年春季特多风雨，而辕文与河东君此际关系甚密，宜有春闺风雨之作也。”“后来终与辕文决绝，而转向卧子。”上述所称“辕文”为“云间三子”之一的宋征舆，由此可见，柳如是与宋征舆的恋情早于陈子龙，而影片并未提及。陈寅恪认为，“河东君与宋李陈三人之关系，其史料或甚简略残缺，或甚隐晦改易，今日皆难考证详实”。但是，柳如是与“云间三子”交往甚密，颇有故事，比如柳如是持刀斫琴与宋征舆断绝的事。影片之所以着重讲述柳陈二人情事，因陈子龙是“情痴”，更具有情感的表现力。陈寅恪认为，柳如是之所以“与吴越党社胜流交游，以男女之情兼师友之谊，记载流传，今古乐道。推其缘故，虽由于诸人天资明慧、虚心向学所使然，但亦因非闺房之闭处与礼法之拘牵，遂得从容与一时名士往来”。由此可知，影片以陈子龙为吴越胜流之代表，讲述了柳如是与当时名士交往的一面。

第三段恋情则是电影的主体，即为钱谦益和柳如是白首红颜的传奇恋情。钱谦益作为江南文宗，身份地位自然比陈子龙高，他郁郁寡欢，自认有满腔抱负和才华却无处施展，在明朝廷得不到重用，遂回乡著诗撰文。他在一次讲学中遇见柳如是，为柳如是嘉许，柳如是冒着风雪上门自荐，终与钱谦益两情相悦，结秦晋之好。

但是，据《别传》所考，钱柳相遇相恋远非如此简单。《别传》对河东君过访半野堂及其前后关系进行了详细的考证。钱柳相遇相恋的过程有各种因素推动，在柳如是的活动交往中，两人相识结合其实十分艰难。“由今观之，柳钱之因缘其促成之人，在正面为汪然明，在反面为谢象三，岂不奇哉？苟明乎此，当日河东君择婿之艰，处境之苦，可想见矣。”其时，柳如是仍在谢象三和陈卧子之间选择，她推重陈卧子，却又不能与之结合，汪然明则一心为柳如是觅婿，“然则卧子既难重合，象三又无足取，此时然明胸中必将陈谢两人之优劣同异互相比较，择一其他之人，取长略短，衡量斟酌，将此条件适合之候补者推荐于河东君。苦心若是，今日思之，犹足令人叹服”。崇祯十三年，河东君身世飘零、疾病缠绵、人生困苦，也是促成钱柳因缘的原因之一。陈寅恪认为，“河东君之访半野堂，在此之前实已预有接洽，并非冒昧之举”，“崇祯十三年冬间河东君居牧斋家，汪冯二人欲同至虞山者，当是促河东君不再放弃机会即适牧斋也”。“河东君初迁入我闻室时当已与牧斋约定于崇祯十三年岁杪同至杭州，否则，亦拟于崇祯十四年春间偕游西湖，共访然明。疑此皆出自牧斋之意，盖欲请然明劝说河东君之故。”

河东君过访半野堂，遭到钱家人的反对，也为后来柳如是的悲剧埋下伏笔。“当回牧斋家中‘反柳派’欲利用牧斋前此迷信之心理散播谣言，假托祖宗显灵，以警戒牧斋不可纳此祸水，免致败家，依情势言，此主谋者当即牧斋夫人陈氏及宠妾王氏。”“然则当河东君初访半野堂之时，牧斋家中党派竞争激烈，钩心斗角，无所不用其极”，但是，河东君其时归牧斋决心已定，“但崇祯庚辰冬日至虞山访牧斋，不寓拂水山庄，而径由舟次直迁牧斋城内家中新建之我闻室，一破其前此与诸文士往来之惯例，由是推之”。我闻室乃钱牧斋为柳如是所建，取《金刚经》中“如是我闻”后二字。影片中，柳如是因目睹姐妹董小宛半夜出嫁，深感卑屈，所以执意要白日过门，钱谦益也遂她心愿，以匹嫡之礼迎娶柳如是，街头巷尾一时轰动，引起众人责骂，两人牵手同坐画舫，不顾世俗眼光，表现了钱谦益不拘小节、不为道德礼法所约束的一面。

陈寅恪认为，钱谦益未中状元，又未得宰相之位，乃为生平憾事并愤恨不已，却在争河东君时中选，而泄三十年积恨深怒。因此，钱谦益对柳如是荣宠有加，不顾家人反对，执意与柳如是吟风谈月。在明朝存亡危急之秋，柳如是期望两人能如韩世忠和梁红玉，但是，钱谦益声称为了百姓安危而献城于敌，不愿和柳如是一同殉国，甚至不顾柳如是和朋友反对，去清朝做贰臣，又展现了他不顾大节，有损人格、节气的一面。而与之相对的则是柳如是坚定为国为民的意志，她虽然出身青楼，似乎有损小节，却讲大义和节气。

三

电影围绕柳如是和钱谦益、陈子龙的主要恋情故事，呈现出个人在风雨飘摇的时代，在面对世俗礼法、民族大义、个人气节和声名时复杂而深刻的人性。陈寅恪对柳如是和钱谦益、陈子龙的关系有过总结性概述：明南都倾覆之时，河东君年二十八，牧斋年六十四，河东君愿与牧斋同死，而牧斋谢不能；河东君二十九时，陈子龙殉国死，年三十九；牧斋以黄毓祺案当死，河东君救之，时牧斋六十七，河东君三十一；牧斋八十四时，河东君年四十七，两人先后同死。“由是言之，河东君适牧斋，可死于河东君年二十九或三十一之时，然俱未得死；河东君若适卧子，则年二十九岁时当与卧子俱死，或亦如救牧斋之例能使卧子不死。但此为不可知者也。呜呼！因缘之离合，年命之修短，错综变化，匪可前料，属得属失，甚不易言。”因此，河东君适牧斋或许是命中注定之缘分，得失之间不可足论。

电影将男女情感和风云变幻的大历史结合起来，一定程度上摆脱了儿女情长的局限，在宏大的历史进程面前展现个人命运。当然，影片以情为主线必然导致历史宏大叙事的减弱，未能充分表现出深沉的历史感。此外，影片根据《别传》改编，没有刻意渲染一些传说，比如钱谦益言水冷不愿跳水殉国，他只是说不愿让时间停滞，人总要活着才能做些事；如钱谦益并不是因头痒而剃头，只是想入清朝为官，可以让文脉延续，从而表现出真实复杂的人性。秦汉演绎的钱谦益拿捏分寸恰到好处；万茜扮演的柳如是则稍显浮浪，虽然演出了柳如是豪迈、果决的男子气，但与其才女身份不是十分匹配。

电影结尾以柳如是搀扶钱谦益年迈身躯缓缓走去的背影而结束，却没有叙述钱谦益“家难”事，未将柳如是孤身一人如何面对钱家族人，最终被逼悬梁自尽的人生悲剧呈现在影片中。

那么，柳如是究竟是为何而死？经济原因是主因。“东涧先生晚年贫甚，专以卖文为活。甲辰夏卧病，自知不起，而丧葬事未有所出，颇以为身后虑。”“柳夫人遗嘱”云：“汝父死后，先是某某并无起头，竟来面前大骂。某某还道我有银，差遵王来逼迫。遵王某某皆是汝父极亲切之人，竟是如此诈我。钱天章犯罪，是我劝汝父一力救出，今反先串张国贤骗去官银官契，献与某某。当时原云诸事消释，谁知又逼汝兄之田献与某某。赖我银子，反开虚账来逼我命，无一人念及汝父者。家人尽皆捉去，汝年纪幼小，不知我之苦处。手无三两，立索三千金，逼得汝与官人进退无门，可痛可恨也。我想汝兄妹二人必然性命不保。我来汝家二十五年从不曾受人之气，今竟当面凌辱。我不得不死。但我死之后，汝事兄嫂如事父母。我之冤仇，汝当同哥哥出头露面，拜求汝父相知。我诉阴司，汝父决不轻放一人。垂绝书示小姐（威逼者姓名未敢原稿直书，姑缺之）。”某某是谁？“今夏五（牧翁钱）夫子亡后匝月，遽有逼死柳夫人之变。及问致死者谁？则贪恶俗绅朝鼎也。”“钱朝鼎字禹九，号黍谷，顺治丁亥进士。授刑部主事，历员外郎中，升广东提学道。端士气，正文风，为天下学政最。”除钱朝鼎外，尚有钱谦光和钱曾二人，“钱谦光以宦门宗裔，甘作无良，乘丧挟威，逼柳氏投缳，命尽顷刻，诚变出意外也。尤可怪者，钱曾素以文受知太史，宜有知己之感，奈何亦为谦光附和耶？”

穷困之中，再加逼迫，终使柳如是投缳自尽。“河东君缢死之所实在荣木楼，即旧日黄陶庵授读孙爱之处。”电影看似浪漫主义的结尾，缺少了现实主义的深度，对柳如是因“家难”事而悬梁离世，未着一言，不免遗憾。这对于柳如是一生的表现显然是不完整的，对观众也缺少交代。

几百年过去，钱柳传奇恋情早已灰飞烟灭，唯有坟茔两座。“常熟宝岩西三里许，曰刘神滨，再西三里，曰虎滨。两滨适中曰界河沿，又曰花园滨，钱牧斋墓在焉。有碣题‘东涧老人墓’五字，集东坡书，字径五六寸，嘉庆中族裔所立，本宗久绝矣。河东君墓即在左近。其拂水山庄今为海藏寺，距剑门不远，有古柏一，银杏二，尚存。”

水墨吴门

数据解读当代书坛

——从中国书法兰亭奖说开去

王伟林

内容提要：兰亭是书法人的精神家园、心灵寄托。中国书法兰亭奖（下简称“兰亭奖”）为书法人提供了创造美好、实现梦想的可能。本文通过数据统计，客观呈现了第六届兰亭奖至第七届兰亭奖这一书坛“奥运”周期内，全国各省、自治区、直辖市书法综合实力的现实状况，并分析形成的主客观因素。

关键词：数据；兰亭奖；综合实力；谋划力；组织力

一、展厅时代书坛之关切

第七届兰亭奖的持续升温并被热议，一方面说明书坛乃至社会各界对书法专业最高奖的期待，希望通过其引领能正本清源，将书坛带入一个全新的境界；另一方面也反映了当今展厅时代下人们对书法活动和评审结果的高度关注：究竟什么样的作品可以获奖、入选？获奖者应具备怎样的素养？由此当今书坛流行什么样的书风，其中又存在哪些不足？其实，在这样的书法生态下，我们不妨调整视角，从专注于个体的作者和作品转入关注整体的书坛格局、实力变化，从而发出追问：经过这些年的发展，书坛之格局（含区域书法）发生了怎样的变化？究竟是由哪些因素导致的？这种变化对今后有何影响？书界又能做出怎样的积极应对？当下的书法审美去向何处？

首先，兰亭是书法人的精神家园、心灵寄托。尽管书坛风云变幻，但兰亭自有一方净土，一泓清流，激浊扬清，众望所归。

其次，兰亭奖为书法人，特别是年轻一代书法人，提供了创造美好、实现梦想的可能。随着展厅时代的快速发展，当代书法活动的参与主体日趋年轻化、专业化，这一方面为兰亭奖带来了活力，另一方面也使它的文化魅力和权威性受到挑战。

再次，不管你喜欢与否，兰亭奖已成为当代书法发展的风向标。

1. 通过兰亭奖，既可回望经典，总结过往，又可直面当下，展望未来。

2. 通过兰亭奖，可引导开展健康的书法批评。

3. 通过兰亭奖，还可开展书法研学交流活动。

4. 创造无限，探索无限，当代书法的可持续发展呼唤兰亭精神。

二、书坛“奥运”周期展赛览胜

从第六届兰亭奖获奖、入选名单揭晓到第七届兰亭奖的颁奖，这四年正是书坛“奥运”周期，中国书协主办的创作、学术活动频繁，美不胜收。下面就让我们来领略别样的风景。

风景一：兰亭奖——几家欢喜几家愁

单从第六、七届兰亭奖获奖、入选的情况来看，江苏、湖南、山东、河南、上海、辽宁、河北、湖北、广东、福建、四川、江西这些省市无疑是兰亭奖的宠儿，而安徽、吉林、海南、宁夏、西藏这 5 个省区最为落寞，两届兰亭奖无一人上榜。成绩同样并不乐观的还有山西、重庆、甘肃、黑龙江、云南、新疆、青海这 7 个省区市，两届兰亭奖中仅入选 1 人次。让人扼腕叹息：兰亭奖真有那么难，难于上青天？当进入七届兰亭奖的展厅，目睹有多名获奖、入选作者的简历中赫然写道：入选兰亭奖达5次、4次、3次，哪怕是2次，你就不由得颔首点赞。事实上，本届68位兰亭奖上榜作者中入选5次的有3人，4次的有6人，3次的有7人，2次的有15人。汇总起来，即有31位作者曾在历届兰亭奖评选中上榜2次以上，占本届总上榜作者数的46%。这显然是一个值得关注的数字。

风景二：第十二届国展呈现新气象

2019年举办的第十二届国展，人们记忆犹新的三点印象是：

1. 高比例的现场测试，从全国各地蜂拥到宝鸡参加现场测试的竟有800余人次，创下了历届之最。

2. 国展中首次允许作者可投不同的书体，待终评结束，65位作者入展2种不同书体，甚至还有8位作者入展3种书体。虽然评奖改革后国展已不再设奖，但能同时入展2种乃至3种不同书体的73位“幸运儿”备受关注。而中间的11位（谷松章、张利安、杨科云、彭双龙、王志立、朱睿、朱安刚、李锐、周少剑、陈寰、胡正良）又在第七届兰亭奖上榜，看来上榜兰亭奖对这些作者而言绝非偶然。

3. 国展比以往更加人性化、学术化。寥寥百字，看似小小的一张作者“创作手记”展卡，就像一只只会说话的国展之眼，在展厅中吸引观众驻足欣赏，回味无穷。

风景三：各美其美的系列单项展

4年间举办的十多项系列单项展中，既有书体展，如第二届行书展、第三届篆书展、第五届正体展，也有以书法形制区别的第三届册页展、第二届大字展；既有以参展作者年龄、性别、身份为区别的第五届青年展、第六届妇女展、第四届优秀基层书法创作活动展，又有区别于书法的第八届篆刻展、第十一届刻字展，区别于创作的临书大会，可谓门类繁多，绚烂多彩，它们汇总起来构成了书坛“奥运”周期书法创作的真实生态。其入选数据毫无疑问反映出这阶段在某种书体或类型上各省份书法人才队伍的发展现状。

风景四：全国第十一届书学讨论会标志着当代书学研究进入“学科时代”

正如陈振濂在会议上所做的主报告《“三大时代”——当代中国书学的现状·问题·愿景》中开宗明义指出：“进入‘学科时代’，所有知识点的关联知识背景和结构方式都要掌握，要具有系统性的思维方式。作为一名书学理论研究者，对书学领域的把握要专门化、立体化、系统化。学科时代，意味着今后我们的书学研究者不会再有细致的领域固化、分类专攻和自划疆界，而是通过掌握书学理论的各种研究方法、思辨模式，来构建书学研究的广度和深度，形成学术群聚的现象，开启‘学派’时代。”[1]

三、数据揭秘书坛实力真相

记得2002年首届兰亭奖举办后，笔者曾有《从书法创作和书学研究的评比考察近二十年来中国书坛格局的变迁》[2]一文。十年后，在全国第九届书学讨论会召开之际，笔者又作《考察近十年来中国书坛格局的变化——以书法创作和书学研究的评奖为例》[3]一文。这两篇文章均用数

1　中国书法家协会．全国第十一届书学讨论会论文集［M］．上海：上海书画出版社，2018.

2　王伟林．从书法创作和书学研究的评比考察近二十年来中国书坛格局的变迁［J］．书法世界，2003（3）．

3　王伟林．考察近十年来中国书坛格局的变化——以书法创作和书学研究的评奖为例［C］// 中国书法家协会．全国第九届书学讨论会论文集．北京：中国文联出版社，2012.

据解读书坛格局的变化，以期给业界具体直观的认识。延续这样的思路，本文对 2017 年第六届兰亭奖至 2021 年第七届兰亭奖这一书坛“奥运”周期做观照，通过数据解读变化，为当代书坛发展提供参考，具体见下面表格。

表一汇总了第六届至第七届兰亭奖这一书坛“奥运”周期内共 18 次由中国书协主办的创作、学术评比活动，除去两届兰亭奖，其他的创作类活动有 13 次（含第十二届国展），学术类活动有 3 次（含全国第十一届书学讨论会）。这些活动的获奖、入选数据统计能基本反映这期间每个省份在书法创作及学术研究方面的实力情况。应该说这些统计数据构成了这阶段书坛各省份实力分布的第一手资料。

表二则是在表一基础上进一步汇总的积分统计。根据当下书坛发展情况，我们做如下设定：作品、论著在兰亭奖中获金奖 1 次计 10 分，银奖 1 次计 8 分，铜奖 1 次计 5 分，入选 1 次计 3 分；作品、论文在国展、全国书学讨论会评比中入选 1 次计 1 分；作品、论文在其他全国性单项书法评比中入选 1 次计 0.5 分。由此得出每个省份在兰亭奖、国展和全国书学讨论会、其他全国单项系列评比中的积分、排名，而以上三项汇总，便是书坛“奥运”周期即当下全国各省份实力情况的总积分、总排名。

表三是在表二基础上梳理出的第六届兰亭奖以来当代书坛综合实力榜，分成兰亭奖排行榜（简称兰亭榜）、国展等系列评比排行榜（简称国展榜），以及上述两项汇总后的总排名。在兰亭榜上，列 1 至 10 名的分别是：江苏、湖南、山东、河南、上海、辽宁、河北、湖北、广东、福建和四川；在国展榜中，列 1 至 10 名的分别是：江苏、山东、河南、浙江、湖南、广东、河北、安徽、江西、福建。不难发现，两个榜中有 7 个省份均赫然在列，其他则发生了变化，这表明部分省份实力发展存在不稳定的情况，至少在某些方面还存在不同程度的不足。对照两个排行榜，兰亭奖活动更指向拔尖人才，即通常人们说的“高峰”，它突

出一个“高”字；而国展等系列评比考量的是各省份的书法基础是否深厚，发展是否全面，它突出一个“厚”字。

举例来看，典型如上海和安徽，其次是浙江和辽宁。上海在兰亭榜中位居并列第 4，而在国展榜中位列第 19。安徽的情况则相反，在国展榜能进入前 10，排第 8，而在最近两届兰亭奖中或许因为有实力的骨干作者没有投稿，终致颗粒无收，也就谈不上排名了。情况有点相似的是浙江和辽宁，前者在两榜中分别列第 13 和第 4，后者则列第 6 和第 12，两相对照，在排行榜中起伏均较明显。应该说以上 4 个省市在两个榜中的位比反差较大，值得关注、分析。我们说，一个地区拔尖人才多，则有望在兰亭奖中脱颖而出，取得好成绩。而一个地区如果书法人才基础欠深厚、发展欠全面，则它很难在国展等系列评比中有出色的表现。所谓书法高原和高峰的话题，在这里成为一个很现实的存在。分析表三榜中所列，江苏、山东、河南、湖南、广东、河北这六个省发展相对稳定，尤其是江苏、河北，在三个榜中排名始终稳健。总体来看，以上 6 个省份，在平衡高峰、高原间关系方面相对做得更好。

如果我们回溯当代“书法热”以来的 40 年，不难列出表四：40 年当代书坛综合实力榜。李刚田在第七届中国书法兰亭奖・兰亭论坛上做的演讲《七届兰亭奖与当下书法创作》中概括说：“回顾这 40 年来探索前行之路，大概可分为三个阶段，如果说 20 世纪最后 20 年是当代书法的探索发展期，则本世纪前 10 年可称为稳定发展期，而近 10 年可视为文化深化期。”[1] 这是很有见地的论述。

表四中的前两栏，恰好对应李刚田说的 20 世纪最后 20 年，为当代书法的探索发展期；第三栏则对应的是 21 世纪前 10 年，所谓的稳定发展期；最后一栏反映的正是当下的文化深化期。沿着时间发展的轨迹，

1　中国书法报 .2021（16）.

纵向看，每个省份在全国书坛发展格局中的地位及变化一目了然。横向比，省份之间的差距同样清晰可见。

如果我们将位列1至5的省份视为第一集团、6至10为第二集团、11至20为第三集团、21至31为第四集团，那么每个省份的所在位比便十分醒目。而在表四基础上呈现的40年来当代书坛不同时期综合实力分布图（文后图1至图4），显然使我们更直观而形象地看到了发展的轨迹。这对于区域书法发展的定位和方向具有现实的参考价值。

四、问策未来，依然数据说了算

面对上述当代书坛的发展态势，分析人士可以做出各种不同的解读，深究其形成的原因不外乎天时、地利、人和等，具体看，大致有以下六个方面：

（一）历史文化底蕴

文化是软实力，一个地区的历史文化底蕴是该地区各项事业发展的强劲动力。每个地区都有自身的文化土壤、特色和底蕴，关键是看今人如何去挖掘、弘扬，使其得到创造性转化和创新性发展。在这篇大文章中，我们尽可以激活传统，彰显特色，打造品牌，使软实力转化为现实的生产力、推动力、创新力。

（二）书法教育资源

书法教育资源不仅指高等书法院校的布局，同样也包含中小学书法教育这一基础工程，还有各类社会力量的书法高研班、培训班，作为书法组织工作的主力军——各级书协要学会借力，整合相关资源，优质师资不求我有，但为我用。有了开放的观念、合作的意识、追求卓越的精神、“不拘一格降人才”的气魄，才会形成“为有源头活水来”的喜人局面。

（三）经济发展实力

从全国的现状看，区域经济发展的不平衡这是不争的事实，但它也构不成制约文化发展的根本原因。换言之，经济发展好的地方，其文化也未必能同步发展；经济发展相对薄弱的地区也并非在文化发展方面无所作为。中国书法作为中华优秀传统文化的代表，在实现中国梦的新时代大有作为。问题是在这种格局下，我们的书法组织、书法工作者应有怎样的追求、担当和气魄?

（四）人口（含会员）基数

一方面，从第七次全国人口普查的结果看，每个省份的人口基数有差别是客观存在。另一方面，中国书协会员数及其他级别书协会员的队伍规模、实力强弱也是40年来“书法热”发展的积累。尽管如此，每个省份依旧可以在培育书法爱好者、提高现有会员素质、挖掘会员创造潜力等方面发挥主观能动性，下力气做细做实工作。

（五）东道主和评委

东道主和评委的因素在若干年前也许会被书坛特别关注，其实最近这些年，中国书协评奖改革制度实施以来，很大的一个进步就是在开展重大评奖、评审活动中，最大限度地削弱了东道主（活动承办方或承办地）以及评委个人的感情因素和主观作用，用制度和法规来规避消极因素，从而赢得公信力。在这种制度框架下，一个地区能承办大型活动，虽然不能带来直接的获奖、入展红利，但从长远看，对营造良好氛围、培育后备人才、

（六）谋划力和组织力

善于谋划、精心组织应是各级书协的责任和担当。在此前提下，形成一个统一的规划、目标，并准确定位，找到强有力的抓手，依托一个

有凝聚力的运筹班子、一支有吃苦耐劳作风的队伍、一股奋发向上的精气神，这样的谋划和组织就会迸发强大的正能量，协会工作便会如庖丁解牛，迎来意想不到的生动局面。

综上所述，在影响当代书法发展的诸要素中，第六点“谋划力和组织力”无疑是决定性的，起着关键的作用。而在其他要素中，哪些可为，哪些不可为，也很清楚。一句话，人的因素是第一位的。比如我们看第七届兰亭奖，表五列出了获奖、入选作者年龄分布，通过表中的数据，我们注意到在书法创作和理论研究类作者中年龄的分布特点：无论是书法创作类还是理论研究类，70 后、80 后青年作者已占据主要份额，在创作类中甚至出现了 90 后的新锐，说明他们有冲劲、有创造的活力、有初生牛犊不怕虎的朝气。而在理论研究类中获高奖的两位作者均为 50 后，这表明学术的积累更需要岁月的磨炼，一步一个脚印，来不得半点儿虚夸。此外，60 后作者虽然年过半百，各方面渐趋成熟，但依然保持相当的参与活动的热情。依据上述情形，各地书协如能从实际出发，善于把握规律，针对不同的作者对象量体裁衣，工作的主动性和成效或许就不同了。问策未来，依然数据说了算。在这里，数据成了我们在实际工作中制定策略的重要参照。

此时此刻，不由得联想起 40 年前沙孟海前辈留下的那篇著名的《与刘江书》。进京治疗，躺病榻上的沙老依然心系书法教育，不忘叮嘱五位研究生：“书法篆刻应重视传统。”“对小篆的形体结构，必须加一番切实功夫，及早打好基础。”“对正楷功夫应加重视。”“作为专业书家，要求应更高些，就是除技法外必须有一门学问做基础。”“必须及早学会阅读古书能力，查考古书能力。”“学问是终身之事。”“要有虚心”“有大志”“抗志希古”“与古代名家争先后”[1]……字里行间无一不

1 沙孟海．沙孟海论书文集［M］．上海：上海书画出版社，1997.

透露出名师大家的责任感和勉励后辈早日成才的殷切之情。当下，德艺双馨、艺文兼备已成为书界共识，更是兰亭精神之体现。沙老的箴言和风范为我们树立了标杆。追求梦想，兰亭矗立在心中……

王伟林

苏州科技大学中国书法文化研究所所长、教授

表一　自第六届中国书法兰亭奖以来各省、自治区、直辖市书法获奖、入选情况表

省份	中国书法兰亭奖				第十二届国展	全国第十一届书学讨论会	第二届行书展	第二届高等书法教育论坛	第二届大字展	第三届篆书展	宋代碑刻书法论坛	第三届册页书法展	第六届妇女书法展	第八届篆刻展	第十一届刻字展	第四届优秀基层创作活动	2019临书大会	第五届正体书法展	第五届青年书法展	2020临书大会
	第六届		第七届																	
	获奖	入选	获奖	入选																
安徽					56	1	6		10	3		14	11	10	25	3	6	8	9	11
北京		1		1	26	15	6	8	7	5	5	8	3	11	2	4	5	7	5	7
重庆				1	27	6	8	2	5	4		4	5	5		3	4	16	8	6
福建	1	1	1	2	43	4	12		9	4		12	10	6	1	4	11	12	16	6
甘肃				1	27		7		5	5	1	9	9	1	6	3	8	6	10	6
广东		4	1	2	77	4	24	3	14	12		14	10	14	5	3	10	19	21	12
广西			1		17		8		8	6		9	8	5	3	3	7	7	4	3
贵州		2		1	27		2		2	5		5		2	2	4	6	3	8	2
海南					7	1	4		1			2			4	2	1	2	4	
河北		6		5	56	1	14	1	15	14		14	18	22	8	3	12	19	18	10
河南		3	2	5	82	2	18	1	21	37		18	11	29	16		13	29	25	13
黑龙江				1	13		5		4	3		6	7	6	20	2	2	3	2	1
湖北	2	1	2	1	49	2	8	1	8	8		7	11	8	2	5	8	10	17	1
湖南		8	1	5	81	1	35	1	27	11		18	16	19	3	4	13	14	18	9

续表

省份	中国书法兰亭奖				第十二届国展	全国第十一届书学讨论会	第二届行书展	第二届高等书法教育论坛	第二届大字展	第三届篆书展	宋代碑刻书法论坛	第三届册页书法展	第六届妇女书法展	第八届篆刻展	第十一届刻字展	第四届优秀基层创作活动	2019临书大会	第五届正体书法展	第五届青年书法展	2020临书大会
	第六届		第七届																	
	获奖	入选	获奖	入选																
吉林					8	2	5	1	3	6		3	7	2	13	2	5	4	2	1
江苏	2	4	2	6	107	8	34	6	15	7	4	19	25	21	38	3	11	17	32	14
江西		5		2	30	1	16	3	12	10	3	7	10	12	16	4	13	19	9	13
辽宁	1	4	1	4	40	2	13	1	16	4		7	7	18		3	8	13	10	3
内蒙古		1		1	7		2		4	1		5	7	9	1	4	2	5	2	4
宁夏					7		2			2		1		2		1	1	1		
青海				1	3		1		2				2	2		3		1		
山东	1	4	1	6	95	2	21	1	26	15	3	23	18	22	19	4	21	22	24	23
山西		1			23	2	5	1	7	8		7	8	4	6	4	7	9	16	13
陕西	1	2		1	26	3	6	1	13	7		7	5	8	9	3	3	7	5	5
上海	3	1	1	2	17	8	6	2	6	3	2	11	3	10	4	3	6	7	4	3
四川	1	1	1	2	35	1	10	3	11	6		9	8	6	8	4	6	10	11	11
天津			1		11		1	1	3	6	1	3	6	2	1	4	1	6		1
新疆		1			3		1					1	2	1	3	2	2	3	1	
西藏																2				
云南		1			5	2	3			1		1	1	1			2		5	1
浙江		2		3	72	6	13	2	12	16	1	22	26	40	14	4	12	13	14	15

表二　自第六届中国书法兰亭奖以来各省、自治区、直辖市书法获奖、入选积分统计表

省份	中国书法兰亭奖				国展、全国书学讨论会		其他全国性单项评比			总积分	总排名
	获奖数	入选数	积分	排名	入选数（积分）	排名	入选数	积分	排名		
安徽					57	7	116	58	9	115	12
北京		2	6	17	41	12	83	41.5	15	88.5	15
重庆		1	3	20	33	14	70	35	19	71	18
福建	2	3	22	10	47	10	103	51.5	10	120.5	11
甘肃		1	3	20	27	17	76	38	17	68	19
广东	1	6	23	9	81	5	161	80.5	7	184.5	6
广西	1		5	19	17	21	71	35.5	18	57.5	20
贵州		3	9	16	27	17	41	20.5	24	56.5	21
海南					8	25	20	10	26	18	26
河北		11	33	7	57	7	168	84	6	174	7
河南	2	8	40	4	84	3	231	115.5	3	239.5	3
黑龙江		1	3	20	13	22	61	30.5	21	46.5	22
湖北	4	2	29	8	51	9	94	47	14	127	9
湖南	1	13	44	2	82	4	188	94	5	220	4
吉林					10	24	54	27	22	37	24
江苏	4	10	56	1	115	1	246	123	1	294	1
江西		7	21	12	31	15	147	73.5	8	125.5	10
辽宁	2	8	34	6	42	11	103	51.5	11	127.5	8
内蒙古		2	6	17	7	26	46	23	23	36	25
宁夏					7	26	10	5	30	12	29
青海		1	3	20	3	29	11	5.5	29	11.5	30
山东	2	10	43	3	97	2	242	121	2	261	2
山西		1	3	20	25	19	95	47.5	13	75.5	17
陕西	1	3	14	14	29	16	79	39.5	16	82.5	16
上海	4	3	40	4	25	19	70	35	20	100	14
四川	2	3	22	10	36	13	103	51.5	12	109.5	13

续表

省份	中国书法兰亭奖				国展、全国书学讨论会		其他全国性单项评比			总积分	总排名
	获奖数	入选数	积分	排名	入选数（积分）	排名	入选数	积分	排名		
天津	1		10	15	11	23	36	18	25	39	23
新疆		1	3	20	3	29	16	8	27	14	28
西藏							2	1	31	1	31
云南		1	3	20	7	26	15	7.5	28	17.5	27
浙江		5	15	13	78	6	204	102	4	195	5

备注：1.作品、论著在兰亭奖中获金奖1次计10分，银奖1次计8分，铜奖1次计5分，入选1次计3分。

2.作品、论文在国展、全国书学讨论会评比中入选1次计1分。

3.作品、论文在其他全国性单项评比中入选1次计0.5分。

表三　自第六届中国书法兰亭奖以来当代书坛综合实力榜

省份	中国书法兰亭奖		国展等系列评比		总积分	总排名
	积分	排名	积分	排名		
江苏	56	1	238	1	294	1
山东	43	3	218	2	261	2
河南	40	4	199.5	3	239.5	3
湖南	44	2	176	5	220	4
浙江	15	13	180	4	195	5
广东	23	9	161.5	6	184.5	6
河北	33	7	141	7	174	7
辽宁	34	6	93.5	12	127.5	8
湖北	29	8	98	11	127	9
江西	21	12	104.5	9	125.5	10
福建	22	10	98.5	10	120.5	11
安徽			115	8	115	12
四川	22	10	87.5	13	109.5	13

续表

省份	中国书法兰亭奖		国展等系列评比		总积分	总排名
	积分	排名	积分	排名		
上海	40	4	60	19	100	14
北京	6	17	82.5	14	88.5	15
陕西	14	14	68.5	16	82.5	16
山西	3	20	72.5	15	75.5	17
重庆	3	20	68	17	71	18
甘肃	3	20	65	18	68	19
广西	5	19	52.5	20	57.5	20
贵州	9	16	47.5	21	56.5	21
黑龙江	3	20	43.5	22	46.5	22
天津	10	15	29	25	39	23
吉林			37	23	37	24
内蒙古	6	17	30	24	36	25
海南			18	26	18	26
云南	3	20	14.5	27	17.5	27
新疆	3	20	11	29	14	28
宁夏			12	28	12	29
青海	3	20	8.5	30	11.5	30
西藏			1	31	1	31

表四　40年来当代书坛综合实力榜

层次	从全国群众书法评比到第二届中青展（1979.9–1986.11）			从七届国展到第五届书学讨论会（1999.12–2000.12）			从首届兰亭奖到第九届书学讨论会（2002.10–2012.4）			从第六届兰亭奖到第七届兰亭奖（2017.11–2021.4）		
	名次	省份	积分	名次	省份	积分	名次	省份	积分	名次	省份	积分
第一集团	1	上海	199	1	江苏	452	1	河南	306	1	江苏	294
	2	北京	160	2	山东	342	2	江苏	301	2	山东	261
	3	江苏	152	3	河南	327	3	山东	183	3	河南	239.5
	4	浙江	103	4	浙江	287	4	北京	175	4	湖南	220
	5	四川	82	5	四川	224	5	浙江	118	5	浙江	195

续表

层次	从全国群众书法评比到第二届中青展（1979.9-1986.11）			从七届国展到第五届书学讨论会（1999.12-2000.12）			从首届兰亭奖到第九届书学讨论会（2002.10-2012.4）			从第六届兰亭奖到第七届兰亭奖（2017.11-2021.4）		
	名次	省份	积分	名次	省份	积分	名次	省份	积分	名次	省份	积分
第二集团	6	辽宁	70	6	河北	208	6	陕西	91	6	广东	184.5
	7	广东	66	7	辽宁	200	7	辽宁	90	7	河北	174
	8	河南	64	8	北京	147	8	广东	82	8	辽宁	127.5
	9	山东	64	9	上海	141	9	河北	72	9	湖北	127
	10	陕西	60	10	黑龙江	123	10	四川	52	10	江西	125.5
第三集团	11	天津	48	11	福建	115	11	黑龙江	50	11	福建	120.5
	12	江西	48	12	广东	92	12	湖北	45	12	安徽	115
	13	安徽	45	13	安徽	90	13	重庆	42	13	四川	109.5
	14	湖北	39	14	重庆	78	14	江西	42	13	上海	100
	15	福建	38	15	吉林	76	15	吉林	38	15	北京	88.5
	16	山西	36	16	山西	76	16	福建	36	16	陕西	82.5
	17	吉林	35	17	陕西	72	17	安徽	35	17	山西	75.5
	18	黑龙江	27	18	湖南	71	18	湖南	30	18	重庆	71
	19	湖南	23	19	天津	69	19	山西	27	19	甘肃	68
	20	河北	23	20	湖北	57	20	上海	25	20	广西	57.5
第四集团	21	贵州	23	21	甘肃	47	21	宁夏	24	21	贵州	56.5
	22	甘肃	23	22	江西	46	22	广西	24	22	黑龙江	46.5
	23	云南	23	23	宁夏	29	23	甘肃	17	23	天津	39
	24	宁夏	21	24	内蒙古	26	24	天津	8	24	吉林	37
	25	广西	17	25	新疆	24	25	海南	8	24	内蒙古	36

续表

层次	从全国群众书法评比到第二届中青展（1979.9–1986.11）			从七届国展到第五届书学讨论会（1999.12–2000.12）			从首届兰亭奖到第九届书学讨论会（2002.10–2012.4）			从第六届兰亭奖到第七届兰亭奖（2017.11–2021.4）		
	名次	省份	积分	名次	省份	积分	名次	省份	积分	名次	省份	积分
第四集团	26	内蒙古	17	26	广西	22	26	内蒙古	8	26	海南	18
	27	新疆	14	27	贵州	21	27	贵州	6	27	云南	17.5
	28	青海	13	28	云南	16	28	新疆	5	28	新疆	14
	29	西藏	4	29	海南	15				29	宁夏	12
				30	青海	11				29	青海	11.5
				31	西藏	2				31	西藏	1
	以上数据统计来自拙文《从书法创作和书学研究的评比考察近二十年来中国书坛格局的变迁》一文。			以上数据统计来自拙文《从书法创作和书学研究的评比考察近二十年来中国书坛格局的变迁》一文。			以上数据统计来自拙文《考察近十年来中国书坛格局的变化——以书法创作和书学研究的评奖为例》一文。			以上数据见本文“表三”。		
	备注：作品、论文获奖 1 次计 3 分，获奖提名 1 次计 2 分，入展（入选）1 次计 1 分。											

表五　第七届中国书法兰亭奖获奖、入选作者年龄分布表

出生年份	书法创作		理论研究		合计	
	人数	占比	人数	占比	人数	占比
1950–1959			2	13.3%	2	2.9%
1960–1969	8	15.1%	2	13.3%	10	14.7%
1970–1979	30	56.6%	6	40%	36	53%
1980–1989	13	24.5%	5	33.4%	18	26.5%
1990–1999	2	3.8%			2	2.9%
合计	53		15		68	

图1　20世纪70年代末至80年代中期（1979.9—1986.11）当代书坛综合实力分布图

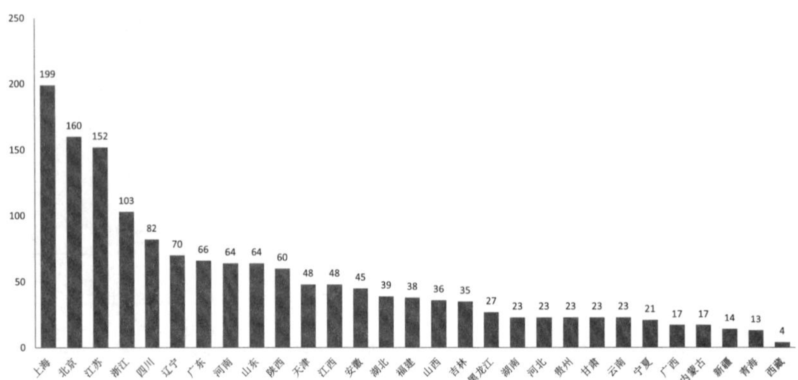

图2　20世纪末、21世纪初（1999.12—2000.12）当代书坛综合实力分布图

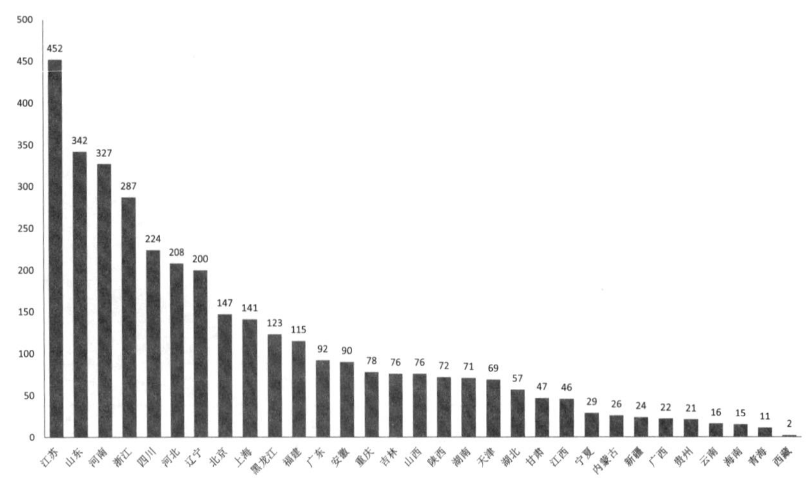

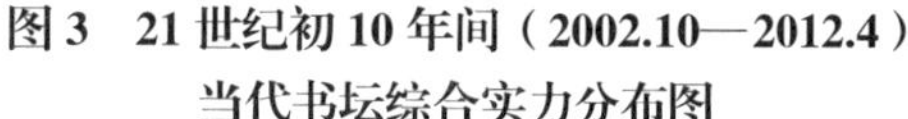

图3　21世纪初10年间（2002.10—2012.4）
当代书坛综合实力分布图

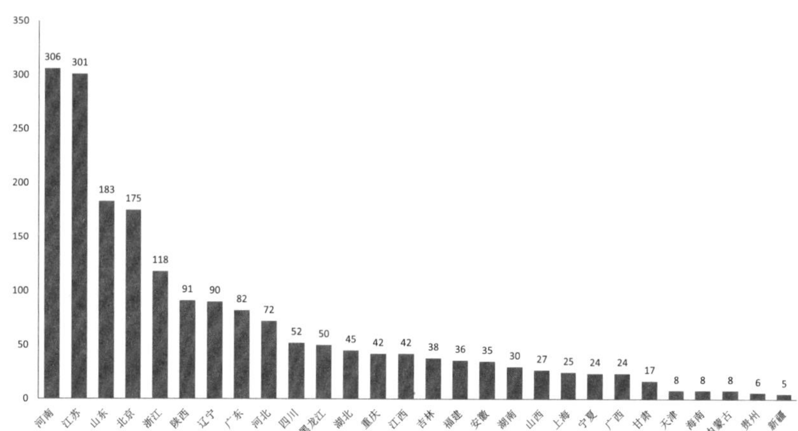

图4　自第六届中国书法兰亭奖以来（2017.11—2021.4）
当代书坛综合实力分布图

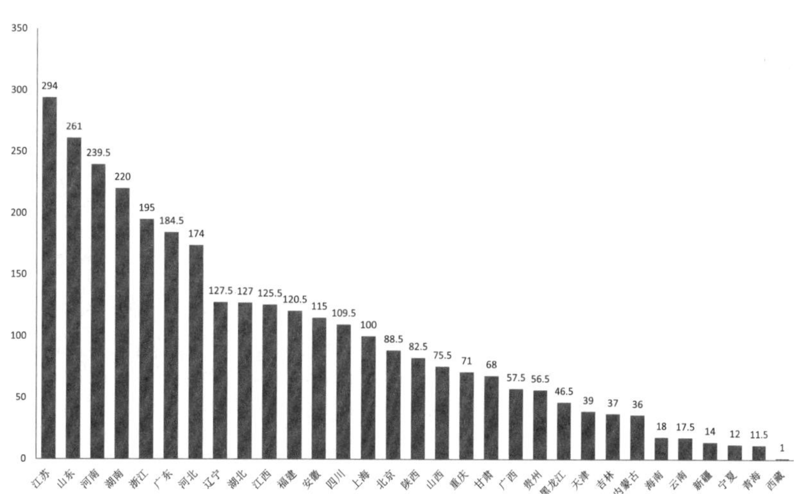

展厅文化时代下的书法鸿篇巨制

——关于当代书法创作观念探索的对话

莫邪书法评论工作室雅集

时间：2020 年 5 月 5 日下午

地点：江苏省张家港市丹枫书院

参与者：王伟林、董水荣、王渊清、陈宇、钦瑞兴、庆旭

鸿篇巨制的本义及书坛鸿篇巨制近 40 年来的创作现象

王伟林：我觉得首先要厘清“鸿篇巨制”这个概念，在文艺创作领域，“鸿篇巨制”的本义是什么呢？它是指规模宏大的长篇或大部头的著作。其近义词就是“长篇大论”“长篇累牍”。目前我们知道的较早提出这一概念的，是晚清的梁启超，他在 1902 年发表于《新民丛报》第 18 号上的《进化论革命者颉德之学说》一文中写道：“此年余之中，名人著述鸿篇巨制，贡献于学界者固自不少。”其《饮冰室诗话》又曰：“其鸿篇巨制，洋洋洒洒，行将别裒录之为一集。亦有东鳞西爪，仅记其一二者，随笔录之。”还有同样是晚清的小说家吴趼人于 1907 年在其代表作《二十年目睹之怪现状》第八十六回中写道：“伏望海内文坛，俯赐鸿文巨制，以彰风化，无论诗文词诔，将来汇刻成书，共垂不朽。无任盼切！”由此可见，早在一百年前的清末，“鸿篇巨制”的概念就已在学界提出。当然，如果再往上追溯，明代有一位著名的学者、文艺评论家胡应麟，他在《少室山房笔丛》一书就提到“鸿”“钜”（同

“巨”）两个字，他说：“四者（指经、史、子、集）之中，各为门户；古今鸿钜，罕得二三。”实际上这里的“鸿”“钜”概念与后来的“鸿篇巨制”是同一个意思。到了 1935 年 12 月，鲁迅在《且介亭杂文》“序言”中明确指出：“作者的任务，是在对于有害的事物，立刻给以反响或抗争，是感应的神经，是攻守的手足。潜心于他的鸿篇巨制，为未来的文化设想，固然是很好的，但为现在抗争，却也正是为现在和未来的战斗的作者，因为失掉了现在，也就没有了未来。”显然，文艺创作中的“鸿篇巨制”不仅指向形式，更着眼内涵。这样来看，书法创作中鸿篇巨制的概念也不仅限于大字径的榜书了。从学理上论，只要规模宏大或主题宏大的书法创作皆可视为鸿篇巨制。

其次，我们讨论这个话题，必须整体考察当代“书法热”以来鸿篇巨制的创作状况。据笔者所知，近 10 年来中国书协主办的“鸿篇巨制”创意展览至少有过 7 次。见表一。如果再上溯近 40 年来当代书坛“鸿篇巨制”展览和创作活动，则更加丰富多彩。见表二。以上都是我自己亲历过的活动，因而，谈到鸿篇巨制，我脑海中立刻会浮现展厅中或书家现场创作时的生动情景。陈振濂主席倡导书法鸿篇巨制创作，是一种势不可挡的发展趋向。各位不妨关注其发表于 2011 年第 1 期《中国书法》上的《近百年“榜书巨制”书法创作的发展》一文，不仅全面梳理了近百年来“榜书巨制”书法的发展轨迹，更阐述了今天“展厅文化”时代下，“榜书巨制”的创造空间与历史担当，从理论和实践两个层面预示了其未来发展的可能性。文章引发的思考确实值得今人做深入探索。

董水荣：刚才听到王伟林先生关于鸿篇巨制的亲身经历的展览梳理，让我很惊讶，王主席很细心很严谨，并且带了一大摞的关于这次鸿篇巨制话题的第一手资料。其实大家都认同鸿篇巨制可以追溯到魏晋南北朝的摩崖石刻，现在我们可以看到位于山东邹城铁山、冈山、葛山、尖山所谓的“四山摩崖”。铁山摩崖石刻在山南坡一片长 66 米、宽 17

米的斜面上，镌刻着半米左右的字径，2017 年 7 月我去实地考察，真是蔚为壮观。尖山摩崖刻经其字径大的可达一米半，丝毫不逊于当代的鸿篇巨制。但是当代书法的发展在近几年来为什么鸿篇巨制越来越受到关注，甚至成为当代书法创作发展的一种潮流？这里面肯定跟展厅文化、审美理念、创作观念等一系列的书法生态变化有关。只有深入整个书法生态的考察，才能相对整体而清晰地认识最近关于“鸿篇巨制”的争鸣。我们更侧重于这个话题对当代书法创作的启示。所以我们应该从鸿篇巨制概念划分开始，对鸿篇巨制出现的原因、鸿篇巨制创作的目的、鸿篇巨制作品的评判与价值展开讨论，让话题更富有学理化与理性特征。因为鸿篇巨制成为了目前创作的一种重要现象，我们不能忽视它，这本身是富有探讨价值的话题。

陈宇：当代展览从视觉上看，不乏大手笔、大制作，并且制作精良，用工考究，但是缺乏“思想独立、艺术自由、精神万古、气节千秋”的丰富内质，也因而大大降低了对于“鸿篇巨制”的期望值。尝试可以不成熟、不完美，却为探索开辟思路。其中也有一些探索者、实践者以其饱满的精力、卓越的学识、超然的气概，站到了时代创作的前沿，受到广泛的关注。“鸿篇巨制”的尝试与探索，是符合“大国崛起”所需要的家国情怀与文化自信。

书法鸿篇巨制的概念辨析

王伟林：我认为目前书坛对鸿篇巨制的理解有点狭隘了，仅仅停留在字径大小的问题上，那就只限于“榜书”概念的讨论了。我们可以结合中国书坛主办的近十年来的展览看，上述表一中所列举的这些影响重大的展览都有以下特征：其一，文字内容上思想意义的宏大，体现出我们这个时代的民族自信心和主流精神；其二，鸿篇巨制可以视为一种艺术的高度，不妨可联系张海先生提出的“时代的代表作”概念一起考量；其三，鸿篇巨制要符合“思想精深、艺术精湛、制作精良”的文艺精品创作规律要求。从大的格局和定位上开拓鸿篇巨制的创作视野。当然，毫无疑问，书坛倡导鸿篇巨制的创作对纠正当下书法展览中小字作品拼贴成风、制作过度、违背自然书写规律的种种弊端有积极的现实意义。

董水荣：我理解王主席在三个方面对鸿篇巨制广义的定位。比如美术界近年来提出“史诗”视角的美术创作，提出了国家重大历史题材美术创作工程，需具备体量大、内容大、思想大的特征要求。如果从广泛意义去理解没有问题，但是在现实中衡量鸿篇巨制会产生界限弱化的问题。比如写小作品就不能体现思想宏大吗？而“三精”要求正是书法小品的优势。那么我们基本的认同处于两个方面，一方面就是指大字径的榜书创作，另一方面可以指小字径作品排列组合成篇幅巨大的作品。你小楷写上 10 米、20 米也可以称之为鸿篇巨制。这种直观、可物化衡量的定位，显然更容易把握鸿篇巨制的划分。如果把鸿篇巨制的概念在内涵上做延伸，就很难有量化的标准。我觉得今天的讨论暂且以体量大的书法作品作为前提，这样可以更集中地讨论。

陈宇：鸿篇巨制应该给我们的心灵一种撞击的感觉，能够让内心产生火花，也就是震撼的内在感。有内质的大制作才能打动人，才称得上鸿篇巨制。但从现在展览的呈现，可能还是在一种探索过程中，很多还是刻意为展大而展大，要做到展大是自然打开的状态，要有高度了，还要有难度。这可以视为鸿篇巨制的理想，它们只是给我们提供一个继续往下的空间。其实每个时代都有每个时代的鸿篇巨制，站在这个时代看书法的鸿篇巨制。任何一个时代，它的一种发展，一定是有一些人去尝试，然后慢慢发展成熟的。

鸿篇巨制的创作动因

王渊清：我好奇的是我们为什么要创作鸿篇巨制？很多作品在我看来，只是为了大而大。许多作品只是将一些气局很小的作品仅在尺寸上简单放大而已。徒有巨大之外衣，实无恢宏之内涵。简而言之，追问一句：鸿篇巨制的创作目的是什么？

王伟林：这种学术追问很有意义，也很有必要。作为理论研究，我们必须对其深层次的原因、动机、心理、社会背景作探寻。并非存在的都是合理的，要挖掘其价值追求，揭示其创意特点。在更深的层次，我们还要展开对动因的追寻。

庆旭：当下书法的发展，有哪些必然呢？如果理性去思考，可以列出不止一点。比如展览作品"浅层次"的形式主导。包括评委在内大众都看到，主要在拼贴。明知如此，为何大家还要一试呢？功利在作怪，关键要获奖、入展。获奖、入展作品必须够大，够大才够气势，够气势才能唬人。创作一线的作者们深知，由拼贴而转大跟一次性的大相比，其难度后者远远过之。当然，拼贴中也不乏精品，只是更多的情况是一片就够了，一百片依旧如此。小品中说"穿了马夹是你"，"脱了马夹还是你"，你就是你，不会因为外在的修饰而变为他。所以，真正的高明，在一次性的原初的大，也就是鸿篇巨制。这与中国艺术的崇高理想——博大精深的"大"一脉相承。所以，形式主导的心理渴望衍生出大量同质化的复制类作品，让人们味同嚼蜡。于是，那些在一个完整创作过程中所展现、表现出作者未加装饰的精神气息就被格外珍视，因为它才是真实的，只有真实才能打动人。现在的情况很明显，或者可以简化为两个层面的追求，一是形式，一是内涵——前者由单层的入展为目的形式追求，后者为精神世界的内涵追求。这其中，有一个关键的问题需要解决，就是必须回归构成艺术的物质支持，即技术。事实上，两种模式的创作，技术显现全然不类。在目前，客观地讲，有一种渐行渐远的感觉。因为两者的关注不在一个点上，他们在各自的领地中辛勤耕耘，越辛勤，分离越远。

钦瑞兴：展厅确实需要有鸿篇巨制，去年我在荣宝斋举办个人书法展，原本准备的都是小作品。当时距开幕还有一个月时间，策划展览的负责人打电话给我说，展厅有一面主墙8米长，最好能写一件大作品。小作品条幅我有十几件，这样拼上去还是不够整体。后来我就写八张六尺整张的大作品。写的是一篇自己的文章。事实证明后来展览效果是不错的。观众和专业人员进展厅后主要就是看这一件作品。通过这次展览，我体会展览不仅需要小桥流水般的精致小品，也要有黄钟大吕般的震撼与博大。我也用小字写了一个手卷，也有十几米，整体的视觉效果也有鸿篇巨制气势，形成大的体量。写大的目的就是使作品在展厅中更有震撼力。

陈宇：大制作的书法现象，一定是跟我们这个时代的经济发展有关，另外与我们的观念变化有关。改革开放以来，思想开放，心态包容，不仅向外探索，也提出了文化的回归。多元化的方向发展比较合理。

董水荣：现在我们可以对鸿篇巨制创作动因稍做归纳。当然我们也可以将当代民族的自信与鸿篇巨制做一些关联，只是这种关联太间接了。我觉得这里面有三种维度，主导了当代鸿篇巨制创作事实：一是书法职业化的发展，肯定不满足于精致小字的创作，总会在自己职业的领域里拓展创作的空间，其中大字创作每一位职业书法家都在内心思考过，衡量过，只是取舍的问题，要不要尝试，要不要作为今后创作的主导方向，这是个体创作观念拓展。第二方面，就是展厅文化牵引出来的展厅视觉的需要。刚才钦瑞兴说到在荣宝斋的个展主墙视觉观感上有着深刻的体会，没有大作品，展厅就压不住。其实展厅文化考虑到视觉冲击力的同时，还考虑到视觉的丰富性，所以作品形式的要求在当代被凸显出来，甚至具体到灯光亮度与角度的要求，当然还有与展厅环境的协调。所以有人提出，将展厅本身视为一件整体的大作品，来考虑书法作品的要求，展厅作品可小可大，鸿篇巨制只是展厅文化发展方向之一，不是全部。第三方面，震撼而崇高的审美追求，可以将我们从当前全体陷于“怎样写”的技法思维中，向“为什么写”的思考转变，这肯定是有触动的。

鸿篇巨制与当代书法创作观念变迁

董水荣：在我看来，鸿篇巨制并非仅仅是由展厅文化引发来的创作现象。当然，鸿篇巨制适合展厅要求。我这里要特别提出的是当代书法家的身份变化而引起的创作观念的变迁。当代书法家多数是从事各种职业里的大众，而不是传统意义上的士大夫文人、精英的小众化。由此根连着审美一方面向传统文化吸收营养，另一方面带有天生大众文化的通俗性。这一点我觉得从整体上要面对现实，不美化当代书法家的文化素养与传统精英群体的差距。另外，当代书法越来越向职业化发展，在书法探索过程中，独立的学科意识越来越强，艺术表现意识也越来越强，因此当代书法创作中对书体表现特征、形式的挖掘，到传统认知，到具体的鸿篇巨制尝试，都是当代书法独立的学科意识与职业化探索特征。

我们可以看到鸿篇巨制的创作不一定在展厅，也不一定为了展示，有时在广场或特定的环境，有时仅仅只是创作的体验。那么就未必是展厅因素主导着鸿篇巨制的发展了。实际上展厅文化分两种，国展入展作品往往限制在六尺之内，不算鸿篇巨制。其实国展大部分还是以小字为主。另一种主题展、个人展才会有真正意义上的鸿篇巨制。也就是说，展厅文化可以容纳的体量是多元化，甚至也可以是精致、小巧的扇面。应该说展厅文化更注重展厅效果，提升了作品意识。

陈宇：鸿篇巨制，如果从体量来看，不是局限于展厅，它可以在展厅，也可以在书斋，也可以在广场。关键看创作时能不能进入一种与环境相融的状态，达到一种身心合一的状态，而产生的艺术感染力。

董水荣：刚刚谈到一个亮点，里面特别提到一个“广场书法”，因为像摩崖石刻古代就有，将书写与自然的融合，达到心身和谐，古人更讲究，甚至有各种雅集延伸出来的园林雅集。但是鸿篇巨制近年来由于创作的体量大，创作的空间的要求，促使了“广场书法”产生，这算不算拓展？社会现代化的发展，随着农村向城市汇集与转化，广场集商业、公园、休闲为一体，便有了“广场文化”。

王伟林：谈到“广场书法”，很容易使人们对“江湖书法”产生联想，“广场文化”总体是民俗的、通俗的，具有广泛的民众参与的群体特征。实践中如何避免书法艺术固有的雅文化特点受到冲击，显然要关注。

董水荣：当然“广场书法”肯定有优劣之分，正如同“展厅书法”也有优劣之分一样，关键要看谁来写以及作者本身的书法创作观念。浙江的一批探索性强的名家都做过广场书法，但有没有民俗化或通俗化，可以作为学理上的追问。比如“广场舞”确实带有市民特征的文化底色。实际上也可视为当代书法从传统的士大夫文化、精英文化，向大众文化和市民文化拓展的一种特征。

王渊清：我是认为“广场书法”不能独立出来，因为形成不了一门独立的科目。曾经有人呼吁书法回归书斋，这只是一种单相思。传统书斋是回不去的，传统的书斋文化无法再现。因为现代知识分子已失去了那份情怀，当代社会也形成不了那种文化氛围。我们书法从“书斋”走向“展厅”，“展厅”其实就包括广场、公园、高楼大厦的外墙，广场只是展示舞台中的一种，书斋也不是单纯的用于写字、画画、读书、弹琴的小书房，书斋也可以指向雅集文化，比如金谷雅集、兰亭雅集、西园雅集等，那就场面大了，把书法放到了整个园林里了。从空间上来讲，可能要比广场更大。

庆旭：呼吁也罢，无奈也罢，历史潮流势不可挡，古来如此。有人去写“广场书法”，有人鄙视“广场书法”。无所谓，“广场”在那，你爱写不写。只是没有必要拿此说事。说了也无碍，这世界说着无意义的话，做无意义的事，都有人在。当然，作为艺术发展，或者所存的一种机制，有义务、有良知引导一种清新的空气、一股清流，那是必然的。

王伟林：这其中不仅仅是书斋文化与展厅文化的关系，还蕴含着“小众化”与“大众化”的关系。由此，书法文化在雅俗之间如何定位的问题也随之而来，这恰能折射出当代书法创作观念的转变。

鸿篇巨制创作与写字的关系

董水荣：刚才我们在鸿篇巨制创作观念上主要涉及书法家身份与审美观念，包括大众与小众的关系。我发现还有一个有意思的观念讨论，我们注意到陈振濂教授与张桂光教授的讨论，特别显眼的是关于写字与艺术审美的侧重问题。这里面我想书法作品大小虽然不能作为“写字”与“艺术表现”标准划分，仅仅表面看字的大小肯定不能作为划分依据，但这里面暗含了一个前提，就是以实用价值的写字，不必要展大，不必要鸿篇巨制。而鸿篇巨制主要不是为实用而书，是为艺术探索而书，尽管这种探索未必成功，艺术表现未必纯粹，但鸿篇巨制书写的目的性直指艺术的探索。这里面也包含着“江湖低俗”的炒作。那么从这层意义上讲，鸿篇巨制创作的观念也不全是由展厅文化引导的创作变化。它有着书法当代性艺术性格的价值寻找的维度。

王渊清：这里面有一组概念要特别注意，我们不能将“书斋文化”与“写字”对应起来，将“展厅文化”与“艺术”对应起来。另一方面鸿篇巨制的东西多了，假、大、空也多了。我们也看到不少鸿篇巨制的展览，作品是大了，质量却下降了。有时纯粹以大去吓唬人，这样的例子太多。鸿篇巨制的创作我们已经习惯用展厅思维来对应，但从艺术表达的角度看，我认为是本末倒置。我理解为了这个展厅，写了几件鸿篇巨制的作品，展览效果很好，但是我们的创作不是为了把展厅填满去创作作品，而是作者的审美表达需要这么大的作品，然后根据自己的作品来寻找展厅。展厅的空间不够，我们就走向广场，甚至挂到摩天大楼的外墙上。所以说，是我们的创作激情和欲望已不满足于书斋，而是要走向大型展厅，走向高楼，走向旷野，需要与更多的人群交流互动。

董水荣：渊清的这个观点可以视为一个立足点，现在我们更多时候是根据展厅来创作的，以展厅来量身定做，我们会把展厅当成一件作品来做二次创作。渊清的另一出发点，作者要根据作品来寻找展厅，而作品的大小与作者的个性气质相关，有些人写不了大字怎么办？如果按眼下鸿篇巨制势不可挡的气势，是不是意味着写小字的将被时代淘汰？

庆旭：陈教授和张教授二位的讨论，从面上看，是展示问题；从里来看，则是归属问题。鸿篇巨制的提出，是当下书法作为纯艺术发展的时代要求。作为书法专业中人、艺术专业中人，陈振濂先生以自身的艺术修养与逻辑思辨提出了一个专业性较强的研究课题。张桂光先生更多的是从“字学”领域发表见解，“字学”乃书法艺术之母体，但显然书法不等于“字学”。所以当讨论书法作为艺术的时候，可以不再纠缠“字学”，“字学”可让古文字学的本科生、研究生去钻研，可以取得更深入的研究成果。因为，一旦把文字当成一种图像、意象，一种需要表达出某种意味的艺术形式（注意：不是为形式而形式）的时候，那几乎是另外一种思维了——是艺术思维，不是古文字思维。鸿篇巨制是向外的，书斋是向内的。其实，向内的书斋也不全是小字，也有少数写大字。

王伟林：从目前来看，江南地区其实是领大字风气之先的，特别是浙江从陆维钊、沙孟海等前辈，到他们的学生辈，一大批名家都在写大字，创作大作品，上海、江苏的书家也不在少数；另外，一部分有学院培养背景的作者也在进行探索。从他们的参与度来看，探索精神十分可嘉。其间，我们也注意到鸿篇巨制的创作需要高成本、高投入，这从另一侧面说明长三角地区经济发达、生活富庶、文化艺术空气活跃（笑声）。不管如何探索，我总认为“鸿篇巨制”根本上还是要体现书写性，遵循书法艺术自然书写的本质规律。展厅文化时代的书法创作可以是大制作，也可写榜书，但自然书写始终成为书家们追求的目标。当然，为了能使鸿篇巨制更生动，富有魅力，因字径放大、作品格局展大，客观上对作品点画的线质有更严苛的要求。而碑帖结合，融碑入帖，无疑是许多书家乐于接受的选择。

如何评价鸿篇巨制创作

董水荣：在刚才的话题讨论中，从鸿篇巨制目的是不是为大而大，包括对“假大空”的创作现象都有尖锐的批评，然而我们怎么来评判鸿篇巨制的优劣呢？

陈宇：我觉得这个时代的鸿篇巨制，要保持着传统书法的人文特征，而不是江湖杂耍；还要有艺术高度，有时代精神的营造、心境的表达，这才有价值。另外要有书法的技术传承，这里特别强调要有技术的难度，没有技术难度，就没有门槛。鸿篇巨制还要考虑到书体的丰富性，我们会发现很多的作品，尤其在秦汉以前，只能有篆、隶书体，但是我们这个时代是百花齐放的一个时代，要体现出各种书体的多样性。

王渊清：我也认同鸿篇巨制首先要书写水准高超，因为它的书写难度比一般作品更高。古代书写榜书是要专业训练的，甚至是专业的特别人才，如安道一。泰山金刚经、四山摩崖不仅书写水平高绝，其刻工亦精良。当今有许多大作品其书写水准尚经不起推敲。还有些广场书法和行为书法或现场太过于随便，如有些书家拎着塑料桶当墨池或者披发坐禅，装神弄鬼。

董水荣：这里面有两个问题需要进一步探讨：一是鸿篇巨制的质量问题，引起了对鸿篇巨制创作的目的和观念的否定。现在我们对话的焦点之一是鸿篇巨制创作质量的问题，很多时候鸿篇巨制达不到应有的艺术水准，几乎罕见有价值的鸿篇巨制。这里涉及的应该是如何评价鸿篇巨制标准的问题，因为缺少对鸿篇巨制的评价体系，而使得当前的评价混乱。实际上我们可以从三个方面来做一些思考：一方面，鸿篇巨制从传统经典碑帖展大书写作为途径之一，保持着坚实的点画形质，只是字号放大了，这一类需要坚实的传统基础，同时也能和传统审美对接起来。另一方面，在不改变汉字结构的情况下，对书法空间组合变化做一些探索。第三方面，在形式组合上，更为纯粹地做一些观念的表达，带有“现代书法”的意味。这里主要的评价标准还是处于传统放大的审美体系，对于书法空间的组合还秉持相对保守的理念，对于纯粹形式基本持否定态度。如果鸿篇巨制沿着这三种价值观去深化创作，还是有可观的，就不会仅仅停留于为大而大的行为表演！

庆旭：我觉得当下的鸿篇巨制，有其特定的时代意义、时代价值，将来也会有历史意义、历史价值。可以做个不恰当的比喻，时代可看作阶段性的一个点，历史则是由这些具体的点逐步延伸开来。在每一个点上，都会因为各种机缘而演绎令人难忘的时事人物，风云激荡。可以将鸿篇巨制的创作放在历史的坐标中，可横向看，也可纵向看。前者与同一时段的海量展览拉开距离，展示技术的高度、宽度、广度；后者则是从书法作为艺术发展的视角，体现艺理的深度、厚度。甚至可以说，这种状态中也隐含着书斋中文人自省、自娱的创作模式与过程的因子。当然，我所说的这种鸿篇巨制与书斋雅制未做主观高下的分野。事实上，所有艺术的大与小，就时空看，仅是物理变化，这种未改变物质性质的变化显然有操作的可能性与显在的便利性。只是这一概念（鸿篇巨制）的提出是在此时而不是彼时，就把人们引向书法思考的远方，而不是仅限于静止的事件。深挖内因，我们不难发现，经过 40 年“书法热”浪潮的不断淘洗，当下书法中人对于书法的认知深度、技术表现、审美追求等，要远远高于 40 年前。我们可以把上世纪 70 年代末、80 年代初全国书法展赛和新近的十二届“国展”相比，结论不言自明。凡事的发生必有其因果，诸如当代书法 40 年来的“书谱风”“王铎风”“米芾风”“二王风”“碑行风”，甚至所谓的“流行书风”“丑书风”等，其实都有因果。鸿篇巨制应如是！它是什么呢？是当下书法发展的某种必然。

王伟林：听了诸位的高论，很受启发。关于书法鸿篇巨制及其创作观念的思考在书坛才渐渐展开，《书法报》适时开辟专栏，讨论争鸣，必将有助于学术的昌明与创作的活跃。此时，我想到前贤有这样一句话：“博学之，审问之，慎思之，明辨之，笃行之。”它是讲学习态度和方法的，其实正可移来作为我们对待书法鸿篇巨制的一个立场或者一种视野。学术的百家争鸣，创作的百花齐放，应该欢迎不同立场、不同视野的深度思考，应该包容不同观念、不同形式的积极探索。站在新时代的起点上，充满激情又富有理性的书法鸿篇巨制的思考和探索，从历史中走来，又向未来走去，春和景明，浩浩荡荡……

表一：近10年来中国书协主办的“鸿篇巨制”创意展览

序号	展览名称	主题内容	作者数量	展览开幕时间	展览地点
1	首届三名工程书法展	文学经典	50	2013.9.28	中国美术馆
2	民族脊梁——迎庆党的十九大胜利召开全国书法大展	历史文献	100余	2017.10.16	国家博物馆
3	全国第二届大字书法艺术展	古今诗文	265	2018.9.12	江苏镇江城市山林文化艺术空间
4	现状与理想——当前书法创作学术批评展	命题内容自由创作	104	2018.9.16	内蒙古乌海当代中国书法艺术馆
5	庆祝改革开放四十周年全国书法大展	楹联原创	109	2018.11.26	国家民族文化宫展览馆
6	源流·时代——以王羲之为中心的历代法书与当前书法创作	文墨同辉我书我心	96	2019.5.24	浙江绍兴兰亭书法博物馆
7	盛世中国——庆祝中华人民共和国成立七十周年书法大展	历史文献	近100	2019.9.25	中国人民革命军事博物馆

表二：近40年来当代书坛部分“鸿篇巨制”展览和创作

序号	展览名称	展览开幕时间	展览地点
1	第一届河南中青年书法家 15人“墨海弄潮展”	1986.10.20 1988.5.6	中国美术馆 苏州博物馆
2	张士东行草书展 《沁园春·雪》草书横幅	1995.10.16	苏州市文联 艺术家展厅
3	庆祝建国50周年——江苏省 书法篆刻系列大展 林散之草书横幅、武中奇草 书横幅	1999.9.14	江苏省美术馆
4	鲍贤伦书法展 《礼记·礼运篇大同小康论》 隶书横幅 我襟怀古——鲍贤伦书法展 《归去来兮辞并序》隶书横幅	2008.9.6 2014.6.12	浙江宁波美术馆 中国美术馆
5	情感·形式 ——胡抗美、沃兴华书法展	2015.1.7	上海美术馆
6	问道江南——翟万益 书法作品展 《黄河涛声》篆书横幅	2017.4.9	江苏省无锡博物院
7	横锦姑苏——刘洪彪、 钱玉清书法联展	2018.4.15	苏州金鸡湖美术馆
8	杜甫千诗碑——当代杜诗 书法篆刻作品创作	2018.12.1 （2015.9启动）	四川省成都市 杜甫草堂
9	言恭达《诗经·大雅·绵》	2019.7.13	陕西省宝鸡市 中国青铜器博物院
附录	黄河碑林建设，计1500余通 碑刻，开现代碑林之先河	1983.10始建	重要领导题词或手迹 及当代书法名家作品
	徐庆华《念奴娇·赤壁怀古》	2019.9.29	上海浦东滨江大道广 场
	万殊一相·狂草四人展	2016.11.26 2017.11.8 2018.11.18 2019.11.2	甘肃省美术馆 山东省济南市美术馆 湖南国画馆 江苏现代美术馆

周晨设计评论小辑

意蕴多来去　诗意有回文

——品周晨书籍设计艺术

吕敬人

春之初，不在浓芳，幽幽书香自追游。今张爱玲主题书店艺术画廊举办周晨书籍设计展，文人美书结缘，实乃门当户对。又闻他的新著《美编派》即将付梓问世，“问此春、春酝酒何如，今朝熟”（宋·吕本中《满江红》），恰是时辰。

周晨，苏州人氏。说一口温文尔雅的吴语，有从不显山露水的秉性，乃德才并茂的谦谦君子。1996 年入职古吴轩，任职美术编辑；后转职江苏教育出版社，默默耕耘至今逾 25 年。与他相识已有 20 余载，时常书艺切磋，成莫逆之交。周晨治学用心，学艺钻研，尤以编辑设计为专攻，近年国内外获奖频频，成绩斐然，乃厚积而薄发也。

周晨深受传统文化熏陶，且得益于专业的美术编辑历练，凡经手古籍再造或传统新论的选题，他必寻根溯源，觅探究竟。《四库全书》的经史子集，《千字文》的五方五色，《考工记》的天时、地气、材美、工巧，吴门琴谱《绝世清音》的音韵字符，《淮南子·本经》中“造化不能藏其秘”“灵怪不能遁其形”的理念，明代王艮的“百姓日用即道”之思想，几乎失传的民间传统数码字符苏州码子……独特的中华传统文化创造力和古人提倡润物细无声的雅致审美深入他的骨髓，渗透在他对书品艺质的整体思考中，从而外化为将传统观念与国际视角相融合来表现自我的书籍艺术创作。我觉得这是他成功的重要缘由之一。

周晨的设计绝非只完成装帧的层面，他明确指出“编辑设计”是今天的书籍设计师乃至每位参与做书者应该拥有的意识。他根据几十年积累的设计经验指出："设计师需要设想一个合理的整体视觉塑造方案，编织一条紧扣文本并富有节奏的阅读逻辑线索，规划一个贴切合理的版面网格组织，定制一套合情合理的个性设计语法系统。这是我理解的，编辑设计需要做的工作。"

编辑设计（editorial design），是书籍整体设计的核心概念，是探究阅读本质的整体设计。周晨在尊重文本准确传达的基础上，精心演绎主题，应用解构重组的视觉化设计语言和语法，以达到文本内涵的最佳传达，赋予受众全新的阅读享受。纸面书籍设计与电子载体不同，它不是单一的个体，也不是一个平面，它具有多层性、互动性和时间性，即多个平面（页）组合的近距离翻阅过程的思考，通过眼视、手翻、心读，带来享受视觉、嗅觉、触觉、听觉、味觉五感和信息动态阅读的魅力。为此，周晨做书，一定是把握好读者的阅读需求、阅读层次、阅读特征，决定设计方案，体现书的整体气质和观感。其目的是解决阅读的设计本质问题，而不仅仅是外在形式，这才有《苏州水》《绝版的周庄》《泰州城脉》《平江新图》《冷冰川墨刻》《江苏老行当百业写真》等一系列由内而外、耐人寻味、出人意表的精彩设计打动读者的心，并一而再再而三地荣获国内、国际大奖。

徜徉古吴平江，展书拙政沧浪。周晨有着饱润丰泽的姑苏文化孕育出的南派艺术风韵。中国版本史嘉靖三足鼎立之一的刻印精良苏式本，是当时文人雅士心目中书籍的最高标准；绚丽雅秀的苏州桃花坞是中国木版年画的重要一支；委婉的苏昆评弹是中华表演艺术的精华；苏绣雅扇是传统工艺的一朵奇葩；飞檐、花窗、砖雕、老墙的江南园林是东方建筑艺术的象征……在风雅、淡雅、清雅的江南文化熏陶下，加上工艺美术的家学渊源，周晨的设计风格被评论界给予"精致、别致、雅致"的评价。这与他一贯对"汲古得新"和"造物境界"做书理念锲而不舍的追求密不可分，此言不虚也。

当今是阅读方式多元化的时代，纸面载体不可能独当一面。若单靠好看的“面子”则无法留住读者，我们需要内在饱满的“里子”维系美而久远的阅读。“里子”和“面子”是统一体，不能只顾面子丢了里子。周晨的“美编一派”强调阅读方式的多元存在，其包含富有新意的信息结构、叙事的层次节奏、准确的字体选择、合理的图文比例、版面的经营布局、图像的精密还原、纸材的五感应用、工艺的精细把控、形式成本之度的平衡……将这一系列编辑设计手段进行综合运用，方能收到良好的阅读效果。他认为“书籍设计应是当代编辑学的研究课题和重要组成部分”，十分重要。从装帧到书籍设计观念的过渡，不仅仅是设计师个人思路的转换，也需要整个出版业对书籍整体设计观念有足够的认知。追求书籍外表与内在、美学与功能、艺术与技术的和谐统一，书装与书籍设计观念是反映时代阅读特色的一面镜子。

书籍载体为周晨提供了讲故事的舞台，他以导演的角色演绎出一本本生动的书戏，以编辑设计的思路构建起全书文字、图像、空间与时间的叙述结构，以视觉信息传达的特殊性思维为文本增添阅读价值。欣赏他的设计，意蕴多来去，经得起琢磨；品味他的书，诗意有回文，让人意犹未尽。用周晨自己的话总结就是：“有情、有意、有理、有据，胸有成书。”

做书皆我情意在，唯有理据方为真。此做书之道也。

是为序。

2021 年春

北京竹溪园

想到了周晨

冷冰川

周晨的质素、兴趣、自觉近于自然主义，沉默不作；周晨的本真元气（和江南的阴柔）不动声色，但意思充沛——他骨子里对人对事始终有一份诚恳的谦逊与敬意，清清爽爽，知情一致，让人信赖；像苏州的水，灵光绰绰，安安静静，自成格局（我把创作中受到考验的、有价值或让人敬重的品质，统统称为独一无二的声音）。

有这种自然的底子和才情，所以周晨认真地冒险（是冒犯才好），一种老派“手艺”的癖好和专注的冒险——他冒犯的时候常常超出自己（手艺的“纯彻”通常变成为诗，“一个人”的诗）；这样的自己要被记录下来，写成人人能识的故事（事故也是）。心、神与技、艺点对点无漏无余地对上，“天然”让艺术家独自生出如其真，如其性，如此神的独特鲜亮。但是，你知道，创作人原来以为很真实的东西，会在眼前慢慢消失，一次一次来来去去。创作的意思似乎就是得失，尤其是设计创作，就是在反复的改造中，最终变成了理想、形式或敌人。人在其中说出了不可说的神秘、种子和诗（谎言也是），说不出来还要努力去把它说出来，这个努力说出来的过程就是“设计”吧。

周晨的设计总是不知不觉地参与到自身的气质（茁壮）之中，这是他创作的一种关键，他总是在离我们最远的地方，以复杂又简单的身形回来了。在拙涩平淡的新生新意中为自己一再命名，每一次每一本他都有一个诗的名姓。并且因为他沉浸式的个人尺度、自尊、拘谨等，他的冒险一直严肃、单纯、平实，他如实做出了一种沉默的讲究、自我意识、怀疑、狂喜，以一个浪漫、节制的实证主义者的耗费，展现毫厘之间真真实实的精神核算和无奈。我喜欢人的这种不能穷尽的微之苦味。

周晨的专注其实是出于想把事情做到极致的那种渴望。他不为渺渺茫茫的形式、内容、技巧等劳什子烦神，他从兴趣、选题、材质、设计，甚至经费出发，完全依托自己的思维路径、责任、快乐，他不肯有甲方、乙方的契约权宜和烦恼（甲方乙方就是互相钻对方的空子），这种想法肯定不是简单的。如果不能干脆利落地从烦恼中摆脱出来，是不能变得简单的。

在我和他合作的十几年中，我看着他从小心寻迹，到不着迹的空灵，留下不少一心一意的对样貌、时间、人心的书写。像一种用心保全的养生，周晨用上了自己的路数和良知，用上了艺术之外的社会经验，也就是在繁乱快的时序中找出了简单、自由的疆界、限度。纵然不可能每一次都达到要求，但必须有“一个人”发自内心的意图（和现场）。好的设计原则始终符合人绝对的感官经验和良知——最好是在什么都没有的状态下互相交换思想、内心、创意。因为它有利，有真实能量、情感。

我想每一个设计艺术家心里都有自己的依恃或答案，有时候设计就像哲学中的“是一切人反对一切人的战场”。“设计”都被未知的观念、未知的新领域、未知的新自由包围着，它不是造型、计算，不是无谓的加减，不是安生乐死，所以它不接受现成的自由、设计、约束时，反而更像一种自然的创作——我喜欢刀尖上未予考虑的生死差异和诗，它满足我们创作的虚荣（当虚荣变得持久时，就换个名字，叫作“信仰”）。创作里未知的水、火、种子……我们不知道那是什么，但我们一定知道它不是什么，那正好是与所有的“标准”经验完全无缘的东西（我们胡乱地自由，胡乱地迷失）。风格的种子向来就是超自然、反自然、不受现实规律束缚的；人被风格的命运捕捉。我喜欢这种粗颗粒感，甚至蛮敌的、疯魔的叙述。

我们的表述要直接从鲜活的社会现场、社会能量中获取，事实上新的艺术表述方式在艺术系统本身是无法找到的，时代给了我们新规则、新自然、新本色……当然也有新腐败、新选择，所以要找寻到“我的刀尖”——创作人心里都住着一个疯子，这个疯子由你挨过的每一道伤痕炼成。创作中不能停止的“疯狂”，是一个多么可厌的烦恼。“不能停止”像是情感的破产，我们总是在放纵涂鸦中让自己痴迷于无法摆脱的东西。也只有放纵的时候，才知道我们有多么认真、多么诗意。艺术和生活就是这样一堆无用的热情……所有想说的疯话都不能成活。

总觉得现代设计要学习诗歌（不是要变成写诗的人，是心中有诗的人），学习诗歌语汇的精确、简洁、美感、速度和密度。作为墓志铭和格言的孩子，诗歌是充满灵性、想象的蹈舞者，它教人的不仅是每个字词的价值，还有人多变的精神类型，凝练的结构、节奏和神气。设计和诗都有鲜明的结构形式、革命、出轨和美，都适合以直接抒情的方式来表现——这比你想象得要简单，如果你主要以灵心为主导，你的任务就真的很轻松了。因为“直接”的灵心，自然就区别于其他的人性了。每一个设计师都必须是诗人，他必须有诗与时代、创见和新境。我坚信一个阅读诗歌的设计者要比不读诗的设计者有更多生趣、生意、生灵。

周晨创作的别情是，他一直在寻找什么，寻找母语的、单纯的、意外的、形而上的优美……他花了足够的力气在提供一种东方话头，带着他寂寂的不入群的江南神气。“江南”是他血脉里的东西，只有理解了的东西，我们才可能更为深刻地感觉它，运用它。在周晨近几年的创作中，我已发觉了他“设计”“技术”以外的东西，那些素朴的哲构、诗核和知识的混搭，这种“石头”，不是学校或工作中顺手学来的，是一个在途中的人，为长期环境熏陶的结果和敏感。他的兴趣越来越多，心念、精神也放松，他提出的问题也生动，变幻莫测。但我希望他的设计不能归类，不归类才会有意外的“意外之喜”——风格就是要像命运一样有力，而且无法定义。无法定义就能风骚地走很远了。

我似乎看见他做书的诀窍，就是全身心无旁骛地主动、有觉察地浸淫在一本书、一个人、一种自然的当下，沉湎于它的每一刻、每一种微妙感受，并不知不觉地与本乡本土的文化资源相拥。当你的注意力集中专注并活在当下（不是一种理念，而是一种能力），并且生出一颗心的孑然觉察和僭越，你才能经历“一个人、一本书、一种自然”的那个时刻和寓言，那种特定的归因、分析、应对……真也罢，假也罢，思想、观察、逃窜也罢……有专注态度、思考和深入，风格神就来了；因为性灵一旦被调整到最“天然”的状态，就有了金石的声音。周晨之妙在于总是抓住了“那一刻”的神味韵脚，而且这神韵生涩无杂。他的“泰州城脉”“刻墨”“江苏老行当”等，都有了孤身内敛的“寂灭”诗意。寂灭是“物种”的开始，是“生”——这创造和毁灭正是设计乐趣所在。诗意可遇不能求（占着了便宜，也不用求，触着便是）。那“刻墨”里冷冷的一刀，“城脉”无尘无挂的美，“老行当”里无限的人世、无限的恋情……它们都是面部表情平静，就像事先刻好了一样，你注定得去寻找它。人心的一瞬一瞬、好雪片片，才有了比计谋、金钱和艺术更贵更真实的东西。周晨如此地肯定（这是一个颤抖的回答，在混沌中人难道不要求生的馈赠吗？）像是他尚未生发喜怒哀乐之前的境地，那人心的寂寂“毁灭”潜伏着他万千享乐的“创生”，和如鱼得水般的命运。其实像周晨这样没有固定地使用“一种”创作方法倒是最好的，因为创作的万事万物都是“天然”而成——天然是一条特殊途径，人人了然于胸，但却说不出来。这混沌、遗忘像烂醉的瞎子走在夜路上，而且整个世界仿佛都走在这条路上……想到“天然”留下的发紧的喉咙，我假装忘记。但若能连天道好坏的天然也一并清除了，那“人”就更贵了。说起来还有什么比这更合乎设计（和设计耗费的）的呢？

周晨成熟以后的每天（每本设计）都长得越来越像他自己了——不是苏州的周晨，是周晨（当你不能够像一百本、一千本的时候，你要像你自己）。他“顺藤摸瓜”式地发觉一本书的轮廓，捉拿着它的光、色、韵、形，并把它从一切偶然或意外之中提取出来。他顺藤深入的经验主义有足够的热情和深致，使他能完成一本书从初生到成长的每一步——设计和生命一样是活灵的顿生顿灭的过程。创作如果不能与自身的生命谐和一致，就是徒劳，因为我们看不见它们；性命之灵的形、色，这种与现实、历史、自然……交融的东西才是生命创造的事情。周晨设计的活生灵魂独独寂静，很少受到戕害，所以他的“书”长也长得好看（没有难看的设计师的做派）。谢天谢地，他甚至潜藏设计者的身份，从不利用设计者过度的特权——“从不”，这是他潜藏的辩证法。有这样干净的心地、领悟，便有了迢迢无穷尽的精湛。

周晨用心抓神的设计都有自己特别的提问（及和解），好的设计就是“创造问题”，无须遮掩、无须粉饰。不管设想是怎样的，问题要出来，而且是内心所想——问题从来比回答更有意义。一个好问题，就是独一无二的深刻理解，会比一个完美的回答更有价值（好问题本身生发诗境）。另外，最好的提问都是没法预料的，“没法”才能有最漂亮的回复——最漂亮的不正是最粗鲁最直接的回答吗？

提问，这像是设计师周晨的心头“险技”——我为“别的事情”而来，那无法无天的问、答是设计师的自由感性、松弛和心跳的逻辑，要创造这样的自由追问，不必有始末，不必拘方圆。自由的追索保证了自由的存在。所有的一切心头缭乱，终究要酿成自然的好事，像一个人的良善拼图。说起“设计”，顺便一句，我以为设计和生活一样，是一场化装舞会（认识这点我们才不会茫然无措，才能想清楚其他事情）。舞会上，苹果是用蜡制成的，鲜花、皇冠都是丝绸和纸板做成的，我们所看到的一切都是不值钱的，都不能当真……现在的创作，人和东西都太多了，带给我们对世界虚假的认知。而“无”“无识”“无界”反而有了亲切、有了可能、有了解放（好的教育和知识都是解放，是扫除杂草），这无识无界无事无用，其实是大用，就看妙用的心会不会用，有没有意识去用。我一直以不知之识为信靠，因为过分用智横生意见、生机心。在什么都没有，什么都不做、不挂碍的空白下，颠倒常规总能让人看到平常难以看到的东西。思想、创意、偶遇、建构自然顺序（或改变秩序），形成诗意、天意新“空隙”，这空隙不断填补心灵上的空白——“不知”“不会”最为亲切（设计里的“无”就是可以不断往里填充内容的东西，这无用之用“有无”相生、相成）。这是意识提高而不断特殊化的一种创作啊。人什么都不妄作，什么规则都没有，人不得不分享无聊无用的观点来理解那些交叉的因果和上帝……唯一值当珍惜的是自然时间里锻造的点滴。

周晨，将是一个漫长的寓言。当他独自沉思——这是他最有力的开始和传闻，我们看得出他书斋的谨严和民间嬉戏的存心、喜悦，它们之间相左又相似的更深一层的东西；看得出他智识、技巧的经济和狡黠——他远离商业（这为他留下了如此不同的耐心和想法），一个没有商业的空间可能本身就是一种震慑。他的江南留白和种种技的虚无“本身”（那是他抓神的绝妙）蕴含着手艺人的优越直觉和表现。特别是他在江南传统幽径中的藏与独支（江南的节本里，他堪称诗人），他把在传统中捕捉到的细微表情直接用在了书里、构设细节里；我理解他对传统沉迷更多是一种体用和突破，是为传统的一种反思的反思。他知道只有在传统里自主学到的东西才是最有价值的东西。也唯有以己为主、自主标准，才能与其他的传统相互对话、沟通——有时要对传统、材料、技巧、意象等主动地反其意而用之，甚或误用、错用、坏用——传统本来就像一条河，裹挟着滚滚泥沙断木残枝，而不仅仅带来天然金子。反用坏用，在创作里更像一种特别的善与诗，有那么多羞耻和恐惧的理由，才让我们得以做到约束和控制。周晨在传统、材料、势象上的迂回逆用，在心象势象之间、物我交接瞬间的形容、质感、美感，若有若无，有思有想，我是思之满怀。

设计创作都是在寻找自己根本没法找到的（伟大）东西。而其实创作中并不存在一种适合每个人的真理，如果你一直寻找“技”或其他的道理，你永远不会称心。设计的“技”终归是属性的东西——我一直以为真实的创作不需要炫技，因为“通俗”的技太小了，你一下子就用完了，而不能通俗的技是石头（顽石），我也不知道是什么。总归只是无所谓的。让人心手画合一，魂灵自然安放才是正音、正色、正味的东西，因为人心要说出的话总比肉身的表述更为清楚……视觉设计只能是这种主观的世界，没有什么客观世界。最好的梵·高告诉我们，不仅是理性臣服于我们强烈的主观感受，同时还有我们的良知、真性、规则……

我想在周晨的江南里如果能多一点“动物性”的元气、或拙屈不调的音色，因而能获得一种波涛般的冲击精神事物的粗粝、快感。因为设计就是矛盾与微妙之所在，要真真切切地谈论自身，务必要带着一种悖论。艺术的魂灵不就是不着调、不调和地踮着脚尖，像那些在不可知的深渊上走钢丝的人那样吗？要把周晨的江南分成水与火的江南。我们要直接感受到超常和神性奇迹，那天地未济的清洁欢喜、粗朴野蛮、光芒四射、人心常新的茁壮世界；如果是野蛮一定光芒四射。虽说“蛮荒”的字眼颠扑无常，但也是艺术现实里绝对的东西和念想，甚至还浓缩了人生本身的一些清算。要做一个无序的创作者，不受俗世约定的束缚，要在野蛮里说出“真实”“精确”的活物。最重要的就是精确生动的活物，那是利刃划过的诗。

我还从他对诗、书、画、印等的综合学习中看见他有心隐修、塑造一个人的精湛，就像一个圆圈最终要画成。艺人不是想登记造册或谈论自己，人是与自己的过去将来再相遇、再重逢；人始终为自身以外的东西所召唤、提炼。当他的野蛮元气一开腔，我就竖起耳朵，我还要准备上好的野蛮力量来消化等待的恐惧……总是一种火焰来熄灭另一种火焰，要谈论这样沉湎、解放、相爱的可能性，要坠入火焰，一切能燃烧的都要无漏无余地燃尽。反之亦然。

周晨用他特有的江南调讲一本又一本的故事、一段又一段的奇遇或一首又一首的诗，他也在一页页、一次次的转化、界定中维护自身精湛精神的原形，筑立清洁和血肉清晰的风格、尺度……你怎么定义都行。山在，水在，天地在。人在，岁月在。你我在。你还要怎样更好的设计、结果呢？

2019 年 9 月　北京

文笺舒卷处，似索题诗句

徐明松

日前周晨道兄来电，说过云楼艺术馆要做一个他的作品展，内容涵盖两个部分，一是他的书籍设计作品，二是他的水墨图像作品。作为设计家，书籍设计是他的本业，以他的灼灼才华，获奖颇多，作品九次荣膺“中国最美图书”以及诸多国际大奖，嘉名远播。恰好前不久上海千彩书坊做过周晨的书籍设计展，移回到苏州被称为书画典籍“收藏甲江南”的过云楼做展，自是题中之义。而言及他的水墨作品，或然所知者鲜少，我曾到他毗连北寺塔的工作室拜观过那些近乎神秘之作。抑或我是出版圈中人，又兼事美术批评，周晨邀我为展览属文，当尽绵薄。

周晨是一个出色的书籍设计家，并不妨碍他同样可以成为一个出色的画家。跨界出圈于今是合时的事，其实古往今来所在多有，不胜枚举。文艺复兴时期的达·芬奇就是跨界达人，他在机械设计、飞行、水利工程和解剖学领域均有建树；而现代设计从它诞生的那一刻，便有了跨界与互渗的现象共存。回溯 19 世纪末，工艺美术运动领袖威廉·莫里斯倡导书籍革新。同样当年包豪斯那些大咖几乎都是现代派画家，之如康定斯基、莫霍利·纳吉和保罗·克利等人，设计与艺术的缘分也是如此紧密。周晨或是从意大利作家翁贝托·艾克的那本《植物的记忆与藏书乐》受到启迪，将展览也名之谓《植物记忆与制书乐》。一字之别却又具同工旨趣。艾克的书是关于爱书藏书的意趣，横跨了历史、文学、美学与科学的多元向度，阐发书的意义与价值，而把纸上的文字符码则称为植物的记忆。无疑，周晨的“植物的记忆”来得同样深邃而绵厚。他的作品源自书，又回归于书。诚然，那些最美的书肇发于他诗人心性的独到显现，著名设计家吕敬人赞曰“诗意有回文”一般的耐读和回味。而彼其水墨亦是周晨植物记忆深处的另一端，他借以江南习见的植物芭蕉与宣纸和水墨洇濡拓印的痕迹呈现自己另一层咏物寄怀的视觉书写。“文笺舒卷处，似索题诗句”(《菩萨蛮·芭蕉》)，一样的风神婉约，一样的耐读和回味。因而，解读周晨的作品就此有了两厢映照的深意所在。周晨在他关于设计的新书《美编派》里，用平头、空工、睡目、缺丑、分头之类的旧时暗语作编目的序号，隐约透露出一种神秘的隐喻，似乎堪可找到一摞解读他水墨作品意象的解码，在水墨图像与文字的符码之间有着一种基因。他的这些作品在混沌的墨象里透析出芭蕉的筋脉和图形，有着一种锲入泥土的坚韧。作品被命名为《凝烟》《冷翠》《隐雾》《脉相》等充满古典审美意趣的修辞，总令人浮想起江南幽幽的庭院。“秋风多，雨相和，帘外芭蕉三两窠”“深夜锁黄昏，阵阵芭蕉雨”的凄厉和伤感；“碧莎窗外有芭蕉”“归时节，红香露冷，月影上芭蕉”的寂寞和惆怅。江南泥土里、庭院中生长的芭蕉，寄寓了周晨的视觉记忆和文学冥想，他将芭蕉与宣纸、水墨糅合，糅进了千百年来关于芭蕉的寄情比兴和宣纸走笔书写的绘画叙事，正是应和了宛如“文笺舒卷处”的芭蕉意象。显而易见，周晨扣住了烟雨江南和宣纸如素、笔墨洇濡的诗性特质，通过综合媒材的作品表现他对于江南意象的当代演绎和阐发。这与他书籍设计上的创作思路是一脉相承的，无论水墨作品还是设计作品，都折射出周晨“江南基因”的在地渊薮和“植物记忆”。设计与艺术也都是一种人文价值的体现，一种生活态度的表达。《苏州水》《桃花坞木刻年画》《美食家》(典藏本)、《绝版的周庄》《留园印记》《平江新图》《过云楼旧影录》等，与图文作者共同完成了书籍设计的二次创作，成为意象江南的深度阅读。诚然书的内容就是知识的传播，最美的书不是拘泥于“华彩的书衣”和繁复的工艺包装的外形式，而是渗透到内容信息传播层面由表及里的一种内形式。这也是与阅读过程密不可分的二次创作和整体设计，周晨的书籍设计佐证了这一点。

《阳澄笔记》运用渔网纹漫过书脊向封面和封底延伸的“包覆”处理，凸显了书体的肌理和量感，虚拟了悠远的水文化意象。另一方面，在书籍设计中，这种以突破二维界面，虚拟三维空间的表现方法，得以使书籍在固有空间物理性之外，通过运用计白当黑、墨分五色以及浓淡枯涩、聚散疏密等中国书画笔墨线条的表现，更拓展和丰富了书籍空间意象的形塑。又如《绝版的周庄》，他利用水墨写意山水墨象与留白的疏密节奏韵律，梳理并铺排跨页的目录次序，在翻书阅读的时间流动里构成了动态的空间性表征。同样，周晨的水墨作品是以宣纸、墨汁与芭蕉叶综合材料叠积而成的水墨塑形绘画，它将二维平面延展为三维空间的载体，在反复多层的浸渍和洇濡的时间流程中完成类似浅浮雕式的形塑。在上述周晨书籍设计与水墨创作的比照分析中可以看见，设计的边界不断被打破，绘画的边界也不断被打破；空间性是书籍设计立意为象的基点，同样，空间性也是当代水墨打破传统二维界面的一种探索。而两者在江南人文地理的语境下获得了当代演绎和阐发的契机，在深植江南基因的艺术家周晨身上达致统一。换言之，艺术家将他个体的生命经验有机地转化为一种视觉表达。

与此同时，我以为周晨在设计与艺术两端还具有自然而然“惜物”的审美意识，这反映了他对材料生态、肌理、属性的美学观照。水墨作品里透析出来的洇濡互渗与拓印肌理，远非止于视觉层面的形式需求，而更具有在地性的文化喻义。换言之，具有一种艺术地理学上属性。我们在他大量的有关江南文化的书籍设计里亦堪足一见。回到书籍本体的语境，书籍设计概念是依托在纸质图书材料属性的基础上，由纸质媒介的自然属性（如纤维度、草木等原材料、肌理表征）和社会文化属性（如传统宣纸的文脉与文化认知）所构成的材料美学。如《冷冰川》大书，函套封面以黑檀木雕刻冷冰川刻制的冰川图案，墨底银丝，朱红色的布面令人联想到宫苑红墙。用手工印刷、宣纸和贴金箔的方式彰显东方审美意趣，全书的材质、色调、工艺气质得到完美统一。同样在《陆康印象》里，取法中国古典书籍装帧意趣，右翻竖版样式，利用纸张的柔软质感部分印蜕采用镂窗图案的丝网印刷，肌理沉着雅致，营造出古典园林隔窗观景的象征。《江苏老行当百业写真》则是将材料美学发挥到极致。此书受古籍毛装本启发，搓纸为绳，取代锁线，以纸钉固定。切口的毛边效果与整体的设计协调，有着强烈的民间气息和生活质感。周晨在书籍设计中强化了对于纸文化源流和传统美学的发掘和当代应用，这种精神性追求与他的水墨作品同样是连接和契应的。

显而易见，我们将周晨的书籍设计与水墨创作并置比照，意义在于探究作为艺术家的周晨其艺术思维的创意发想和视觉表达的精神渊薮，在于观照其审美取向的博收约取和美学底色。无疑，今次过云楼的展览为观者更深入解读他的“江南基因”和作品之美提供了思考的一个维度。所谓“文笺舒卷处”，真乃“诗意有回文”。

江南游走

像轻烟，像清风……

齐红

我就这样与宋清如“不期而遇”了——

是初春的上午，阳光很好。江南的一个小城里，传统与现代的气息混杂着。临河的石板路上，有位瘦小的老人踽踽独行。后面追来一个戴大红围巾的年轻女孩，她大声地向老人打听：“朱生豪先生的家在哪里？”老人说：“他人早就不在了，你找他做什么呀？”女孩简单介绍了自己论文写作的需要，然后嬉笑着说：“反正说了你也不懂。”老人家平静地说：“小姑娘，你说话可要当心哪！”

这是电视剧《朱生豪》（上、下）的开头，画面中的老人就是宋清如。第一次，我与我关注的女性对象“相遇”了：宋清如说话、走路、微笑——在屏幕里以生动可感的方式走近了我。而之前，出现在我笔下的民国知识女性仅止于一种静止的形象：清晰或不清晰的照片。

1992 年 2 月，81 岁的宋清如应邀在《朱生豪》中出演自己的晚年形象；又因为本色而自然的表现，被授予第十二届电视剧“飞天奖”的演出荣誉奖。编剧王福基对人物的构想与定位是：“朱生豪生活在莎士比亚里，宋清如生活在朱生豪里。”（《诗侣莎魂：我的父母朱生豪、宋清如》，商务印书馆 2015 版，以下简称《诗侣莎魂》）在电视剧的结尾处，这种定位借女大学生之口说了出来，坐在对面的宋清如未置可否。虽然不能也不该从电视剧创作中寻找人物的真实逻辑，但站在宋清如的角度，这种观照还是显得简单、平面了——尽管她在朱生豪那里花费了很多精力和心力。

将她从朱生豪情书里“解救”出来，淡化那些单纯的文艺与浪漫，你会发现，宋清如的一生丰富、饱满，给人异常清晰的音乐感：像是一首跌宕起伏的协奏曲，宋清如是带动乐队的独奏演员——这个细弱的女子站在舞台上，她的独奏部分轻盈、飘扬，却包含无比的坚定与坚持，身后的管弦乐团跟随着她，不断行进，进入不同的乐章和境界。而朱生豪就是这乐团的首席了：在最关键的演奏与段落中，他的注意力时时落在她身上，在她的感召、激发、引领下奏出了自己华美的乐章。整个协奏曲先是舒缓、轻柔的行板，而后进入热烈与激越，在一个至高点上休止，行进至下一个悲壮恢宏的乐章，最后慢慢收敛、回归、平息，终于以一个悠长而细密的尾音结束，有清音不绝如缕。

朱生豪对宋清如说：“与举世绝缘的我，只有你能在我身上引起感应。”（《朱生豪情书》，上海社会科学院出版社 2003 年版）——啊，这分明是一场绝世的演奏，是两个生命、两颗灵魂的碰撞中发出的最美声响。一切要等到尘埃落定，你才能看见：爱情如此美丽，年轻如此美丽，沉默如此美丽，羞怯如此美丽，甚至，苦难也如此美丽。

“清如这两个字无论如何写都很好看”

人的一生由无数个片段连缀而成，每个片段犹如一个小小的窗口，当我们经过、探望时，这些窗口的风景次第呈现，演绎出一个人的生命全景。在宋清如这里，我愿意首先打开之江大学这扇窗，看看行走其间的她的模样。

之江大学的前身是宁波崇信义塾，1845 年由美国基督教长老会创办。经过几次迁址，数年的规划、扩建、改制，这所教会学校于 1911 年迁入新校舍——秦望山麓的二龙头。校区在钱塘江畔、六和塔西，三面环山，地势开阔，风景怡人。因位置恰好处于钱塘江的弯曲处，成

“之”字形，所以取名“之江学堂”，1914年改为“之江大学”。上世纪20年代末期一度暂停办学，1929年复以“之江文理学院”向教育部申请立案。

进入之江文理学院的时候，宋清如21岁。看宋清如大学时与同学的合影，她的着装几乎一律是白色或浅色（素色）的旗袍，虽不排除年代久远给照片带来的“做旧”感，但总体来说，站在镜头前面的她给人一种中正清雅的感觉。

随和、文静、脾气好——这是当年家乡人对宋家二小姐宋清如的评价；“性格温和，平易近人，识见广博”——这是之江文理学院同学对宋清如的印象（《诗侣莎魂》）。有传说宋清如曾被推为“之江校花”——虽只是“传说”，但也足可想见，当年之江大学的女生群体中，宋清如必是容貌气质上的佼佼者。

不久之后，这个颜值够高的女孩子又以一些诗文证明了自己的才华与实力。1933年，宋清如入学的第二年，就在当时的著名刊物《现代》《文艺月刊》上相继发表诗歌7首。施蛰存主编的《现代》杂志地位与影响力自不必说，《文艺月刊》亦实力不俗，它属于“官办民享”杂志，稿酬丰厚，许多名家都在上面发表过文章：男作家如戴望舒、巴金、沈从文、老舍、臧克家等，女作家则有林徽因、袁昌英、凌叔华等。以宋清如发表诗歌《流星》的4卷4期为例，这份10月份出版的杂志中列有如下作家的小说：秋涛（王平陵）的《期待》、老舍的《歪毛儿》、鲁彦的《贱人》、储安平的《断想》等，诗歌则有程鹤西的组诗五章。杂志有译文专栏，这一期刊载了赵萝蕤、陈梦家合作翻译的英国诗人白雷克（William Blake）的组诗。《流星》被排在秋涛的小说之后，老舍的小说之前，是本期诗歌类作品的第一首（《文艺月刊》1940年4卷4期）。

目前可查的记录里，进入大学后宋清如写作并公开发表的最早诗作就是《现代》杂志2卷5期上的诗歌《再不要》（1933年3月），主编施蛰存收到稿件，阅读完毕后当即回复："昨日披阅来稿，得你一诗一文，真如琼枝照眼，我自辑《现代》杂志以来，颇不自揣，很想借机会帮助一些有希望的作者，但是在女流投稿人中却不常见有佳作，更绝对不曾收到过文字如你这样老练的女作者。从这一诗一文看来，我真不敢相信你是一个——正如你来信所说的——才从中学毕业的大学初年级生。"施蛰存同时告知，诗歌只改动了一二字，"编入下期《现代》"，"至于尊作小说在文句方面，我真心地认为已经很好了。我以为你有不下于冰心女士之才能"（《伉俪：朱生豪宋清如诗文合集》，中国青年出版社 2013 年版。以下简称《伉俪》）。

这个评价充分证明了宋清如的写作实力，至少在施蛰存看来，她的水平完全可跻身当时最优秀女作家的行列了。事实上，宋清如的写作才华早在中学时期就已初露端倪。上世纪 20 年代末期于苏州慧灵女校、苏州女子中学读书时，她就开始在校刊上发表文章了，体裁涉及诗歌、散文两种，如发表在慧灵女校校刊上的《前慧灵校长蓝莎斐女士五十大庆序》——此一篇是目前所见宋清如最早的作品，虽整体稚嫩，但文法圆熟，逻辑清晰，更关键的是显示出她那个年纪难能可贵的自我意识："在这盛乐的庆祝会中，我很想加入我的一点庆祝的诚意。可恨我没有清脆的喉意，可以唱出我愿意赞美的诗歌；我又不是一个画家，可以在会场上给画一帧寿容，做下次庆寿的纪念品；又不是一个文人或诗人，可以用清丽的文词，描写她性情的和善和对于中国文化上热心的功德……"（《慧灵》，1930 年）入读江苏省立苏州女子中学后，宋清如的写作有了很大进步：目前所出各文集都未收录的诗歌《回来》显示出：较之于慧灵女校时期，宋清如的文字在韵律、节奏、思想方面都更加成熟、个性："什么都是无恙，/ 我安然的回来了。/ 只有我的心头，/ 剧烈的碎碎跳动；/ 什么都在嘲笑我，/ 这一个负着不安的人。"——必是一场反抗或叛逆行动之后，那起于生活和内心的风暴趋向平息，年轻的女孩儿没有就此侥幸或庆幸，却近乎冷凛地望向更深处："……回来也是同样的情景。……幸福没有我的分，/ 弱者的安身所，/ 只有一个我知道。/ 那就是坟墓，/ 那才是真的回来。”但宋清如的倔强和坚韧此刻已经显露，她有不畏的勇气和魄力，似乎从不打算退缩和止步：“可是，不死，/ 冒着险向前跑；/ 任旅途是怎样的不平，/ 和满生着刺人的荆棘，/ 流血那算一回事，/ 回来只有一条灭亡的路。”（《江苏省立苏州女子中学学生自治会月刊》，1930 年 1 卷 1 期）

这个时期宋清如的具体创作数量已无从考查，留下来的作品也少之又少，当年苏女中的同学陈士蒨 1996 年与宋清如重逢时，曾赋诗一首，回忆在校读书期间的宋清如：“六十年前少小时，同窗共读在苏师。羡君偏爱新文学，文笔清新具妙思。”（《张家港文史资料汇编》第 17 辑）——可见，文学与写作是当时宋清如身上的特色标签，给同学们留下了深刻的印象。

宋清如留下的所有文字可以分为两大类：一类是个人文学创作（诗与文），另一类是朱生豪生平与莎译介绍，她极少在文章中谈论自己，只是偶尔的场合向前来采访的人零星说起，而在这极简的话语中，我们仍能看出初入之江大学时宋清如的独立与个性：“认识我的是宋清如，不认识我的，我还是我。”（《朱生豪传》，上海外语教育出版社，1990 年版）“我喜欢自由，讨厌应酬和排场。”（范笑我：《一同在雨声里失眠——采访宋清如先生札记》，《文汇报》，1997 年 10 月 6 日）

美丽、文雅、会写作、有思想、有个性——大学女生宋清如有理由成为民国时期校园里的一道美丽风景。之江同学史曾瑞曾回忆说：“她和她本系的同学，遇休息日到学校附近风景区赏玩郊外风景，同时随意作诗歌。清如善于作诗歌，可名列首位。”（《诗侣莎魂》）美景作伴，诗歌唱和，风雅生活——之江大学的这扇窗内，美才女宋清如迎来了她一生中最纯粹、明净且内心充盈的状态：家境虽不充裕，但无衣食之忧；没遇到过什么大挫折，却也有应对小麻烦的坚韧与意志力；诗文写作并不完美，但正显示着相当的才情。

如果没有遇到朱生豪，这个女孩子的人生轨迹会是怎样的呢？会不会成为女作家群体中一颗明亮的星？这个亮度能持续多久？是以“诗人宋清如”还是“小说家宋清如”的标签闪光？我总是忍不住做出假设，但又知道这样的假设没有意义。就之江大学这段生活而言，唯一肯定的是，宋清如创造并体验了她生命的最好状态，不妨借用朱生豪对她名字的感觉和诠释来定义这段生活——“你的名字清如最好了，字面又干净，笔画又疏朗，章节又好，此外的都不好。清如这两个字无论如何写总很好看。”（《朱生豪情书》）虽然这个名字的真正由来是简单、随意的——宋清如自己说：她是宋家的老二，出生时令一直盼望儿子的父亲极其懊丧，连名字也不肯取，正在北京读大学的表姑妈说：我有个同学叫“清如”，就叫“宋清如”吧（范笑我：《一同在雨声里失眠——采访宋清如先生札记》）。轻率、浮躁、性别歧视——像那个时期几乎所有的女性一样，宋清如一出生就遇到了这样的“处置”，不过没有关系，她以自己的方式一步步挣脱生活中的压制和枷锁：拒绝缠足，坚持读书，反抗父母之命的婚约，要求将嫁妆换成学费……她一点点破壳而出，终于一路走到了之江大学，从而完成了自己至关重要的蜕变：清新、独立又美好。

“我的心里有歌唱，有希望，有你”

在人生最好的状态，宋清如遇到了朱生豪。张爱玲说：“于千万人之中遇见你所遇见的人，于千万年之中，时间的无涯的荒野里，没有早一步，也没有晚一步，刚巧赶上了……”（《爱》）1932 年初秋的某个时刻，“之江诗社”的定期集会上，宋清如与朱生豪相遇了。

当年之江大学的学生社团种类较多，大多依系部特点组建而成。宋清如加入的中国文学会和之江诗社都由国文系创办，成员均为对诗文情有独钟的学生。诗社“凡二星期一会，每会各出近作，以相研讨，诸先生诲人不倦，赐益良多”（《之江诗社小史》，《之江年刊》，1932 年）。

第一次参加诗社活动时，因不知道须拿旧体诗词做交流，她写的是一首“宝塔诗”，体裁上是新诗，形式上刻意处理了一下：每句字数为一、二、三、四……逐句叠加。诗作没能留下来，只是朱生豪后来的信中曾提及第三、四句：“奈何天，雨丝风片。”仅就这两句推测，宋清如的“宝塔诗”也算得雅洁清新，抒情到位。但诗社中的“老夫子”们不以为然，只有朱生豪看了未发一言，低头一笑，而这笑意中的宽容与肯定还是温暖了宋清如。

朱生豪则是对宋清如一见钟情——一年以后，先行毕业的朱生豪在信中附了三首诗给宋清如，明确表白了自己的情感，其中第二首这样写道：“忆昨秦山初见时，十分娇瘦十分痴。席边款款吴侬语，笔底纤纤稚子诗。交尚浅，意先移，平生心绪诉君知，飞花逝水初无意，可奈衷情不自持。”（《伉俪》）

此次诗会“三五天之后”，朱生豪给了宋清如一封信，“附有他自己的三四首新诗，请我指正……后来，我学写旧诗时，也经常请他修改。”（《寄在信封里的灵魂——朱生豪书信集》序，东方出版社，1995 年版）自此，两人特别的情感交流开始了：以纸笔为媒，传情达意——这种方式在两人同校时开始，至朱生豪毕业后变得密集而重要，由此也就留下了我们现在所能看到的 300 多封“朱生豪情书”。也算是看过几种情书了，但于我而言，朱生豪情书是最好的一种，没有之一：徐志摩的情书比不过，王小波的情书比不过，新近出版的《骆一禾情书》（东方出版中心，2019 年版）也比不过。网络上流传着许多朱生豪的情话名句，这里无须摘引，但有一句话值得强调一下，朱生豪说：“我的心里有歌唱，有希望，有你。”（《朱生豪情书》）——如果要定位恋爱之于当时两个年轻人的意义，我觉得非这句莫属。

情话，多半都是非理性状态下的表达，带有奇妙的飞翔质地。因抒发冲动常呈现曼妙诗性，因激越有时会抵达深刻体验——所谓刻骨铭心，无非是感性至极而终至于触摸到了生命的深邃本质。在爱情的癫狂状态下，“漂亮话儿”很多人都会说，也说过不少，但朱生豪的情书为什么给我的感觉如此不同呢？

我觉得还是要回到朱生豪本人，这个“奇特的个体”，才能找到语辞的渊源。

在所有人的印象里，朱生豪最明显的特征就是沉默、孤僻：他的老师夏承焘当年在日记中描述他：“渊默如处子，轻易不肯发一言。”（《夏承焘集》，1931 年 6 月 8 号日记）世界书局的同事兼校友施瑛回忆说：“他是办公室里最沉默的人，往往整天不说一句话。”（《诗侣莎魂》）同班同学、也是最好的朋友彭重熙回忆：两人“相对时以忘言之时为多”（《宋清如与彭重熙谈朱生豪》，《英语研究》2005 年第 3 期）。不仅仅是在同学、同事、好友面前如此静默，即便是在家人、亲人那里，朱生豪也表现出相同的特点，他的表妹曹思濂曾回忆他的一个细节：“每逢照相，森弟总不愿意参加，实在无法，才勉强站到最后的一排，前排是决计不肯站的。”（《朱生豪传》）

“非常内向”“极少说话”“极少交流”“不善社交”是朱生豪生前给所有人留下的印象。通常外表沉默的人其内心倒是敏感多思的，这一点在朱生豪的身上体现得更为极端：与外在“渊默”、拘谨形象形成鲜明对比的是，他的内心和情感世界异常的丰富、饱满、热烈——浓墨重彩，挥洒自由。宋清如回忆中的一个场景典型地说明了这一点：1936 年，朱生豪到常熟看望宋清如及其家人，“无论是听大家叙家常，还是被邀上茶馆，或者和相别已久的宋清如单独在一起，他总是一言不发。可一离开常熟回到上海，当天他就迫不及待地写了一封长长的情书，从晌午一直写到第二天凌晨，从常熟的风情，谈到他对爱情的渴望……洋洋一万五千言，还余兴未尽”（肖逸民、姚伯良：《“他只有他的莎士比亚”——宋清如女士回忆朱生豪》，《文学报》，1987 年 12 月 10 日）。内向、多思、饱读诗书造就了独特的情书王子朱生豪。

朱生豪的幸福在于，他所有的“内在风暴”与“热烈情愫”终于遇见了宋清如这个理想的“承载者”，假如没有这样一个倾诉对象，我估计如朱生豪这般炽烈丰满的内在世界是会在郁结中出现问题的：或大或小的心理、精神问题。

爱情成全了朱生豪。1932年秋天，出现在之江诗会上的宋清如有如一道光，照彻了朱生豪内里的所有黑暗与滞涩，进一步激发并带动了他生命的丰富与活跃，他也许还开始接受或主动参与了部分他所不乐意的事情：一个小小的细节是，在留下的为数不多的影像记录里，凡朱生豪与宋清如共同出现的场合，他似乎都在靠近她——一张中国文学会的合影中，宋清如在二排右四，朱生豪在三排右四；另一张之江诗会的团体照里，前排右起第一人是宋清如，后排右第一人为朱生豪（照片见《朱生豪传》）——也许是不由自主地，排斥照相的朱生豪在镜头中选择了悄悄站在宋清如的身后和近前。

而此时，宋清如自己并没有意识到，会有怎样甜蜜、辛苦的风暴等着她，她也不清楚这个对她表白的男子有多特别：他有多单调，又有多丰富；他有多沉默，又有多聒噪；他有多脆弱，又有多坚执。

在无关现实的层面上，宋清如和朱生豪共赴了一场情感盛宴：热恋的这段时间里，无论是表达者朱生豪，还是接受者宋清如，都迎来了彼此生命中最为真切而深刻的情绪体验，它们发诸爱情，而终于生命的顿悟。某种意义上说，“爱”演变成了信念，并指引着两颗心灵的飞升，如朱生豪所说：“我愿意炼成一个钢铁样坚强的信心，永远倾向着你。当我疲倦了一切无谓的游戏之后。我不愿说那是恋爱，那是比恋爱更纯粹的信念。”（《朱生豪情书》）具体到宋清如身上，她在恋爱中的行为表现一面有着一个现代女性的个性、独立、自我张扬与批判意识，同时也有传统女性的矜持、被动、羞怯、谦卑、言不由衷，前一个特点是朱生豪欣赏、喜欢、鼓励的，而后者则给他带来了许多误会、混乱、彷徨和困扰。

遗憾的是，宋清如本人的原始信件一封都没有留下来，我们只能根据朱生豪情书里的回复和转述来推想宋清如的书信内容及情绪状态。

面对朱生豪热烈而频繁的情书“轰炸”，宋清如表现得相对平静、被动，朱生豪的信件中不时出现这样的语句：“你要我少写一点信……”“我应该听你话静静些的，可这颗心没有办法，又要写信了……”“明天我答应你不再写信……”两人交往的最初，宋清如的这些“劝诫”应该是出于一个女孩子本能的谨慎与思量：疏淡一些，低调一些，不要“满城风雨”。朱生豪自然不太理解：“你要我少写一点信，没有说理由之前，我只能解释为你讨厌我的烦扰……”（《朱生豪情书》）当然，他没有因为宋清如的劝止而停下笔来，仍旧频繁写信，只是收到的回信数量很少。这样不对等的邮件往来关系中，宋清如更是一个倾听者，耐心、友好、温暖，让内心封闭、绝然“渊默”的朱生豪“敞开”了自己——这是真实而热烈的朱生豪，是历经生活磨折的朱生豪，是才华卓越、学贯中西的朱生豪，是孤高自持的朱生豪，是专注深情、脆弱敏感的朱生豪，宋清如自己说：“可以说我对朱生豪的逐步了解，以至深刻共鸣，都是通过纸、笔作为媒介。”（《寄在信封里的灵魂》序言）

随着交流的深入，宋清如的谨慎与距离感逐渐消除，她更深懂得了这个男人对自己的珍视与尊重：“现在的你，确实是使我太欢喜的，你是我心里顶溺爱的人。但如其有那么一天我看见你，脸孔那么黑黑的，头发那么短短的，臂膀不像现在那么瘦小的不盈一握，而是坚实而有力的，走起路来，胸膛挺挺的，眼睛明明的发光，说话也沉着了，一个纯粹自由国土里的国民……那时，我真要抱着你快活得流泪了。”（《朱生豪情书》）

宋清如开始接受并享受这份爱情，倾诉与话题变得琐碎而亲昵：读书、心情、不适感、头痛、无奈、懒洋洋……都会说给朱生豪听，但对于民国女性宋清如来说，内心对这份恋情的接受和认可并不意味着语言上的坦然与坦陈，她仍是矜持的，半推半就的，一会儿抛出“我不配你爱”，一会儿又说“请你莫怪我，我不会嫁你”。有时似乎试探地说：“男女间友谊不能维持很久。”有时又酸酸地说：“实在我这人很不好，免得将来你不喜欢我的时候要恨我骂我。”（《朱生豪情书》）

宋清如的这些话当然并非内心真实意愿的表达，而不过是恋爱中女孩子的一些小花招，是矜持、自重，也是撒娇、调侃、试探，那些看似拒绝的言辞背后明明早已有明确而肯定的答案，却非要一次次追问：“你不喜欢我多嘴饶舌吧？”“你不愿我来（上海）吧？”“不要来看我吧”……导致不解女孩心意的朱生豪误会、恼怒：“我知道你不爱见我，但不曾想到你要逃避我……”“你这几句话狠狠激怒了我……”（《朱生豪情书》）

心情不好的时候，误解与烦恼有绝对的杀伤力，让朱生豪倍觉人生的屈辱感，感慨“做人，是太难堪了”；心情好的时候，他则以挑刺、讥讽、自我解嘲消解宋清如的“冷淡”和“刻意”保持的距离感：“你不懂写信的艺术，像‘请你莫怪我，我不肯嫁你’这样的句子，怎能放到信的开头呢？”“你这人怪好玩的，老是把自己比作冷灰——怪不得我老是抹一鼻子灰。也幸亏是冷的，否则我准已给你烧焦了。”（《朱生豪情书》）

对宋清如来说，情书里的赞誉与思念之辞一定有着别样的魅力和魔力：“我没有话说，只念你，像生着病。”“你是个美丽而可爱的人，春天、夏天、秋天和冬天的精神合起来画成了你的身体和灵魂，你要我以怎样的方式歌颂你？”“我想在茅亭里看雨，假山边看蚂蚁，看蝴蝶恋爱，看蜘蛛结网，看水，看船，看云，看瀑布，看宋清如甜甜地睡觉。”（《朱生豪情书》）

一个不断被如此美好语句滋养的女人，内心也一定会生长许多的美好——我相信，在宋清如成为宋清如的路途中，朱生豪和他独具一格的语辞起着不可替代的作用。除却这些“情话”，朱生豪情书中有部分类似散文和小说的原创文字，也同样的优美、新颖、思路奇崛，加上书信中的艺文品鉴、推荐书目、阅读心得、莎剧研读，它们与“情话”一起，成为宋清如生命美学的重要来源。

可以说，经由一场爱情，两个人在彼此身上找到并砺炼出了更好的自己——如朱生豪所说：“在你深沉而谦卑的目光下，我更乐意成为你的臣仆，较之在一切骄傲而浮华的俗艳面前。我明白我们在世上应该找寻的是自己，不是自己以外的人……我找到了你，便像是找到了我真的自己。”（《朱生豪情书》）在爱里，一定一定，是有些奇妙的酵素，让两颗年轻的心灵发生反应，擦出火花，跟随着这光亮的感染，两人一起合奏出最动人的生命乐章。

“我们将遇到命定的更远更久长更无希望的离别”

人生从来都不是单纯单向的。令人晕眩的爱恋、幸福与满足中，隐约的不安与此起彼伏的悲观情绪一直伴生。约在 1934 或 1935 年的春天，两人热恋的初期，宋清如写了首新诗寄给朱生豪，她回忆起来的是如下几句：“假如你是一阵过路的西风 / 我是西风中飘零的败叶 / 你悄悄的来，又悄悄的去了 / 寂寞的路上只留下落叶寂寞的叹息……”朱生豪读后按她的诗意填了首《蝶恋花》：“不道飘零成久别，卿似秋风，侬似萧萧叶。叶落寒阶生暗泣，秋风一去无消息。倘有悲秋寒蛱蝶，飞到天涯，为向那人说。别泪倘随归思绝，他乡梦好休相忆。”（《伉俪》）在附有这首诗的信末，朱生豪感慨道：“我觉得悲哀，是茫茫尘世之感，觉得全然是多余的生存者，对谁都没有用处。”（《朱生豪情书》）互相的唱和与呼应中，两个人几乎不约而同地发出一声叹息。悲凄的格调是否早已注定？在爱情的盛放处，他们是否已经预感到了某种无可逃避的结局？

最先到来的阻断与别离源自抗战爆发。“八·一三”事变之后，朱生豪的住所被迫不断更换，世界书局停工，“逃亡”成了主调，上海、嘉兴、新塍、新市……最后重回上海，猝然与慌忙中选择的目的地也都不是安居之所。而此时，已在湖州民德简师任教一年多的宋清如也与家人一起开始了逃亡生涯。

此后的四年中，完全身不由己的两个人各自飘零，朱生豪在江浙一带辗转，宋清如一家则在难民潮的裹挟下一路西行，终于 1938 年 1 月抵达了重庆。安顿好家人之后，宋清如经人介绍，在北碚国立四川中学女子部找到一个教师职位，算是相对稳定下来。

天各一方的两个人，捉襟见肘的日常生存，挥之不去的战争阴影——这样的现实里，爱情与抒情自然也就退隐、消失了。最初几乎是完全失联，到 1938 年下半年，两人终于互通了音信，但邮路不畅，平均一个多月才能往来一封，这为数不多的通信后来也都毁于宋清如东归之时，一封都没有留下来。而在宋清如这里，那些曾经的“甜言蜜语”会不会循环播放？忙碌而凌乱的间隙，远方的爱人会不会在心中闪现？因简陋、贫穷、坍塌、炮火而带来的生活压力中，她是否有过爱人能够并肩的渴望？

我不知道。但或许孤独无助亦是生命的一种礼遇，某种意义上说，苦难和情感的疏离给宋清如带来了另一种成长，她的个体能量才被无限地激发出来。四川时期的宋清如以瘦弱多病之躯支撑起了自己，也支撑了家人。国立中学的学生许泽兰回忆当时的语文老师宋清如时说：“她很朴素，艰苦，又很清高。身体不好，饭只吃一点点，很瘦，且常咳嗽。”与这个病弱形象形成鲜明对比的是，她的职业能力是强大的：“唐诗宋词……讲得很生动……很有学问。”另一个学生蔡纪淑说：“做班主任的三年从未见她愠怒、急躁过，她的仪态是那么的温馨、文雅与娴静。”（《诗侣莎魂》）三年后，家人陆续回家，宋清如于 1941 年秋天到达了上海，任教于私立锡珍女子中学。

此时的朱生豪已由世界书局转到《中美日报》工作，两个人终于聚合到同一个城市，但非常时期，似乎也没有太多的欣喜与快乐。经历了四年的紧张和离别，两个人都有了些变化：多年以后，宋清如曾对儿子回忆说："他来看我的次数不多，来也不便多谈，关于他的活动情况我不清楚。他虽然带有凄惶的神色，但并不十分紧张。"（《莎侣诗魂》）

相见的喜悦还没能充分领受，生活的新态似乎也来不及凝视，时局的大变故又来了：1941 年 12 月 8 日，偷袭珍珠港的第二天，日本对上海租界发起进攻，中美日报社自然是重点攻击目标。匆促间得到消息，朱生豪和同事们逃了出来，什么都没来得及带。寒假过后宋清如也失业了，两人同时失去生活来源，接下来何去何从？命运将一对年轻人推上了必须做出决定与选择的关口：宋清如想去四川，一来大后方的日子总比沦陷区要好过些；二来自己在四川待过，有些熟人，加上许多学校迁移，谋个职业应无问题。这个想法朱生豪并不反对，但响应也不积极，他的顾虑较多，有养家重任，又有莎译信念，西去四川难免会受到影响。

眼前是混乱的局势、无着的生活，加上"渊默"而犹疑的朱生豪，宋清如必定经历了痛苦、矛盾与茫然。儿子在朱生豪遗物中发现了她生前未曾发表过的四首诗，均写于 1942 年 2 月至 3 月间，诗里流露出这样的情绪："春天是又来了……但华烛的光焰不久归于消灭，繁荣的盛筵不也是徒然？"（《春天是又来了》）"纵然有百合的芳馨，纵然有和乐的清音，但凋谢的季节呢？悠悠的长夜呢？"（《流星》）——美好似乎只留存于想象和记忆，现实里只有衰败、缭乱带来的幻灭感，究竟该何去何从呢？

这个时候，当年之江诗社的好友张荃建议：两人先在上海结了婚再说，无论留下还是赴川，都会方便许多。十年的相恋对于朱生豪、宋清如来说不可谓不长久，"结婚"这个话题在两人的书信来往中也多次讨论，于朱生豪而言，"结婚是一件太不自然的事，至少我相信我是不能使你幸福的……"而宋清如则一直担心婚姻对女人的伤害："怕结了婚后与平常女人陷入同样的命运……"（《朱生豪情书》）两个人对结婚都有些顾虑，所以这方面的动力一直不足。但局势如此，他们也觉得好友的建议合情合理。1942 年 5 月 1 日，在上海青年会礼堂，两人举行了简朴的婚礼。婚礼由之江大学教务长黄式金主持，介绍人是夏承焘和陆高谊。夏承焘在婚礼纪念册的第一页上题字："才子佳人，柴米夫妻。"（《诗侣莎魂》）

而在接下来的生活中，"佳人"难现，"柴米"却成为宋清如婚后生活最具杀伤力的"任务"。

因船票难求、道路受阻以及诸多的不确定因素，朱生豪和宋清如的四川之行没能实现。在上海找到安身之所实非易事，宋清如建议先到自己常熟老家暂住，于是两人于新婚一个月后到达常熟。此时宋清如的母亲已为两人安排好了住处，也帮朱生豪办理了"良民证"。日常家务和一日三餐全由家中佣人处理，这对小夫妻算是有了接近半年的安宁时光。对于宋清如来说，在纷乱动荡的大背景下，这段时光安静得简直有些不真实了：平静、休闲，有自主的时间，做着自己喜欢的事情，爱人、亲友近在身旁，衣食用度不充裕但尚可支撑……这是婚后宋清如最幸福的一段生活。

可惜这样的幸福很快便终止了：半年以后，朱生豪决定回嘉兴老家，个中原因，在其子朱尚刚的著作中解释为对姑母、表姐的一种责任，但事实可能更为复杂：作为朱家长子，除了守护家族的责任感，寄居岳母家必定也给了他一定的压力；同时，作为一个内向而"渊默"的男人，"故乡"给他的安全感可能比其他地方更多些。1943 年 1 月，宋清如与朱生豪一起回到嘉兴，住进了东米棚的老屋，不久又从上海接回了姑母和表姐。这就是电视剧《朱生豪》中出现的那个小屋了，狭小、幽暗、拥挤、无电、无水，有诸多生活的不便。更为麻烦的是，一家五口的日常生活重担全部压在了宋清如一个人身上，而经济来源却只有朱生豪译莎的微薄收入和祖屋的些许租金。按照朱尚刚的统算，朱生豪当时一个月的稿费还不够一石米的价钱。随着物价的飞涨，生存的压力日渐加大。

除了全力翻译，朱生豪几乎什么都做不了，宋清如全力应付着沉重的日常：打水、洗衣、买菜、烧饭、清扫、算计开销……其间还要去裁缝铺揽活补贴家用。偶尔在译莎的间隙，朱生豪会帮宋清如拎拎水、生生火，但又因为生疏、笨拙于事无补。宋清如常常听见他在深夜独自哭泣——夜不能眠的那些时刻，这个中国男人反复咀嚼的一定是生活的无力、无奈和绝望。在儿子朱尚刚诞生后，与喜悦同时而来的，是面对妻儿更深的愧疚和压力。

贫穷、高强度工作、精神压力、恶劣的生存环境终于压垮了朱生豪，与肺结核病抗争了半年之后，朱生豪于 1944 年 12 月 26 日离开了人世，留下宋清如和刚满周岁的儿子。

多年以前的情书里，朱生豪曾经写过这么一句话："我想象有那么一天，我们将遇到命定的更远更久长更无希望的离别……"（《朱生豪情书》）宋清如完全没有料到，这个"离别"如此快速地抵达了刚刚组建两年半的小家庭。她如坠深渊，几乎丧失了活下去的勇气："以后的问题，死的无力安葬，活着的无法自存，解决的办法，只有天知道……你的死亡，带走了我的快乐，我的希望，我的敏感。一年来，我失去了你，也失去了我自己。"（《生豪周年祭》）

悲哀流淌漫延，绝望清晰深重，宋清如不是"失去了自己"，而是"看不见自己"，又或者说，她一时丧失了看见自己的能力和动力。

"我愿意抖落浑身的尘埃，我愿意拔除斑斓的羽衣"

20 世纪 40 年代的中国，一个身无分文的女人独自带着刚满周岁的孩子生活，其艰辛程度无需多说。让我惊讶的是，除却极个别的私信和朱生豪周年祭文里曾倾吐过苦水外，其他均无抱怨和牢骚。《二周年祭生豪》发表时的标题是《委屈》，自此之后，宋清如几乎不在文章中谈她的任何“委屈”了。

朱生豪去世后，宋清如的生活来源就是辗转在不同学校做语文老师。她依次任职过的学校包括：常熟县立初级中学——秀州中学——杭州高级中学（后杭州一中）——杭州师范学校——杭州幼儿师范学校（临安校区）——杭州商业学校。在长达数年的时间里，她在学校留下的场景之一就是：一个认真忙碌的女人和一个在她周围自行玩耍、做事的孩子——课堂上，教室外，备课桌边……互相在目力所及的范围内，母子二人依偎着，渡过了生命中的各种难关。

而从职场的角度来说，身为语文老师的宋清如在方方面面都倾尽了全力——无论在哪一所学校，无论面对什么样的学生。在学生们的回忆里，宋清如在两个方面让人印象深刻：一是专业教育方面的深厚素养及教学方法的个性化特色。作为当年之江大学的才女，古典与现代诗词的优秀习作者，她在诗词讲述方面表现出自己的功力和独到之处，后来的学生曾经这样回忆当时的课堂：“多才多艺的宋清如，还在教学《琵琶行》《长恨歌》时，配上古乐曲调吟唱朗诵，满堂学生在极度兴奋中领会了白乐天诗歌的精髓和情趣。课余时，一人吟唱，全班应和，形成大合唱似的集体高歌诵唱古诗的动人场面。”（《诗侣莎魂》）骆寒超说宋清如在课堂上从未提过自己写诗的事，但讲课中可发现她对诗歌非常熟悉：古诗、新体诗、西方诗都讲得丝丝入扣（《诗侣莎魂》）。正是在语文老师宋清如的影响下，骆寒超走上了诗歌创作与诗歌批评的道路。

二是对学生全身心的教育、照顾、帮助。当年杭州中学的同事祝育华这样评价：“她非常重感情，在工作中，对学生总是全身心扑上去的。”无论学生出现什么样的情况，她都义无反顾地跑去帮忙和照顾，小处提供各类药品、生活用品，大处为生病住院的住宿生签字入院，出院后接到自己家里照料，直到恢复健康（《诗侣莎魂》）。

工作的认真、严谨、热诚会格外为一个女人增加生活的辛苦。那些具体而微的日常之痛我们已经无从了解，但下列几个细节或许可以帮我们更清楚地看看宋清如——

“病”。“瘦小”“体质虚弱”是包括朱生豪在内的许多人对宋清如的笼统印象，一些具体病痛在她这儿频繁发作，头疼脑热是家常便饭，严重的“胃痛”更是让她苦不堪言。多半时候宋清如可以勉强支撑，低烧状态下坚持上课，但痛得厉害时就无能为力了。她的各类病症在杭州高级中学教书时尤甚，也是在这个时候，一个人走进了她的生活：时任学校总务主任的骆允治常常在她病情严重时替她代课，平时帮她料理些事情。骆原是宋清如之江大学的同学，正是经由他推荐介绍，宋清如从秀州中学调至杭州高级中学。有这些情谊作为基础，两个人关系渐渐密切，这给苦力维持生活的宋清如带来了些轻松和温暖。1952 年的暑假，宋清如回常熟老家生下了他们的女儿宋芳芳。但这种关系没能持续下去，一种说法是骆允治在乡下的妻子不肯离婚，一种说法是宋清如因顾虑太多，最后选择结束两人关系。或者，一份新的感情到来之后，宋清如发现，在某些压力得以减缓的同时，也有新的压力与之伴生。所有的难，最终还是要一个人挺过去吧？

“烟”。是从什么时候起，宋清如开始抽烟，并且越来越凶了呢？又或者说，在朱生豪去世多久以后，她必须借助烟草来缓解内心的重负了呢？这个中正清雅的女人，是如何拿起“烟”并对它形成了依赖？出于情绪的缓解、发泄，还是对生活的反抗？或者只是自我的刺激与提醒？时间的、心理的细节已无可追溯，但“烟”的确是宋清如精神苦难的一种见证。被派到杭州幼儿师范学校临安校区的那段时间，同宿舍的另一位老师钱旭洋回忆说：她每天很晚睡觉，大约要到凌晨一点的样子，备课之外还要写莎译相关文章，“我让她不要抽烟……但她要熬夜，我们也能理解。”（《诗侣莎魂》）这只是宋清如无数个与“烟”有关的生活小片段而已，由此延伸至更广泛的生活场景中，那些无人陪伴、无人倾诉的深夜或白天，烟草及它缭绕的烟雾成为有效的安慰。《二周年祭生豪》中，宋清如说：“痛苦撕毁了我的灵魂，也煎干了我的眼泪。”想到未来和年幼的孩子，更是悲从中来："许多事不忍想也不敢想，想下去会发疯的。"(《伉俪》)是从这个时候开始的么，"烟"成为宋清如不可或缺的依赖？

"死"。在朱尚刚先生撰写的父母传记中，有一个细节令我惊讶：宋清如常常会看似不经意地对儿子谈论自己的"死"，并且似乎早已做好了死的准备和死后的打算。被胃痛折磨得最严重的那段时间，她有次对儿子说：假如我死了，你可以去摆个香烟摊，如果每天能卖掉十包香烟，每包赚一百元（合新币一分）钱的话，一天就可以买一袋米了。没有菜吃则可以到河里摸点螺蛳什么的。朱尚刚大学毕业被"发配"至新疆，临行之前，宋清如对他说：如果他在新疆时自己病重或去世了，不要因此影响结婚的事情(《诗侣莎魂》)。

我猜测，关于"死亡"的认真考虑及相应的心理准备从朱生豪病逝的那一刻就开始了。宋清如对自己的寿命一点也不乐观："像我这样柔弱的体质，活三年五年，都是难有把握的……"(《二周年祭生豪》)所以她总在下意识地做着死后的一些安排，盘算多了，久了，她谈及死亡及死后的打算时才呈现出令人惊讶的坦然和平静。

"信"。她甚至相信灵魂的存在了："我唯一的信念，是灵魂的存在。因为只有这一线希望，能增加我活着的勇气。"她相信朱生豪在天有知，她设想自己离开人世之后，能看到儿子的生活状况。因为"信"，她一生心心念念的一个问题就是朱生豪的骨殖安葬问题。因时局混乱，人力财力单薄，朱生豪去世后，棺柩暂时寄放在广东会馆，宋清如一直心有不安：这状态"准会使你痛苦到极点。活着顶不惯跟陌生人敷衍的你，现在竟住在如此嘈杂的场所"(《二周年生豪祭》)。三年后，宋清如跟朱家后人商量，找了个地方，为朱建了一处墓穴。可惜后来在战乱、动乱、公墓动迁、工厂建设等一系列变故中，坟墓被拆，朱生豪骨殖下落不明——宋清如数次寻找未果，这成为她一生的憾事。

能够告慰朱生豪在天之灵的，仍然是他付出心血和生命的"莎译"。

20世纪50年代初期，宋清如就为重出朱生豪译本而不断努力。冯雪峰主持的人民文学出版社很快回复，并高效组织人员核校、整理，于1954年起以单行本方式陆续出版。当收到一册册寄来的新书时，宋清如的脸上才露出少见的笑容。

除译本出版方面的奔波与努力外，宋清如的另一大成就是对朱生豪生平及相关史料的整理与发掘。1979年，文艺界陆续开始出版、整理优秀文艺作品，人民文学出版社重印《莎士比亚全集》，重量级文史刊物《新文学史料》启动发行。宋清如开始了她晚年整理、介绍朱生豪生平事迹及莎译情况的工作。

如果没有宋清如，朱生豪及其莎译研究不会是今天的局面。当然，这些事务也使宋清如原本安静的生活被打破了：她忽然变成了“名人”，要接待记者、学者、领导各色人等的来访，各种名誉和头衔也随之而来。

但一切的一切，于她而言，都变得无足轻重了，曾经沧海，已尽全力，结果本身不再重要。她拒绝了可以轻松获得的荣耀：美国传记协会（ABI）将她列为“杰出人物”候选人，她没有填表和回复；因本色出演《朱生豪传》获飞天荣誉奖，她亦平静淡然。编剧王福基代为领奖后兴冲冲地回来见她，“她依旧不苟言笑，摇了摇满头蓬松的白发……”写了两首诗给王，其中之一是：“世事苦纷纭，茫茫费求索。吾行守吾是，遑论荣与辱。”（《诗侣莎魂》）

在不断接受访谈的过程中，她对其中的重复信息、过度解说流露出疲倦和反省情绪：“只是老生常谈，反复炒冷饭。”（《宋清如与彭重熙谈朱生豪》）她想在离开前销毁朱生豪情书，后经人劝阻，同意出版。她在给朋友的信中不断地说：“尘烟渺茫，不值一笑。”（1995年12月21日致彭重熙信）“世事沧桑，运命不济，过眼烟花，实亦无足轻重矣。”（1997年2月25日致彭重熙信）

人间一切似乎都变得无关紧要了，世事凡尘开始失重、淡远，宋清如逐渐而愈加清晰地看到了自己的生命终结。她捐出了朱生豪的全部手稿，叮嘱儿子如果病重，不要抢救，让她爽爽快快地离开。她开始告别，与自己，与亲人，与尘世的一切：“我愿意抖落浑身的尘埃 / 我愿意拔除斑斓的羽衣 / 我愿意抚平残余的梦痕 / 我愿意驱逐沉重的灵魂 // 没有叶没有根没有花朵 / 没有爱没有恨没有追求 / 能象轻烟一样无拘无束？能象清风一样自在自由？”（《我愿意抖落浑身尘埃》）

这是人生的大总结，也是对终极自由的向往。宋清如于 1997 年 6 月 27 日迎来了这一天。

财富、荣耀、高位，抑或贫穷、苦难、卑微，在生命的终结处全部相遇、融合，化为泥土：“如同这虚无缥缈的幻境一样，入云的楼阁、瑰伟的宫殿、庄严的庙堂，甚至地球自身，以及地球上的所有一切，都将同样消散，就像这一场幻境，连一点烟云的影子都不曾留下。”（朱生豪译：《莎士比亚全集 · 暴风雨》，人民文学出版社，1994 年版）

是的，我们终将告别，世间所有的一切也终将卸除，生命全部的羁押，进入彻底的安宁、轻快与自由，像轻烟，像清风……

韦应物苏州行迹考辨

秦兆基

韦应物（737—791），字义博，唐代诗人，长安杜陵（今西安市）人。中唐山水田园诗派的代表人物之一，后世或将其与陶渊明并称，谓之“陶韦”，或将其与王维并称，谓之“王韦”，或将其与王维、孟浩然、柳宗元并列，称为唐代山水田园诗人四大家。

韦应物终官苏州刺史，世称“韦苏州”。“何似苏州诗太守，吟诗相继有三人。”（白居易《送刘郎中赴任苏州》）“诗太守”的首位正是韦应物，其后两位则是白居易和刘禹锡。

韦应物和历史上有些作家的命运相似，他如同陶渊明、杜甫一样，并不为同时代的人所见重。这点从以下几个方面来看，就可明白：其一，《唐人选唐诗》中，《御览诗》《又玄集》《才调集》三书共选了他8首诗，去其重者，只存6首；其二，新、旧《唐书》均无传。《新唐书》仅在《艺文志》中记下“《韦应物诗集》十卷”。其撰著者北宋史学家宋祁，于《文艺传·序》中说：“若韦应物、沈亚之……其类尚多，皆班班有文在人间，史家逸其行事，故弗得而述云。”道出欲为韦、沈等人立传而困于材料缺少的苦衷。其三，苏州今存的最早唐代方志《吴地记》于韦氏牧守苏州事并未著录。著者陆广微乃唐僖宗时人，于其时搜集韦氏守苏的材料当较方便，可惜未能顾及。

待到宋代，赏读韦诗成为一时风尚。“乐天长短三千首，却爱韦郎五字诗”（苏轼《和孔周翰二绝，观净观堂效韦苏州诗》），固不待言，连以刚健见称宋初的诗人寇准和以“婉而明丽”见称的晏殊都是韦应物的忠实粉丝（见钱锺书《宋诗选注》）。士人多以韦氏事迹不传为憾，后虽历有为其作传者，如南宋沈作喆的《韦应物补传》、元代辛文房《唐才子传》中的《韦应物》，然均有较多的咎误和抵牾之处。

史书失记，文献资料匮乏，给予韦诗研究带来许多困难。仅就其任苏州刺史一段而言，也同样留有不少待解或不得正解的问题，诸如韦应物于何时莅苏就任刺史，在苏州任期中的心态、作为和官声，以及殁于何时、何地等。

所幸的是，韦应物留下大量的诗作，存有《韦苏州集》10 卷、诗 570 首。以数量而论，在唐诗中，仅次于元稹，而超过李商隐，可据唐代诗人前八席。集中可以论定为其在苏州的诗作，据吾师孙望先生考订，有 48 题、49 首之多（见孙望《韦应物诗集系年校笺》，下称《系年校笺》），去除其中疑为他人的 3 首外，还有 45 题、46 首，可从中提取不少有用的信息。如果以诗证史，以诗演史，大致能勾勒出韦应物在苏州行迹的轮廓。

所好的是，2007 年初，《唐故尚书左史郎中苏州刺史京兆韦君墓志铭》（下称《韦应物墓志》），在西安市韦曲镇东南少陵原出土，同时出土的还有其妻元蘋、其子庆复暨妻裴棣等的墓志铭，这些出土文物提供了不少为诗作不曾提及、堪为信实的材料，可以救正单从诗中求证之不足。

近代学人王国维先生认为，历史研究要将“地下的新材料”和“纸上之材料”参照起来运用，就可以“虽古书之未得证明者，不能加以否定；而其已得证明者，不能不加以肯定”（王国维《古史新证》），谓之为“二重证据法”。本文拟据此就韦应物牧守苏州诸事，就其大端予以考辨。

何时莅苏任郡守

韦应物何时担任苏州刺史，找不到确凿的文字记录，学界有三说。

其一，贞元二年说。主此说者以南宋文人沈作喆为代表，为长时期袭用、流行最广的说法。沈氏在《韦应物补传》中，订韦氏始守苏为贞元二年。此说大概是依据白居易的《吴郡诗石记》推算出来的。白氏于此记中云："贞元初，韦应物为苏州牧"，"时予始年十四五，旅二郡（苏、杭二州），以幼贱不得与游宴，尤觉其才调高而郡守尊"。贞元初，可以理解为贞元元年或二年，于是就有了此说。然而细考起来，实为咎误。白居易因中原战乱，十一岁时逃至江南，投奔在杭州的亲戚，于苏、杭一带逗留了近五年。白氏十四五岁时，为唐德宗贞元元年（786）、二年，但其时苏州刺史另有其人，韦应物贞元最初三年也在他处任职，此说于理不合。《吴郡诗石记》作于唐敬宗宝历元年（825），说的是作者近40年前的事，记忆有点差池，可以理解，想来"始年十四五"当为"十六七"之误。

其二，"贞元五年"说。主此说者，为现代学者孙望先生。其编著的《系年校笺》，将韦氏刺苏诗作汇聚入该书第九卷，标定为"苏州刺史时期"的作品，并于该卷首章《阊门怀古》的"笺评"中标出："苏州刺史任内作，姑次于贞元五年（789）。"阊门为苏州地标建筑，诗作于韦氏任内是确凿的。至于置之卷首，以之推定诗作的年代，不免有些踌躇了，于是孙先生特标出"姑"（姑且）字。不过转而一想，这个推定也不无道理，初到一地，担任一个地方的行政长官，登临制高点，俯瞰辖境，是很自然的。同卷次篇《夏至避暑北池》，"笺评"标出"贞元五年（789）五月中（按僧一行开元大衍历夏至是五月中）初任苏州刺史时期作品"。又"北池，唐时在苏州永定寺，应物别有《与卢陟同游永定寺北池僧斋》可证"。细察诗中有"未及施政教，所忧变炎凉"之句，可见韦氏履任不久。同卷中第四篇《郡斋雨中与诸文士燕集》，更为持此说的学者引为论据。因为此诗流被甚广，有诸多名家和作，其中包括左迁饶州司户顾况的《奉同郎中使君郡斋雨中宴集之什》以及杭州刺史房孺复、睦州刺史韦赞、信州刺史刘太真等酬答之作。他们或是此次燕集的参与者，或此时同在江南一带为宦。虽然这些诗作背景、情境、内容都烙有那个年份苏州的印记，但所有这些都只能证明韦应物在贞元五年在苏州刺史任上，并不能实证其于该年始抵郡。

其三，“贞元四年”说。持此说者，以当代学人傅璇琮先生为代表。傅先生从《旧唐书》中搜集材料做出自己的论断。《旧唐书·德宗纪》中贞元元年至十年期间，有两处涉及苏州刺史人事变迁的，“一为贞元四年七月‘乙亥，以苏州刺史孙晟为桂州刺史、桂管观察使’，二为贞元八年二月壬午，‘以苏州刺史齐抗为潭州刺史、湖南观察使’”（傅璇琮《韦应物系年考证》）。傅氏据之断言：“韦应物为苏州刺史不可能在贞元四年孙晟之前，而只能在孙晟于四年七月去任之后。”

依据傅说，再联系到韦氏这个时期的诗作来看，此说似乎更能成立。孙望先生列于《系年校笺》苏州卷首的《阊门怀古》，也多少传递出一点消息。“独鸟下高树，遥知吴苑园。凄凉千古事，日暮倚阊门。”韦太守登临城楼望出去，夕阳下，独鸟飞下孤树，遥知此处曾是繁华一时的吴苑旧地，一片萧飒的景象，不禁忧从中来。从这里的景色描写看起来，远非春景，更非夏至前“杂花生树，群莺乱飞”的盛景。唐代另一诗人张继也曾登临过阊门，尽管是战乱之后，见到的郡郭一片荒凉，“清明几处有新烟”，但远望去还是“春草青青万顷田”。再从置于《系年校笺》苏州卷中第九篇《九日》的“笺评”中看：“诗云：‘一为吴郡守，不觉菊花开。’诗题又作《九日》，知是贞元五年（789）九月九日作也。”但转而一想，似移为前一年所作更贴切些。如写的是五年重阳节，其时，韦公守苏至少有半年多，政务处理已经上了轨道，有了余暇，可以流连风景，而说是写于贞元四年重阳节，其时韦应物接七月离任孙晟的班不久，诸事猬集，忘记了今又重阳，待到属员、宾客们前来贺节，方才记起，更为合理。重阳节，唐代确定为节假日，休假一日，与中和节、上巳节并称为“三令节”，此日人们围绕登高活动，头插茱萸，饮菊花酒，竞射，咏诗，堪称全民狂欢节，但是韦应物竟然忘了，诗人在失笑之余，顿生故园之思，很有点喜剧意味。参读韦氏在江州的诗作，“到郡方逾月，终朝理乱丝。宾朋未及燕，简牍已云疲”（《始至郡》）。在江州刺史任上一个多月，政事如乱丝，一时很难理出头绪，韦应物案牍劳形，顾不上设宴酬答宾朋。苏州尽管郡大政剧事繁，但从政事和文件堆中走出来，以韦公之才似不至于拖上半年之久。

最后，再从常理上再做点分析，苏州作为东南要郡，不可能开缺七八个月之后，方才任命新的郡守。想必是贞元四年，于长安左司郎中任上，韦应物奉得外放苏州刺史的诏令后，于该年秋末来到苏州。

揆诸三说，窃以为“贞元四年”说为胜。

牧苏期间的心态与行为方式

来到苏州任刺史的韦应物，年五十二，在今天看，这个岁数还是盛年，可以大有作为，不过在古代，已称得上高龄了。在这以前，他在宦途上已行走了17年，从州县下僚逐步上升到朝廷里的左史郎中，两次外放，先后担任过滁州和江州两地的刺史，可谓久经历练。

韦应物个性耿直，敢于坚持原则，在江州任中，“廉使有从权之敛，君以调非明诏，悉无所供，因有是非之讼”。廉使，唐代为观察使，节度使的副手，主管道（唐代地方行政单位，相当于“省”）中的刑法之事，视察、考核属地吏治，是韦应物的顶头上司。在巡视江州时，廉使有所勒索，被韦应物认为不合法令顶回去了。事情闹到朝廷里，“有司详按，圣上以州疏端切，优诏赐封扶风县开国男，食邑三百户”（《韦应物墓志铭》）。经有关部门周详考察后，德宗嘉奖了韦应物，为其赏赐爵位，不久又将他调至中央机构任左史郎中。他调任苏州刺史，为又一次升迁，这一方面是基于对韦应物品格和理政能力的信任，畀以重任；另一方面也是苏州亟需这样一位贤吏、能吏。

看看那时苏州的状况吧。唐时苏州为大州，高祖武德七年（624）升为望州，苏州刺史的官秩为从三品，高于一般郡州。产业富庶、文化发达，辖地幅员至广，西达无锡，东领今上海全境，南含今浙江嘉兴等地。多年的生聚养息，特别是安史之乱导致的中原人口大迁徙，这里的人口从唐初的1.1万余户，升至10万户，每年上缴国库赋税为105万贯，其时浙西13州，每州的税额均不及51万贯，连苏州的一半还不到，朝廷的财税收入和北方的粮食供应，很大程度上仰仗于苏州。

面对着治理一个远在东南沿海大州的使命，步入生命晚秋的韦刺史该想起什么？有着怎样的心态？该选择怎样的生命姿态呢？

先看看前人的著录中韦应物的形象描述："韦应物，立性高洁，鲜食寡欲，所居焚香扫地而坐。"（唐·李肇《国史补》）这样的形象描写，以后几乎为所有的记韦文字所袭用，元代辛文房的《唐才子传》在转录这几句后，加了一句"其心象外"，落实了他的精神追求——对释、道的痴迷。

参禅、好静、有洁癖，焚香扫地而坐，这种僧人、道士以及一切隐逸者的习惯，在韦应物身上确实存在。他曾一度辞去官职，在沣水之滨善福精舍与僧人在一起生活了近3年。但这些行为特征并非他精神世界的全部投影，人是复杂的，人性并非只有一个向度。

韦应物有着多重社会身份，他是大唐的高级官员、一方诸侯，又是诗人。从思想构成看，儒家文化的传统观念，修、齐、治、平，以及兼济天下的进取精神等积极用世的一面，在头脑处于中心位置，但是道家、释家的清静无为、摆脱尘世烦恼，乃至服食求长生的理念，也在头脑中有着相当的地位。而道、释两家引退的人生观念，又往往和儒家消极退隐的独善其身的消极面相糅合，化成了韦应物人格精神和行为方式另一重要方面。再从其个人的出身经历看，韦应物出身贵胄、世代公卿，并且有过辉煌的青春岁月，他 15 岁时就“少事武皇帝”，担任玄宗的贴身卫士，稍长又“无赖恃恩私”（《逢杨开府》），成为使酒任侠、横行乡里的侠士。直到担任苏州刺史时仍豪气未减，话及往事，仍以“少年游太学，负气蔑诸生”（《赠旧识》）自诩。

历史人物，要作为活生生的人来看待，要从影响其性格形成的各种因素，性格的各个侧面，以及在一定历史条件下，性格构成的参数变化及逻辑发展来看待，而不能只看到他们的某个方面。

韦应物牧守苏州心态相当复杂，既有身居江海，为一方诸侯，可以施展抱负的雄心，又有心怀魏阙，由“蓬莱宫中”“鸳鹭差池”景胜的追想而引发的恋主心结；既有衔朝廷不次之恩，勉力从事，治理好大州以勤奋自励的决心，也有感到年齿渐衰，精力大不如前，希望早日引退的愿望；既有进入锦绣江南，为明山秀水诱引，渴求领略其美的畅想，也有与离长安杜陵越来越远引发的乡愁。

要言之，恋主与乡愁，用世与隐退，成为他这个时期中的重要情结。这些情结在他本时期的诗作中，比起往昔诗作来，有着更为长足的反映。

恋主与乡愁两个情结，在韦应物说来是可以重合的，他的生身之地与君王所在的宫阙都在长安。“云无心以出岫，鸟倦飞而思归。”从江州刺史任上复回朝廷任官，他觉得无比温馨，离开长安已经 20 年了，他回到少年时生活过的杜陵韦曲的贵胄里去看看，发觉故宅已经荒芜，他多想在长安待下去，侍奉君王，终老是乡。

如果说乡愁是全人类难以摆脱的宿命，那么，恋主则是带有中国传统文化心理的性征，“君国一体”的思想渗入了中国士大夫的骨髓。唐代的官员——其实历代官员都是如此——皆以能在君王身边、于京城做官为尚，外放到地方去任职，即使是升擢，也会感到不快。形成这种状况的原因是多方面的，也许是留在君王身边，自己的政治主张有着更多被主上采纳的机会，得以施展平生抱负；也许是朝廷里有着更多的知友，可以朝夕相聚；也许是京城繁华，有如《长安十二时辰》所显示的那样，更值得流连。

就韦应物而言，构成其“恋主”情结的原因，主要是前两者，即得以为君主所用和得以与知友相聚，能更好地实现人生价值。他在一首慰勉故人的诗中说：“朝晏方陪厕，山川又乖违。”（《答令狐峘》）慨叹命运弄人，身不由己，刚刚还在朝堂侍奉皇上，忽而就与京师的山川相离；“同会在京国，相望涕沾衣”，倾吐出远离朝廷后欲与友人相聚而不得的苦闷；“明时重英才，当复列彤闱”，很为答诗者令狐的受贬谪不平，相信他有复归朝堂的一天。对一些赴京师谋求发展的人士，在赠诗中，总是将京师说成充满希望的乐土，多方鼓励：“岁交冰未泮，地卑海气昏。子有京师游，始发吴阊门……文如金石韵，岂乏知音言。方辞郡斋榻，已酌离亭樽。无为倦羁旅，一去高飞翻。”（《送豆卢策秀才》）这首诗可说是郡守大人为到京城猎取功名豆秀才写的推荐信，诗人相信豆秀才有才华，一定会被赏识，要早点动身，宁可做北漂，不得功名誓不还。在另两首赠别诗中，说得更为明白。其中《送云阳邹儒立少府侍奉还京师》一诗，在盛赞邹君才华之后，又羡慕他的好机遇，“再命趋王畿，请告奉慈亲。一钟信荣禄，可以展欢欣。昆弟俱时秀，长衢当自伸”。故人得以重返朝廷，并与家人团聚。在为友人高兴时，他忽忧从中来，“省署惭再入，江湖绵十春”，羁留异乡，绵绵十春，其实不止十春，这里是约数，惆怅不已。其中《送雷监赴阙庭》一诗，这种情绪透露得更为明显：“雄藩精理行，秘府擢文儒。诏书忽已至，焉得久踟蹰。方舟趁朝谒，观者盈路衢。广筵列众宾，送爵无停迂。攀饯诚怆恨，贺荣且欢娱。”诗是为一位雷姓官员被调到朝廷秘书省任秘书监送别而作的，作者渲染了在苏州送行宴席盛大的场面，荣迁，到朝廷任职的欢愉盖住了离别的感伤，因为能够“长陪柏梁宴，日向丹墀趋”。柏梁，指汉代柏梁台，代宫阙，就是能常在宫廷陪皇上饮酒赋诗，每天都能趋行在宫廷的台阶之上，能够这样，与家人分离又算得什么？诗的最后用“时方重右职，蹉跎独海隅”作结时，吐露出自己的感慨。“右职”指重要的职务，在世俗之眼中，与秘书监这类文学侍从之臣相比，刺史显然重要得多，但是韦应物不以为然，觉得任海边的远州刺史可谓蹉跎岁月。

这种“恋主”和“乡愁”的情结，很少直接道出，非如其他诗人之作，诸如“总为浮云能蔽日，长安不见使人愁”，“露从今日白，月是故乡明”，而是借他人的酒杯浇自己的块垒，是在与他人命运的相形相较之中，透露出自己内心的沉痛。

用世与隐退，也可以说成出仕与退处，这两个情结是交相为用，相互交替的。这种情况不仅在韦应物身上存在，在其他一些有骨气的士大夫身上也有所反映，如陶渊明不能为五斗米而折腰，李白“人生在世不称意，明朝散发弄扁舟”，都显现出这种人格风范。就其根源来看，这是儒家学说对于士大夫人格精神律定的影响，“达则兼济天下，穷则独善其身”，“士可杀而不可辱”“合则留不合则去”之类的说法，左右着士大夫们的灵魂。在仕宦途中，韦应物也曾两次甩纱帽，前后长达 5 年之久。第一次是在韦应物 29 岁当洛阳尉时，因惩办倚仗宦官之势的不法军士，遭到上官的压制，愤而去职，居洛阳同德寺，退隐 3 年。第二次，是在韦应物 43 岁任栎阳令时，因为荐举过他的上级官员黎干被贬死，为报知遇之恩愤而请病假离职。在病假的两年期间，韦氏优哉游哉，过着田园生活，“偶然弃官去，投迹在田中。日出照茅屋，园林养愚蒙……出入与民伍，作事靡不同。时伐南涧竹，夜还沣水东。贫蹇自成退，岂为高人踪”(《答畅校书当》)。他似乎彻底平民化了，但作为贵族，有着强烈的使命感，并不会甘心于苟同世俗，与草木同朽，然而也不会放下身段，摇尾乞怜，他相信“长风破浪会有时”，在田园居中等待时机。45 岁，退隐沣上时，忽然奉得就任比部郎中的诏书，他立刻在狂喜中写下：“明世方选士，中朝悬美禄。除书忽到门，冠带便拘束……俯仰垂华缨，飘摇翔轻毂。”愤而退隐的怨气全消了，转而颂圣感恩，诏书一到，就赶忙换上新的冠带，先想象起自己衣冠翘楚，乘着行驶轻疾的朱轮马车上任的情景。“明晨下烟阁，白云在幽谷。”（《始除尚书郎别善福精舍》）进而想象他年功成名就，画像留在凌烟阁，再功成身退，隐居于深山幽谷之中的情景。

再看他 5 年前，47 岁出守滁州时的心态。他写下“少年不远仕，秉笏东西京。中岁守淮郡，奉命乃征行……皇恩倘岁月，归服厕群英”（《自尚书郎出为滁州刺史（留别朋友兼示诸弟）》），把出守一事看得很庄重。东出长安，过洛阳、大梁，循汴河，经睢阳，顺睢水，次符离、盱眙，处处赋诗，形成明显的行程链。调任江州，也留下分明的印记，写下很有仪式感、就职典礼纪实的诗篇：《始至郡》《登郡楼寄京师淮南子弟》等。而赴任苏州刺史，似乎是悄悄地来，没有留下一首诗，以致如前所言，何年来苏莅任还得考证一番。

将韦应物三次州郡官职调动时反应做一番比较，不难看出韦应物对仕进的干求逐渐在淡化，隐逸生活的图景似乎更能使他神迷。自韦应物看来，仕进不过是实现儒家济世思想、尽其发扬先祖懿德的人生责任而已。他的心灵偶像是汉代开国名臣张良。张良早年就功名富贵，“二十登汉朝，英声迈今古”，继而诗酒风流，“犹闻新丰酒，尚滞霸陵雨”，“宁知白日晚，暂向花间语”；而又为君王倚重，“忽闻长乐钟，走马东西去”（《相逢行》）；生命终而功成身退，“名籍挂郎间”，“摄衣辞田里，华簪耀颓颜”（《答崔都水》）。张良既充分展示个人才能，人生价值得到充分体现，又能保全个人生命，在田园生活中安度晚年。儒家的“安民、济世”和道家的“全身、保命”，在他身上得到完美的统一。

身居省署，心向山林。身居高位的韦应物总不免羡慕那些游离在尘世之外的高人——僧人、道者和隐士，在奉答、寄赠的一类诗章中，常常透露出自己的歆羡之情。如致诗论家、诗人、僧人皎然的诗：“吴兴老释子，野雪盖精庐。诗名徒自振，道心长晏如。”盛赞皎然在岑寂的生活环境之中，不计浮名，道心永存的品格；“茂苑文华地，流水古僧居。何当一游咏，倚阁吟踌躇”（《寄皎然上人》），期望他能来苏州相见，以慰渴想。再如致隐士丘丹的诗中，盛赞他超然物外的高士生活，“山空松子落，幽人应未眠”（《秋夜寄丘二十二员外》），“幽涧人夜汲，深林鸟长啼”（《重送丘员外还临平山居》）。然而，用世一头又常浮起来，他不忘以友人的身份予以规劝，相信丘丹本非俗物，重返仕途后，定能高爵显位，光耀门庭，“灵芝非庭草，辽鹤委池鹜。终当署里门，一表高阳族”（《送丘员外还山》）。

韦应物就是在仕进与退隐的矛盾心情下生活着。隐逸，悠游山林，退居故里，只能寄希望于未来，但当下还得恪守郡守的职分，治理好苏州大郡。

贞元初年，正是推行田赋税制改革的关键的时期。德宗建中元年（780），改租庸调法为两税法，量出以为入，不问丁口，只问资产多少，据以分等；每年分夏秋两季征收。这是一场从以丁身为本改为以资产为准的赋税制度的大改革，很触犯了大地主和富商的利益。韦应物很懂得立威，也很懂得悯农，就前者而言，“下车周星，豪猾屏息”（《韦应物墓志铭》），赴任一年，地方豪强和狡猾的胥吏不敢喘大气。苏州豪强的势力是很强大的，“八族未足侈，四姓实名家”（西晋·陆机《吴趋行》）。地方豪强的势力被压制，民众自会额手加庆；赋税能足额及时征收，朝廷自然会满意。

韦应物执法严明，但也有不同的评价，有人“说他严刻，‘刚略’‘取威于懦夫’”（中国社科院文研所《唐诗选》），其论断的依据，是与韦同时代的文士李观上韦应物的两封信：《代彝上苏州韦使君书》和《代李图南上苏州韦使君论戴察书》，前一封信是为一个名为彝的士子求情，这个士子得罪了韦使君，受到惩处，李观希望他能得到宽待；后者是为同学戴察而写的。言及吏役为了收缴两税扰民的情景，到了士子戴察家，衙役们声称：“两税方敛，何独不纳？刺史县令？俾予肌肤，代尔担责。”戴察只能卖了家里的图书和琴去缴纳。两封信见于《李园宾文集》，也收入《全唐文》。但事实真相如何，事情最终如何处理，韦应物有没有回复，均没有文献记载。单文孤证，或者如过去公文中常用的套语“事出有因，查无实据”，是非曲直很难下论断，但也多少反映出韦应物的官风、官威。公堂之上，则雷厉风行，执法严明；公余闲居，则风流儒雅、淡泊宁静。

就后者而言，他懂得稼穑艰难，体恤农民，这点基于儒家的农本思想，也和他早年在沣水之滨参加过田间劳动有关。“高居念田里，苦热安可当。”在自己于永定寺僧斋中避暑身心熨帖，但还惦记着田间在梅雨窒闷、燠热气候之下耕作的农夫。在苏州时，他还参加过清理杂草的劳动，“方将氓讼理，久翳西斋居。草木无行次，闲暇一芟除。春阳土脉起，膏泽发生初。养条刊朽枿，护药锄秽芜”。春日，公余，他将寄居的永定寺西斋院子好好整治了一番，“始见庭宇旷，顿念烦抱舒”（《新理西斋》），见到劳动成果，公务繁杂带来的烦恼，顿时消除了。他的政声，正如宋人朱长文所言：“若韦应物、白居易、刘禹锡，亦可谓循吏”，“韦公以清德为世所重……当正元时，为郡于此，人赖以安”。（《吴郡图经续记》）

还有一点值得注意，就是在政事之外，提倡文事。这是一种非职务行为，但是韦应物却乐此不疲，做得有声有色。他除了留下不少咏及苏州山川名胜清丽芊眠的诗章，诸如《阊门怀古》《登重玄寺阁》《游灵岩寺》《游开元精舍》《鼋头山神女歌》等以外，还奖掖文士，如前面述及的为豆秀才写介绍诗，揄扬其才华；与苏州及其周边的诗人墨客交游，形成了最初的江南诗圈。也正如朱长文所言：“（韦应物）又能宾儒士，招隐独，顾况、刘长卿、丘丹、秦系、皎然之俦，类见旌引，与之酬唱，其贤于人远矣。”这类酬唱诗达 20 首之多，占其苏州诗章的二分之一不到一点。美国汉学家斯蒂芬·欧文说过：“8 世纪中期，长江下游地区成为一个诗歌活动中心，与都城相匹敌。这一时期的著名文学人物大多曾在东南地区游览、仕宦或避难。”（《盛唐诗》）这些虽是韦应物身后多年的事，但究其源头不能不归之于这位最早的苏州诗太守。

恋主与乡愁、用世与隐退，这些情结始终纠缠着韦应物，毕其一生，这是他的烦恼，也是古代正直士人带有共同性的烦恼。一般说来，他们都使用了大体相同的心法，就是“吏隐”。

所谓“吏隐”，即是居官如隐，居官的禄位能满足政治权力所给予的物质需求和世俗羡慕的荣耀，又能在凭借想象营建的精神天地中摆脱烦恼。既威仪棣棣，又穆如清风。最能以诗道出“吏隐”三昧的，当数六朝的谢朓说得透彻，“既欢怀禄情，复协沧州趣”（《之宣城郡出新林浦向板桥》）。

被白居易镌之于石、著之于文的《郡斋雨中与诸文士燕集》一诗，很能体现韦应物的吏隐之乐，揭示出他贵为太守之尊又能领略隐逸之乐的心曲。“兵卫森画戟，宴寝凝清香。海上风雨至，逍遥池阁凉。”肃穆、雍容而又旷雅、舒适，非在体制内高位焉得此乐？“吴中盛文史，群彦今汪洋。方知大藩地，岂曰财赋强。”宴席上，群彦汇聚，不仅展示出吴郡文化的软实力，也显示出他此间为能任太守的自我陶醉。

正如前面所言，韦应物“鲜食寡欲，焚香扫地而坐”的一面，也确实存在，这是隐逸一面的仪式感。如果没有这番仪式，怎能进入禅定状态呢？

且看韦苏州一天的生活安排：“鼕鼕城鼓动，稍稍林鸦去……灵药为朝茹。盥漱忻景清，焚香澄神虑。公门自常事，道心宁易处。”（《晓坐西斋》）唐代卯时（晨五时）击城鼓，催全城人起身活动，韦应物用灵药作早餐，所谓“灵药”大概是黄精，他在滁州时就曾亲自采集、种植，并炮制成药，道者认为黄精久服可以轻身健体，可以成仙。梳洗理装后赏景片刻，再焚香念经、参禅，公堂理案之事且放在一边，道心怎能怠慢？

韦应物竭力想维持俗务与道心，即追求官事与修禅之间的平衡，这样既享受到作为高官所能得的尊荣，体现其人生价值，又能取得内心的安宁，表现其不苟流俗的高洁品行，生命的最后能够如同张子房一样，悠游于山林泉壑之间。

苏州刺史一程，韦应物就是在维持这种平衡中，带着重重的心理矛盾中度过的。

人生归宿：殁时、殁地与归葬

韦应物殁于何年，有贞元七年、九年和十一年等几种说法，长时期难以遽断；其晚年归宿如何，一直是个谜，至今为不少学人坚执的也是流传最广的说法，是韦氏晚年罢职后，无力返回长安，寄居于永定寺内，赁地耕作，其后病殁于寺中。其实这个说法很值得怀疑。

细究一番，导致这些问题不得其解的原因有三：

一则是缘于研究者对韦应物两首写永定寺的诗的理解上。

诗一，《寓居永定精舍》：

> 政拙忻罢守，闲居初理生。家贫何由往，梦想在京城。野寺霜露月，农兴羁旅情。聊租二顷田，方课子弟耕。眼暗文字废，身闲道心精。即与人群远，岂谓是非婴。

首句中“政拙”，意为不善于从政，“忻”同“欣”，意动式“以……为……”，全句的意思就是以不再担任太守（刺史）为乐，并不意味着已经罢职。后面的诗句只是设想罢职以后回到长安杜陵以后的种种打算：租田课子而耕，修道谈禅，远离是非圈。诗是韦太守静居僧庐时引发遐想后的偶作。

诗二，《永定寺喜辟强夜至》：

> 子有新岁庆，独此苦寒归。夜叩竹林寺，山行雪满衣。深

炉正燃火，空斋共掩扉。还将一尊对，无言百事违。

一些诗家认为："韦应物罢苏州刺史后寓居永定寺，是当作于此时。"新年里不留在郡斋，住到了庙里，不是罢职，又是什么？可没有想到韦太守是性情中人，不拘礼俗。新年少了公务，到庙里也清闲。外甥赵辟强冒雪山行而来，围炉饮酒话旧，岂非快事？

二则是缘于对于永定寺及其地理位置缺少认真的考察。

韦应物咏及永定寺的诗章虽然不少，但是均没有涉及寺中僧众，特别是主持，说明他所介意的不是那里有高僧能指点迷津，而是环境氛围，特别是其与郡衙相近这一点。

下面就将永定寺做一番考察。

永定寺为齐梁古寺，据唐代陆广微《吴地记》所记："永定寺，梁天监三年（504），苏州刺史吴郡顾彦先舍宅置。陆鸿渐（名羽）书额。"自梁至唐，尽管苏州一带曾发生过多次战乱，但永定寺并没有受到太大的损失。寺今虽不存，但其遗址仍可寻到，就在今永定寺弄13号周边。该弄位于今干将西路东段北侧，东起干将西路，北至斑竹巷，在金太史巷西侧。巷弄很窄很短，宽不到4米，长不到400米。

苏州刺史任中，韦应物写的46首诗中，咏及永定寺的就有7首之多。永定寺是他常常勾留的处所，他在寺中留宿，接待友人、亲戚。这里仿佛成了韦太守的别居，苏州郡衙的招待所。

单从诗的本身看也许不那么清楚，但考察一下永定寺的位置就不难明白了。苏州郡署在明代以前均在吴子城，与永定寺相距不过1000多米，韦使君轻车简从，安步当车，也不过耗费20分钟。

三则是缘于对《韦应物墓志》未引起必要的重视，没有作更深一层的探究。

其实《韦应物墓志》已经提供了相当丰富的材料，可以消除这些不解之惑。

关于其殁地，此志云："（韦应物）方欲陟明，遇疾终于官舍。"官舍，而非"僧"舍，哪有罢职官员离开郡署再回来寿终正寝的？"池雁随丧，州人罢市。素车一乘，旋于逍遥故园。以贞元七年十一月窆于少陵原，礼也。"丧礼看来相当隆重，太守离世，市民为之罢市致哀，灵柩舟载返归故里，苏州官绅民众或沿河路祭，或以舟相随送上一程。

《韦应物墓志》中标出其葬期，卒年也只能在这以前，这样韦氏的卒年，应该以贞元七年为是。

关于其殁时，依据《韦应物墓志》，他离世的日脚也不难推算出。《礼记·王制》："天子七日而殡，七月而葬；诸侯五日而殡，五月而葬；大夫、士、庶人，三日而殡，三月而葬。"按这个规定算下来，入殓、出殡、停柩、下葬，再加上从苏州运回长安杜陵韦曲所需要的时间，合起来，前后至少要 4 个月。这样算下来，韦应物卒日，当在贞元七年六月前后。

《韦应物墓志》撰者丘丹是韦应物的好友。正如丘丹在文中所言："余，吴士也，尝忝州牧之旧，又辱诗人之目，登临酬和，动盈卷轴。"韦应物离世后，他可能来到苏州吊唁，并协助韦应物之子料理丧事，其时随侍的韦子庆复还只有 15 岁。其所记应系身临目击，当为定谳。

韦应物刺苏行迹，可以探究和辨正的问题应该更多，不过有鉴于有几分证据说几分话之说，手中证据只有这么多，也就只能辨正至此了。